JULES
VERNE
BEST
COLLEC
TION

쥘 베른 베스트 컬렉션

*

15소년 표류기 2

김석희 옮김

Deux ans de vacances

열림원

소년들이 온갖 시련과 고난을 겪으면서 단련되었기 때문에,
고국으로 돌아왔을 때 하급생은 상급생처럼,
상급생은 어른처럼 성숙해져 있었다.

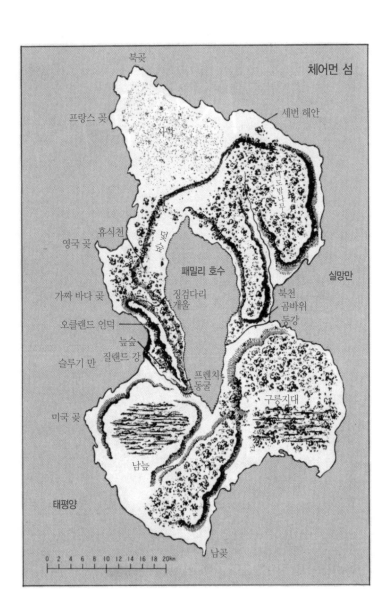

체어먼 섬

북곶

프랑스 곶

세번 해안

사막

거도밤나무

휴식천

영국 곶

뒷숲

패밀리 호수

실망만

가짜 바다 곶

징검다리
개울

북천
곰바위
동강

오클랜드 언덕

늪숲

슬루기 만

질랜드 강

프렌치
동굴

구릉지대

미국 곶

남늪

태평양

남곶

0 2 4 6 8 10 12 14 16 18 20km

16

고든이 없는 동안 '프렌치 동굴'에서는 만사가 순조롭게 돌아가고 있었다. 이 작은 식민지의 지도자는 그저 브리앙을 칭찬할 뿐이었다. 어린 아이들은 진심으로 브리앙을 따랐다. 도니편도 교만하고 시샘 많은 성격이 아니었다면 브리앙의 장점을 제대로 평가했을 것이다. 하지만 그렇게 되지 않았다. 윌콕스와 웨브와 크로스도 도니편의 영향을 받고 있었기 때문에, 도니편이 브리앙과 맞설 때는 언제나 도니편을 편들었다. 프랑스 출신인 브리앙은 외모나 성격도 영국인 친구들과는 전혀 달랐다.

어쨌거나 브리앙은 그런 데 신경쓰지 않았다. 남들이 자기를 어떻게 생각하든 개의치 않고, 자신의 의무라고 생각되는 것을 충실히 해내고 있었다. 그의 가장 큰 걱정거리는 동생 자크의 이해할 수 없는 태도였다.

얼마 전에도 브리앙은 또다시 자크를 붙잡고 물어보았다. 하지만 돌아오는 대답은 늘 마찬가지였다.

"아니야, 형. 난 아무렇지도 않아."

"말하고 싶지 않니? 넌 잘못 생각하고 있어. 털어놔버리면 속이 편해질 거야. 내가 보기에 넌 점점 우울해지고 있어. 나는 네 형이야. 그러니 아우가 왜 슬퍼하는지, 그 이유를 알 권리가 있어. 넌 뭔가 양심에 찔리는 게 있나 본데, 그게 뭐야?"

"형." 자크가 드디어 입을 열었다. 마음속에 감추어둔 후회를 더 이상 견딜 수 없는 것 같았다. "내가 무슨 짓을 했냐고? 형이라면 아마 용서해주겠지만…… 다른 친구들은……."

"다른 친구들? 다른 친구라니? 도대체 무슨 말을 하고 싶은 거야?"

자크의 눈에서 눈물이 넘쳐흐르고 있었다. 하지만 브리앙이 아무리 캐물어도 동생은 같은 말만 되풀이할 뿐이었다.

"좀 있으면 알게 돼. 좀 있으면……."

이런 대답을 듣고 브리앙이 얼마나 속이 탔을지는 쉽게 짐작할 수 있을 것이다. 자크가 무슨 중대한 실수라도 저질렀을까? 브리앙은 어떻게든 그것을 알아내고 싶었다. 그래서 고든이 돌아오자마자 브리앙은 동생한테 들은 아리송한 대답을 털어놓고 의논했다.

"너무 걱정하지 마." 고든이 말했다. "자크가 자발적으로 행동하게 내버려두는 편이 좋아. 자크가 한 짓은 아마 사소한 잘못일 거야. 그걸 자크가 너무 크게 생각하고 있어. 자크가 스스로 털어놓을 때까지 기다리자."

이튿날인 11월 9일부터 식민지 소년들은 또다시 일에 착수했다. 일거리는 얼마든지 있었다. 우선 모코의 요구를 들어주어야 했다. 프렌치 동굴 부근에 설치한 덫에 몇 번이나 사냥감이 걸렸지만, 그래도 식량이 점점 줄어들기 시작했다. 사실은 큰 사냥감이 부족했다. 그래서 산탄이나 화약을 쓰지 않고 비쿠냐와 페카리·과나코 같은 큰 짐승을 잡으려면 아주 튼튼한 올무를 만들어야 했다.

상급생들은 11월(북반구에서는 5월에 해당한다) 내내 이 작업에 몰두했다.

과나코와 비쿠냐는 식민지로 데려오자마자 프렌치 동굴 바로 옆에 있는 나무에 임시로 묶어두었다. 밧줄을 길게 늘여주었기 때문에 넓은 범위를 돌아다닐 수 있다. 하지만 낮이 긴 계절에는 그걸로 충분하지만, 겨울이 오기 전에 적당한 외양간을 마련해주어야 한다.

그래서 고든은 높은 울타리를 둘러친 우리와 축사를 만들기로 했다. 장소는 '오클랜드 언덕' 기슭의 호숫가, 동굴 출입구에서 가까운 곳이다.

모두 일에 착수하여, 백스터의 지휘 아래 본격적인 작업장이 만들어졌다. 일에 열심인 소년들이 '슬루기' 호의 연장통에서 갖가지 도구를 찾아내어 제법 능숙하게 다루는 모습을 보는 것은 실로 흐뭇하고 유쾌한 일이었다. 어떤 아이는 톱질을 했고, 어떤 아이는 도끼를 휘둘렀다. 일이 뜻대로 되지 않아도 꽁무니를 빼

본격적인 작업장이 만들어졌다

는 아이는 없었다. 중간 굵기의 나무를 베어 뿌리를 자르고 가지를 쳐냈다.

이렇게 많은 말뚝을 준비해서, 여남은 마리의 동물이 여유있게 살 수 있을 만큼 널찍한 우리를 만들려는 것이다. 말뚝을 땅에 단단히 박고 가로대로 고정시켰기 때문에, 먹이를 노리는 맹수가 울타리를 쓰러뜨리거나 뛰어넘지는 못할 것이다.

축사는 '슬루기' 호 선체에서 떼어낸 널빤지로 만들었다. 그래서 나무를 톱으로 커서 널빤지를 준비할 필요는 없었다. 널빤지를 따로 만들려면 여간 힘들지 않았을 것이다. 외양간 지붕에는 비바람을 걱정할 필요가 없도록 두꺼운 방수천을 덮었다. 부드럽고 푹신한 짚을 자주 갈아주고, 풀과 이끼와 나뭇잎 같은 신선한 먹이를 충분히 먹이면 가축을 잘 키울 수 있을 것이다. 가넷과 서비스가 사육장 관리를 맡게 되었다. 과나코와 비쿠냐가 나날이 길들여져가는 것을 보면, 가축을 정성껏 보살핀 두 소년의 노력도 곧 보답을 받게 될 것이다.

게다가 사육장은 곧 새 손님을 맞이하게 되었다. 첫 번째 손님은 숲속에 파놓은 함정에 빠진 과나코였다. 다음 손님은 백스터가 윌콕스의 도움으로 붙잡은 비쿠냐 한 쌍이었다. 이제는 윌콕스도 볼라를 꽤 능숙하게 다룰 수 있었다.

판은 레아를 한 마리 잡았다. 하지만 이 녀석도 전과 마찬가지로 좀처럼 길들지 않을 게 뻔하다. 서비스는 아직도 레아에 미련을 버리지 못하고 열의를 불태웠지만, 결국 레아를 놓아주기로 했다.

서비스는 아직도 미련을 버리지 못하고……

외양간이 완성될 때까지 과나코와 비쿠냐는 밤마다 저장실에 넣어두었다. 갑자기 프렌치 동굴 부근에서 승냥이가 울부짖는 소리와 여우의 새된 울음소리, 맹수가 으르렁대는 소리가 들리기 시작했기 때문에 가축을 밖에 놓아두는 것은 너무 위험했다.

가넷과 서비스가 가축을 돌보는 동안, 윌콕스와 몇몇 소년들은 함정이나 올무를 설치하고 날마다 그것을 살피러 갔다.

어린 아이버슨과 젱킨스에게도 일거리가 주어졌다. 고든의 지시에 따라 우리 한구석에서 능에와 까투리·뿔닭·메추라기 따위를 키우고 있었는데, 어린 두 소년은 이 새들을 돌보는 일을 맡았다. 두 아이는 이 일을 아주 열심히 해냈다.

모코는 이제 비쿠냐의 젖을 짜고 여러 새들의 알을 얻을 수 있었다. 고든이 설탕을 아끼라고 말하지 않았다면, 모코는 비쿠냐의 젖과 새알로 달콤한 '앙트르메'(식후에 먹는 단 음식)를 몇 번이나 만들었을 것이다. 특별 요리가 식탁에 오르는 것은 일요일이나 명절날뿐이었지만, 그런 날이 오면 돌과 코스타는 앙트르메를 배불리 먹곤 했다.

그런데 설탕은 만들 수 없다 해도, 설탕을 대신할 만한 것을 찾을 수는 없을까? 언제나 두 권의 '로빈슨 이야기'를 손에서 떼어놓지 않는 서비스는 한번 찾아보자고 주장했다. 그래서 고든은 그것을 찾으러 나섰다. 그리고 드디어 '덫숲' 한복판에 무리 지어 서 있는 나무를 찾아냈다. 그 나무는 석 달 뒤에 찾아올 가을에는 빨간색 잎으로 뒤덮일 단풍나무였다.

"이건 단풍나무야!" 고든이 말했다. "사탕단풍나무."

"사탕으로 된 나무?" 코스타가 엉뚱한 소리를 했다.

"이 먹보야. 그게 아니라 사탕을 만들 수 있는 나무란 말야! 어서 혀를 넣어봐!"

이것은 소년들이 프렌치 동굴에 살게 된 이후 이룩한 최대의 발견 가운데 하나였다. 고든은 단풍나무 줄기에 칼집을 내고, 거기에서 스며나온 수액을 채취했다. 이 수액을 굳히면 달콤한 단풍사탕이 만들어진다. 사탕수수나 사탕무의 즙만큼 달지는 않지만, 양념 재료로는 귀중한 것이었다. 어쨌든 봄에 자작나무에서 얻는 설탕 대용품보다는 훨씬 나았다.

설탕을 구했기 때문에, 다음에는 술을 담그기로 했다. 모코는 고든의 지시에 따라 트룰카와 알가로브 열매를 발효시켜보았다. 먼저 이 열매를 통 속에 넣고 무거운 절굿공이로 찧어서 으깨두면 알코올이 섞인 액체가 나온다. 단풍사탕을 넣지 않아도 이 액체는 따끈하게 데운 음료수에 단맛을 내줄 것이다. 차나무에서 딴 잎을 달이면 향긋한 중국 차와 아주 비슷한 맛이 났다.

이렇게 소년들은 숲을 탐험하면 반드시 많은 수확을 가져왔다.

요컨대 소년들은 체어먼 섬에서 최소한 필요한 것은 모두 구할 수 있었다. 유감스럽게도 부족한 것은 신선한 채소뿐이었다. 소년들은 통조림에 든 채소로 만족할 수밖에 없었지만, 그 통조림도 백 개 정도밖에 남지 않았기 때문에 고든은 최대한 아끼기로 했다.

브리앙은 야생으로 돌아간 참마를 재배하려 애쓰고 있었다. 프랑수아 보두앵이 참마 모종 몇 포기를 벼랑 기슭에 심어두었

16

기 때문이다. 하지만 노력한 보람은 전혀 없었다. 다행히 호숫가에 야생 샐러리가 많이 자라고 있었다. 샐러리는 아낄 필요가 없어서 신선한 채소로 큰 도움이 되었다.

겨우내 새를 잡으려고 강기슭에 쳐두었던 그물은 봄이 오자 본격적인 사냥용 새그물로 바뀌었다. 이 그물에는 특히 작은 자고새와 먼 육지에서 날아오는 흑기러기가 많이 걸렸다.

도니펀은 '질랜드 강' 건너편에 펼쳐져 있는 넓은 '남늪' 일대를 탐험하고 싶었을 것이다. 하지만 물이 불어나는 시기의 습지대는 바닷물과 섞여서 거의 물에 잠겨 있었기 때문에 그곳을 건너는 것은 위험했다.

윌콕스와 웨브는 토끼만한 크기의 아구티를 몇 마리나 잡았다. 희끄무레한 고기는 조금 퍼석퍼석했지만, 맛은 토끼고기와 돼지고기의 중간쯤 된다. 물론 판의 도움을 받았지만, 잽싼 아구티를 따라잡기는 힘들었다. 하지만 아구티가 굴로 돌아가 있을 때 가볍게 휘파람을 불면 굴 입구로 기어나오기 때문에, 그때를 놓치지 않고 재빨리 잡으면 된다.

사냥하러 나간 소년들은 족제비과에 속하는 스컹크 · 오소리 · 족제비 같은 동물을 잡아서 가져왔다. 족제비는 하얀 줄무늬가 든 아름다운 검은색 모피를 갖고 있어서 담비와 비슷하지만, 고약한 냄새를 풍긴다.

하루는 아이비슨이 물었다.

"이 녀석들은 어떻게 이런 냄새를 참을 수 있을까?"

"그건 평소 악취에 익숙해져 있기 때문이야." 서비스가 대답했다.

강에서는 작은 물고기가 많이 잡혔지만, 호수에는 훨씬 큰 물고기가 모여 있어서 커다란 무지개송어도 잡을 수 있었다. 무지개송어는 구워도 짠맛이 남았다. 소년들은 '슬루기 만'의 해조류 사이에 무수히 숨어 있는 대구를 잡을 수도 있었다. 그리고 연어가 질랜드 강을 거슬러 올라오는 계절이 되면, 모코는 연어를 잡을 준비를 갖출 것이다. 연어를 소금에 절여두면 겨우내 좋은 식량이 되기 때문이다.

이 시기에 백스터는 고든의 지시에 따라 물푸레나무 가지로 활을 몇 개 만들었다. 그리고 갈대 끝에 못을 박아 화살도 많이 만들었다. 덕분에 도니펀 다음으로 사냥을 잘하는 윌콕스와 크로스는 이따금 화살로 작은 사냥감을 잡을 수 있었다.

고든은 언제나 탄약을 낭비하는 데 반대하는 태도를 보였지만, 그가 평소의 절약 정신을 버릴 수밖에 없는 사태가 일어났다.

12월 7일, 도니펀이 고든을 한쪽 구석으로 데려가서 이렇게 말했다.

"승냥이와 여우가 제멋대로 도둑질하기 시작했어. 놈들은 밤에 떼지어 몰려와서 모처럼 올무에 걸린 먹이를 마음대로 가져가고 덫까지 망가뜨리고 있어. 다음에는 반드시 본때를 보여줘야 돼!"

"함정을 파면 안 돼?" 고든은 도니펀이 무엇을 원하는지 알아차리고 말했다.

"함정?" 도니펀은 그 흔해빠진 사냥 장치를 여전히 경멸하고 있었다. "승냥이라면 함정을 파는 것도 괜찮겠지. 놈들은 얼간이니까 때로는 함정에 걸리기도 할 거야. 하지만 여우는 안 돼. 여우는 아주 약삭빠른 놈이라서 윌콕스가 아무리 신중하게 함정을 만들어놓아도 절대 가까이 가지 않아. 이런 식으로 가면 밤중에 우리에 침입해서 새들을 몽땅 먹어치울 거야."

"꼭 필요하다면 탄약통을 몇 개 꺼내주지. 하지만 확실히 잡을 수 있을 때만 총을 쏘도록 해야 돼."

"알았어. 나한테 맡겨. 오늘밤 여우가 지나다니는 길목에 잠복해 있다가 혼구멍을 내주면 당분간은 얼씬거리지 않을 거야."

여우 소탕작전은 서두를 필요가 있었다. 특히 남아메리카 여우는 유럽 여우보다 훨씬 교활한 것 같다. 실제로 남아메리카의 농장은 늘상 여우한테 가축을 도둑맞고 있다. 여우는 가축을 목초지에 묶어두는 가죽끈을 끊어버릴 만큼 영리하다.

밤이 되자 도니펀과 윌콕스·백스터·웨브·크로스·서비스는 여우가 먹이를 감추어두는 '은닉처' 근처로 잠복하러 갔다. 은닉처는 영국에서는 덤불이 여기저기 흩어져 있는 넓은 들판에 만들어진다. 체어먼 섬의 은닉처는 호수 쪽 덤숲 근처에 있었다.

판은 데려가지 않았다. 여우로 하여금 경계심을 불러일으켜 오히려 사냥에 방해가 되기 때문이다. 판에게 여우 발자국을 찾게 할 수도 없었다. 여우는 달려서 몸이 따뜻해졌을 때도 냄새를 남기지 않는다. 아주 희미한 냄새밖에 발산하지 않기 때문에, 제아무리 명견이라도 여우 냄새는 맡을 수 없다.

밤 11시, 도니펀 일행은 은닉처 옆의 히스 덤불 사이에 몸을 숨겼다.

주위는 칠흑같이 어두웠다.

가벼운 산들바람이 불어도 알 수 있을 만큼 조용하니까, 여우가 마른풀 위를 미끄러지듯 다가와도 발소리를 들을 수 있을 것이다.

12시가 조금 지났을 때 도니펀은 여우 무리가 다가온 것을 친구들에게 알렸다. 여우들은 은닉처를 가로질러 호수로 물을 마시러 가려는 참이었다.

소년들은 조바심을 치면서 여우가 스무 마리 정도로 불어나기를 기다렸다. 무리를 이루기까지 꽤 오랜 시간이 걸렸다. 여우들이 계략을 눈치채기라도 한 것처럼 조심스럽게 다가왔기 때문이다.

도니펀의 신호에 따라 별안간 몇 발의 총성이 울려 퍼졌다. 모두 멋지게 명중했다. 여우 대여섯 마리가 땅바닥에 널브러졌고, 다른 놈들은 우왕좌왕하면서 도망치려 했지만 결국 대부분이 총에 맞아 쓰러졌다.

날이 밝은 뒤에 확인해보니 열두 마리가 풀밭에 나동그라져 있었다. 이 여우 사냥은 사흘 동안 밤마다 계속되었고, 그후 소년들의 식민지에는 가축을 위협하는 들짐승의 습격이 사라지게 되었다. 게다가 은회색의 여우 모피를 쉰 장 가까이 얻을 수 있었다. 이 모피는 깔개도 되고 옷으로 만들 수도 있어서, 프렌치 동굴의 생활에 큰 보탬이 되었다.

12월 15일, 슬루기 만을 탐험하는 대규모 원정 계획이 실행에 옮겨졌다. 날씨가 아주 좋았기 때문에 고든은 소년들을 모두 참

소년들은 여우가 많이 불어나기를 기다렸다

가시키기로 결정했다. 어린 아이들은 뛸 듯이 기뻐하며 이 결정을 환영했다.

새벽에 떠나면 어두워지기 전에 돌아올 수 있을 것이다. 무슨 이유로든 늦어지면 나무 밑에서 야영하면 된다.

이번 원정의 주요 목적은 따뜻한 계절에 '좌초 해안'에 나타나는 바다표범을 사냥하는 것이었다. 긴 겨울밤을 보내는 동안 등유와 양초를 많이 써버려서 기름이 바닥날 지경에 이르렀기 때문이다. 조난자 프랑수아 보두앵이 만들어둔 양초도 두세 다스밖에 남지 않았다. '슬루기' 호의 기름통 안에 있었던 등유도 거실을 밝히느라 거의 다 써버렸다. 앞날의 일까지 생각하고 있는 고든은 그 문제를 진지하게 염려하고 있었다.

물론 모코는 각종 동물의 몸에서 얻은 기름을 많이 비축해두었다. 하지만 그것도 날마다 소비하면 얼마 안 가서 바닥이 날 것이다.

그런데 자연에서 기름을 대신할 수 있는 것, 기름이나 다름없이 쓸 수 있는 것은 없을까? 식물성 기름을 얻기는 어렵다 해도 동물성 기름을 무한정 구할 수 있는 방법은 없을까?

물론 있다. 바다표범이나 물개를 잡으면 된다. 이런 동물은 더운 계절에 슬루기 만의 암초지대에 모여든다. 하지만 그것을 잡으려면 서둘러야 한다. 바다와 육지 양쪽에서 사는 이런 동물은 이제 곧 남쪽으로 내려가 남극해 지역으로 돌아가기 때문이다.

그래서 이번 원정은 아주 중요했기 때문에, 좋은 결과를 얻을 수 있도록 철저한 준비 작업이 이루어졌다.

얼마 전부터 서비스와 가넷은 과나코 두 마리를 길들여 짐수레를 끄는 훈련을 시켰다. 백스터는 돛으로 길쭉한 자루를 만들고, 거기에 풀을 넣어 수레채를 만들었다. 아직 사람이 탈 수는 없지만, 이 수레채로 과나코와 수레를 연결할 수는 있다. 소년들이 직접 수레를 끌기보다는 과나코에게 끌게 하는 편이 훨씬 나았다.

원정을 떠나는 날, 짐수레에는 탄약과 식량, 온갖 도구, 커다란 냄비와 빈 통 여섯 개가 실렸다. 빈 통에 바다표범의 기름을 채워서 가져오려는 것이다. 바다표범을 프렌치 동굴에서 해체하면 악취가 동굴 가득 진동할 것이다.

소년들은 동이 트자마자 길을 떠났다. 처음 두 시간 동안은 쉽게 걸을 수 있었다. 수레가 잘 굴러가지 않은 것은 질랜드 강의 오른쪽 기슭이 울퉁불퉁해서 과나코가 끌고 가기가 불편했기 때문이다. 그런데 걸음이 느려지기 시작한 것은 늪지를 우회하기 위해 '늪숲' 가장자리로 접어들었을 때부터였다. 코스타와 돌이 다리가 아프다고 호소했다. 그래서 고든은 브리앙의 제안을 받아들여 두 아이를 수레에 태웠다.

8시쯤 짐수레가 늪지 가장자리를 따라 간신히 굴러가고 있을 때, 조금 앞서 걷고 있던 크로스와 웨브가 소리를 질렀다. 도니펀이 먼저 달려갔고, 다른 아이들도 뒤를 따랐다.

백 걸음쯤 떨어진 늪숲의 진흙탕 한복판에서 거대한 동물 한 마리가 뒹굴고 있었다. 도니펀은 그 동물이 무엇인지 금세 알아차렸다. 그것은 뚱뚱한 하마였다. 하마는 다행히 사정거리 안에 들어오기 전에 늪지의 흙탕물 속으로 모습을 감추어버렸다. 하기야 하마를 쏘아봤자 별수없다. 총알만 허비할 뿐이다.

"저게 도대체 뭐야? 엄청나게 크고 뚱뚱했어." 돌이 물었다. 그 모습을 언뜻 보았을 뿐인데도 돌은 벌써 겁에 질려 있었다.

"하마야." 고든이 대답했다.

"하마? 이상한 이름이네."

"'강에 사는 말'이란 뜻이야." 브리앙이 대답했다.

"하지만 말을 전혀 닮지 않았는걸." 코스타가 말했다.

"그래. 오히려 '강돼지'라는 이름이 걸맞았을 텐데." 서비스가 말했다.

그럴듯한 말이다. 그 말이 재미있어서 아이들은 모두 깔깔 웃어댔다.

일행이 슬루기 만의 모래톱으로 나간 것은 10시가 조금 지나서였다. 모두 강가에서 지친 다리를 쉬었다. '슬루기' 호를 해체할 때 처음 야영지를 마련했던 곳이다.

바다표범이 백 마리쯤 바위 사이를 기어다니거나 햇볕을 쬐고 있었다. 암초 앞에 있는 모래밭에서 놀고 있는 녀석들도 있었다.

바다표범은 인간에게 별로 익숙지 않을 것이다. 인간을 본 적도 없을 것이다. 조난자 프랑수아 보두앵이 죽은 지 벌써 20여 년이 지났으니까.

북극해나 남극해에서 인간에게 쫓기는 바다표범은 조심성이 많지만, 이곳의 바다표범은 인간에게 익숙지 않은 탓인지 위험을 재빨리 눈치채고 동료들에게 알려주는 파수꾼도 세우지 않았다. 그래도 너무 일을 서둘러서 바다표범들이 겁을 먹지 않도록 조심해야 한다. 겁을 먹으면 당장 물 속으로 도망쳐버릴 것이기 때문이다.

그래서 소년들은 슬루기 만 해안에 도착하자, 우선 '미국 곶'과 '가짜 바다 곶' 사이에 펼쳐져 있는 바다를 바라보았다.

바다에는 아무것도 보이지 않았다. 아무래도 이 해역은 배의 항로에서 벗어나 있는 모양이다. 소년들은 그것을 새삼 확인하고 인정할 수밖에 없었다.

그래도 배가 난바다를 지나가지 않는다고 단정할 수는 없다. 그런 경우에 대비하여 오클랜드 언덕이나 가짜 바다 곶 꼭대기에 망루를 세우는 게 좋을지도 모른다. 그리고 거기에 '슬루기'호의 대포를 놓아두면 지나는 배들의 주의를 끌 수 있을 것이다. 깃발을 달아둔 돛대보다는 그것이 오히려 더 효과적이다. 하지만 그렇게 되면 누군가가 밤낮없이 망루를 지켜야 한다. 프렌치 동굴에서 멀리 떨어진 곳에서 계속 망을 보아야 한다. 그래서 고든은 이 방법을 실행하기는 어렵다고 판단했다. 고향으로 돌아갈 수 있다는 희망을 버리지 않은 브리앙도 고든의 판단에 동의할 수밖에 없었다. 프렌치 동굴이 슬루기 만을 바라볼 수 있는 오클랜드 언덕 쪽에 있지 않은 것이 유감스러울 뿐이었다.

서둘러 점심을 먹은 뒤, 고든과 브리앙 · 도니펀 · 크로스 · 백스터 · 웨브 · 윌콕스 · 가넷 · 서비스는 한낮의 태양이 내리쬐는 모래밭에서 일광욕을 즐기고 있는 바다표범을 사냥할 준비를 했다.

그동안 젱킨스와 이아이버슨 · 자크 · 돌 · 코스타는 모코와 판의 보호를 받으며 야영장에 남아 있었다. 판이 바다표범 무리 속에 뛰어들기라도 하면 큰일난다. 모코와 판은 과나코 두 마리를 지키는 역할도 맡아야 했다. 과나코들은 숲 언저리의 나무 그늘에서 풀을 뜯기 시작했다.

소년들은 총과 권총 등 무기를 모두 가져왔다. 탄약도 충분했다. 고든도 이번에는 탄약을 아끼지 않았다. 바다표범 사냥에 식민지의 생활이 걸려 있기 때문이다.

우선 해야 할 일은 바다표범이 바다 쪽으로 도망치지 못하도록 퇴로를 차단하는 일이었다. 소년들은 이 작전 지휘를 도니펀에게 맡겼다. 도니펀은 높은 둔치로 몸을 가리고 강을 따라 어귀까지 내려가라고 지시했다. 그렇게 하면 암초를 따라 해안 모래밭을 포위하듯 나아가기가 쉬워질 것이다.

작전은 조심스럽게 진행되었다. 소년들은 30보 내지 40보 간격을 두고 모래밭과 바다 사이에 반원형으로 늘어섰다.

이윽고 도니펀의 신호에 따라 소년들은 일제히 몸을 일으켰다. 동시에 총성이 울렸다. 총알은 모두 보기 좋게 명중했다.

총에 맞지 않은 바다표범들은 꼬리와 지느러미를 퍼덕이며 몸을 일으켰다. 그리고 총성에 놀라 펄쩍펄쩍 뛰듯이 암초 쪽으로 달아났다.

소년들은 권총을 쏘면서 바다표범을 추적했다. 도니펀은 타고난 사냥 솜씨를 유감없이 발휘하여 멋지게 활약했다. 다른 소년들도 열심히 도니펀을 본받았다.

바다표범들은 해안에 늘어선 암초 가장자리까지 쫓겼고, 사냥

작전은 조심스럽게 진행되었다

은 겨우 몇 분 만에 끝났다. 살아남은 바다표범들은 암초를 넘어 바다 속으로 사라졌다. 죽거나 다친 바다표범 스무 마리만 모래밭에 남겨놓고.

이번 원정은 대성공이었다. 소년들은 야영지로 돌아와, 앞으로 하루 반을 이곳에서 보낼 수 있도록 나무 그늘에 자리를 잡았다.

오후에는 구역질을 참으면서 일에 몰두했다. 고든도 이 작업에 참여했다. 아무리 역겨워도 꼭 해야 할 일이었기 때문에 소년들은 모두 적극적으로 일을 거들었다. 우선 바위틈으로 추락한 바다표범들을 모래밭으로 끌어내야 했다. 바다표범은 모두 중간 크기였지만, 그래도 상당히 힘이 들었다.

그동안 모코는 커다란 돌덩이를 두 개 놓아 아궁이를 만들고, 그 위에 커다란 냄비를 얹어놓았다. 바다표범 고기를 2~3킬로그램씩 덩어리로 잘라 냄비에 넣었다. 냄비에는 썰물 때 강에서 길어온 민물이 가득 담겨 있었다. 잠시 후 물이 끓기 시작하자 투명한 기름이 표면으로 떠올랐다. 이 기름을 떠서 빈 통에 채웠다.

이 작업은 고약한 악취를 퍼뜨려 정말 견디기 어려웠다. 모두 코를 싸쥐었다. 하지만 귀까지 막을 수는 없었기 때문에, 이 불쾌한 일을 둘러싸고 친구들끼리 나누는 농담은 들려왔다. 까다로운 '도니펀 경'도 볼멘 얼굴을 하지 않고 열심히 일했다. 작업은 이튿날도 계속되었다.

이틀이 지나자 모코는 수백 리터의 기름을 모을 수 있었다. 기름은 이 정도면 충분할 것이다. 겨우내 쓸 기름은 확보되었다. 바다표범은 암초에도 모래밭에도 돌아오지 않았다. 두려움이 사라질 때까지는 두번 다시 슬루기 만에 모습을 나타내지 않을 것이다.

이튿날 아침 동이 트자마자 소년들은 짐을 꾸렸다. 모두 흡족한 표정이었다. 기름통과 기구 따위는 전날 밤에 미리 수레에 실어두었다. 올 때보다 짐이 훨씬 무거워졌으니까 과나코들도 수레를 그렇게 빨리 끌 수는 없을 터였다. 게다가 '패밀리 호수' 쪽으로 가는 길은 가파른 오르막이었다.

소년들이 막 떠나려 할 때 시끄러운 울음소리가 하늘을 가득채웠다. 말똥가리와 개구리매 같은 수많은 맹금류가 하늘을 뒤덮고 있었다. 섬 안쪽에서 바다표범의 잔해를 먹으러 날아온 것이다. 바다표범들은 순식간에 뼈만 남을 것이다.

소년들은 오클랜드 언덕에서 나부끼는 영국 국기에 마지막 경례를 보내고, 태평양의 수평선에도 마지막 눈길을 던진 다음, 질랜드 강의 오른쪽 기슭을 따라 올라가기 시작했다.

돌아오는 길에는 아무 일도 일어나지 않았다. 힘들 때도 있었지만, 과나코들은 꾀부리지 않고 열심히 수레를 끌었다. 지나가기 어려운 길에서는 상급생들이 수레를 밀어 과나코를 도와주었다. 그리하여 저녁 6시가 되기 전에 모두 무사히 프렌치 동굴로 돌아올 수 있었다.

이튿날부터 며칠 동안은 모두 평상시와 같은 일을 하며 시간을 보냈다. 소년들은 시험 삼아 바다표범 기름을 등잔에 넣고 불을 켜보았다. 불빛은 약했지만, 그래도 거실과 저장실을 밝히기에는 충분했다. 이 정도면 긴 겨울 동안 어둠 속에 갇힐 염려는 없었다.

성탄절이 다가오고 있었다. 영국인과 미국인들은 크리스마스를 떠들썩하게 지낸다. 고든이 크리스마스를 성대하게 축하하고 싶어한 것도 당연한 일이다. 그것은 잃어버린 조국에 대한 추억일 수도 있고, 헤어진 가족에게 보내는 마음의 편지일 수도 있었다. 목소리가 가족에게 닿는다면, 소년들은 누구나 이렇게 외쳤을 것이다.

"우리는 여기 있어요! 모두 무사히 살아 있어요! 언젠가는 만날 수 있을 거예요. 하느님의 가호로 집에 돌아갈 수 있을 거예요!"

그렇다. 소년들은 언젠가 다시 가족을 만날 수 있다는 희망을 아직도 가슴에 간직하고 있었다. 멀리 떨어진 오클랜드의 부모들은 이미 희망을 버렸지만……

고든은 12월 25일과 26일을 프렌치 동굴의 공휴일로 삼자고 제안했다. 이틀 동안 일은 중단된다. 체어먼 섬에서 맞는 첫 번째 크리스마스는 유럽의 새해 첫날이다.

이 제안이 얼마나 환영을 받았을지는 쉽게 짐작할 수 있을 것이다. 12월 25일 성대한 잔치를 여는 것은 말할 나위도 없다. 모코는 진수성찬을 마련하겠다고 약속했다. 그래서 서비스와 모코는 이 문제에 관해 의논을 거듭했다. 돌과 코스타는 벌써부터 입맛을 다시면서 서비스와 모코의 의논을 엿들으려고 했다. 부엌에는 호화로운 음식 재료가 갖추어졌다.

축제일이 왔다. 백스터와 윌콕스는 거실 출입구 바깥쪽에 '슬루기' 호의 삼각기와 온갖 깃발을 보기 좋게 장식했다. 덕분에 프렌치 동굴에는 축제 분위기가 넘쳐흘렀다.

아침이 되자 한 발의 포성이 오클랜드 언덕에 기분 좋게 메아리쳤다. 도니펀이 크리스마스를 축하하기 위해 거실 창에 설치한 두 문의 대포 가운데 하나를 쏜 것이다.

곧이어 하급생들이 상급생들에게 새해 인사를 하러 왔다. 상급생들도 마치 아버지 같은 태도로 인사를 받았다. 체어먼 섬의 지도자 고든에게 코스타가 멋진 축하 인사를 했다.

모두 제일 좋은 나들이옷을 차려입고 있었다. 날씨가 아주 좋았기 때문에, 점심식사를 전후하여 호숫가를 산책하거나 운동장에서 재미난 놀이를 했다. 모두 놀이에 참가했다. 소년들은 영국에서 자주 쓰는 특별한 놀이도구를 '슬루기' 호에서 가져왔다. 크고 작은 공과 구슬·당구채·라켓도 있었다. 땅에 파놓은 구멍에 작은 고무공을 집어넣는 골프, 가죽공을 발로 차는 축구, 손으로 나무공을 굴려 표적 공을 맞히는 볼링, 공을 벽에 맞혀 득점을 겨루는 핸드볼과 비슷한 파이브스도 즐겼다.

아주 충일한 하루였다. 특히 어린 아이들은 무척 즐거워했다. 만사가 순조로웠다. 싸움도 말다툼도 일어나지 않았다. 브리앙은 특히 돌과 코스타·아이버슨·젱킨스가 신나게 놀 수 있도록 마음을 썼고(동생 자크를 놀이에 끌어들일 수는 없었지만), 도니펀과 웨브·크로스·윌콕스는 분별있는 고든의 충고도 듣지 않고 저들끼리만 따로 놀았다. 마침내 대포가 다시 발사되어 크리스마스 만찬 시간이 온 것을 알리자 소년들은 들뜬 얼굴로 저장실에 차려진 식탁에 자리를 잡았다.

커다란 식탁에는 하얀 식탁보가 덮여 있었다. 넓적한 사발에

심은 크리스마스 트리가 식탁 한가운데에 놓여 있고, 그 주위에는 들꽃이 장식되어 있었다. 크리스마스 트리 가지에는 영국과 미국과 프랑스 국기가 매달려 있었다.

물론 모코는 진수성찬을 마련하는 데 여느 때보다 더 많은 정성을 기울여, 솜씨 좋은 조수 서비스와 함께 찬사를 받았다. 모두 요리를 잘했다고 칭찬하자 모코는 우쭐해졌다. 아구티 찜, 메추라기에 포도주를 넣고 끓인 스튜, 향긋한 채소를 곁들여 구운 토끼고기, 살아 있는 꿩처럼 날개를 펼치고 부리를 치켜든 능에, 채소 통조림 세 개, 코린트산 건포도와 일주일 전부터 브랜디에 담가둔 알가로브 열매를 섞어 만든 피라미드 모양의 푸딩, 보르도산 적포도주와 세리주, 홍차와 커피. 체어먼 섬에서 맞는 성탄절 만찬치고는 더없이 훌륭한 진수성찬이었다.

브리앙이 진심 어린 우정을 담아 고든의 건강을 위해 건배했다. 고든은 작은 식민지 주민들의 건강과 멀리 있는 가족들의 안녕을 위해 건배했다.

끝으로 코스타가 일어나 하급생 대표로서, 어린 하급생들을 열성으로 보살펴준 브리앙에게 감동적인 감사 인사를 했다.

브리앙은 깊은 감동을 억누르지 못했다. 브리앙을 찬양하는 만세 소리가 울려 퍼졌지만, 도니펀의 마음에는 그 소리가 울리지 않았다.

모코는 정성을 다 쏟아 진수성찬을 마련했다

17

일주일 뒤에 1861년이 시작되었다. 남반구의 이 지역에서는
한여름에 새해를 맞는다.

소년들이 뉴질랜드에서 7200킬로미터나 떨어진 이 섬에 좌초
한 지도 어느덧 열 달이 지났다.

그동안 상황이 점점 좋아진 것은 누구나 인정할 수밖에 없었
다. 앞으로도 물질적인 면에서는 어떻게든 생활을 꾸려나갈 수
있을 것이다. 하지만 낯선 곳에 어린 소년들이 방치되어 있는 처
지에는 변함이 없다. 그들이 기대할 수 있는 것은 외부에서 구조
대가 오는 것뿐이었다. 과연 구조대는 와줄까? 따뜻한 계절이 끝
나기 전에 구조될 수 있을까? 식민지 소년들은 남극에서 두 번째
겨울을 또다시 맞이해야 할 것인가? 지금까지 병에 걸린 사람은
하나도 없었다. 상급생도 하급생도 모두 건강하게 지냈다. 건강

과 안전을 염려하는 고든의 조심성은 이따금 너무 지나쳐서 불만을 사기도 했지만, 그래도 그 덕택에 소년들은 무모한 행동을 삼가곤 했다. 하지만 이 또래의 소년들, 특히 집에 있었다면 부모의 사랑을 한몸에 받았을 나이 어린 하급생들에게 필요한 애정을 고려해야 하지 않을까? 지금은 그런 대로 괜찮은 상태지만 앞으로는 어떻게 될지 불안했다. 브리앙은 무슨 수를 써서라도 체어먼 섬을 탈출하고 싶다는 생각에 줄곧 사로잡혀 있었다.

하지만 배라고는 보트 한 척뿐인데 어떻게 항해에 나설 수 있단 말인가? 이 섬이 태평양의 어느 군도에 속해 있지 않다면, 가장 가까운 대륙이 수백 킬로미터나 떨어져 있다면, 오랫동안 난 바다를 항해해야 할 것이다. 대담한 소년 두세 명이 육지를 찾아 동쪽으로 나아간다 해도 육지에 다다를 가능성이 얼마나 될까?

태평양의 이 해역을 항해할 수 있을 만큼 큰 배를 만들 수 있을까? 그것은 불가능했다. 소년들의 능력을 훨씬 뛰어넘는 일이다. 그래서 브리앙은 어떻게 하면 식민지 소년들을 모두 구할 수 있을지 알 수가 없었다.

그러니까 기다릴 수밖에 없다. 좀더 기다려야 한다 계속 기다리면서 프렌치 동굴을 좀더 살기 좋게 개선하는 데 힘을 쏟아야 한다. 지금 당장 할 수 있는 일은 그것뿐이다. 그리고 겨울을 나기 위한 대비가 시급하니까 올 여름에는 어렵겠지만, 늦어도 다음 여름에는 섬 전체에 대한 탐험을 끝낼 수 있을 것이다.

모두 그렇게 각오를 굳히고 일을 시작했다. 이 섬의 겨울이 얼마나 매서운지는 경험으로 이미 알고 있었다. 몇 주, 아니 몇 달

동안 혹한과 눈보라 때문에 동굴에 갇혀 지내야 할 것이다. 따라서 가장 무서운 적인 추위와 굶주림에 철저히 대비해야 한다.

프렌치 동굴에서 추위와 싸울 수 있는 무기는 땔감뿐이다. 고든은 가을이 아무리 짧아도 가을이 끝나기 전에 밤낮으로 계속 땔감을 비축할 생각이었다. 외양간에 있는 가축들도 생각해야 한다. 가축을 저장실에 들여놓으면 너무 옹색하고 위생적으로도 좋지 않다. 따라서 외양간을 좀더 살기 좋게 만들고, 추위를 막고, 난로를 설치하여 가축들이 견딜 수 있을 정도로 실내 온도를 유지할 필요가 있다. 백스터와 브리앙, 서비스와 모코는 1월 한 달 내내 이 일에 몰두했다.

이에 못지않게 중요한 것이 겨우내 먹을 식량 문제였다. 이 문제는 도니펀을 비롯한 사냥팀이 맡기로 했다. 그들은 날마다 덫을 보러 다녔다. 날마다 먹고 남은 고기는 모코가 소금을 뿌리거나 훈제하여 저장실에 비축했다. 이렇게 해두면 겨울이 아무리 길고 혹독해도 굶어죽을 염려는 없었다.

탐험도 계속하지 않을 수 없었다. 이번 탐험의 목적은 체어먼 섬에서 아직 가보지 못한 지역을 모두 조사하는 것이 아니라, 패밀리 호수 동쪽 일대를 조사하는 것이었다. 호수 동쪽에는 숲이나 늪이 펼쳐져 있을까? 아니면 모래언덕이 이어져 있을까? 쓸모있는 새로운 자원은 없을까?

하루는 브리앙이 이 문제를 고든과 의논했다. 하지만 브리앙에게는 또 다른 생각도 있었다.

"보두앵의 지도가 상당히 정확하다는 것은 우리도 확인할 수 있었지만, 섬 동쪽에 태평양이 펼쳐져 있는지 어떤지는 다시 조사해보는 게 좋겠어. 우리에게는 보두앵한테 없었던 고성능 망원경이 있으니까. 그가 보지 못한 육지를 찾을 수 있을지도 몰라. 그 지도에는 체어먼 섬이 바다로 둘러싸인 외딴 섬으로 되어 있지만, 외딴 섬이 아닐지도 모르잖아."

"너는 언제나 그 생각만 하는구나. 그래, 한시라도 빨리 섬을 떠나고 싶은 마음뿐이지?" 고든이 물었다.

"그래, 고든. 그건 너도 마찬가지잖아. 우리는 되도록 빨리 집으로 돌아가려고 애써야 돼."

"좋아. 네가 그렇게 주장한다면 탐험대를 조직하자."

"모두 참가할 필요가 있을까?" 브리앙이 물었다.

"물론 아니지. 예닐곱 명이면 되지 않을까?"

"그것도 너무 많아. 예닐곱 명이 가면 호수를 북쪽으로 돌거나 남쪽으로 돌 수밖에 없어. 그러면 시간도 많이 걸리고 힘들지 않겠어?"

"그럼 어떻게 하지?"

"보트를 타고 호수를 건너는 거야. 그러려면 두세 명밖에 갈 수 없어."

"그럼 보트는 누가 다루지?"

"모코가. 모코는 보트를 다룰 줄 알아. 나도 조금은 알고 있어. 순풍이 불면 돛을 펴고, 맞바람이 불면 노를 저으면 돼. 호수 건너편에 있는 강어귀까지는 8~9킬로미터 정도니까, 쉽게 건널 수 있을 거야. 지도를 보면 그 강은 동쪽 숲을 가로질러 바다로 흘러가고 있으니까, 강을 따라 개어귀까지 내려가면 돼."

"알았어, 브리앙. 나도 네 생각에 찬성이야. 그런데 누가 모코와 함께 가지?"

"내가. 나는 호수 북쪽 탐험에 참가하지 않았으니까, 이번에는 내가 고생할 차례야. 모두를 위해 봉사할 기회를 줘."

"봉사할 기회를 달라고? 이봐 브리앙, 너는 이미 우리를 위해 봉사했잖아. 누구보다도 헌신적으로 열심히 일했어. 우리는 모두 너한테 감사해야 돼."

"그만해, 고든. 우리는 모두 의무를 다하고 있어. 허락해줄 거지?"

"알았어. 그럼 세 번째 대원은 누구로 할 거야? 도니펀은 데려가지 않는 게 좋아. 너하고는 마음이 맞지 않으니까."

"아니, 도니펀도 괜찮아." 브리앙이 대답했다. "나쁜 녀석은 아니야. 용감하고 무슨 일을 시켜도 잘해. 샘이 많아서 탈이지, 그렇지만 않으면 좋은 친구가 될 수 있을 텐데 말야. 내가 주제넘게 나서거나 남보다 위에 설 마음이 없다는 걸 알면 도니펀도 태도가 차츰 달라질 거야. 그렇게 되면 그와 나는 둘도 없는 친구가 될 수 있어. 하지만 이번에는 다른 애를 데려갈 생각이야."

"그게 누군데?"

"내 동생 자크. 자크가 걱정이야. 아무리 봐도 무슨 중대한 잘못을 저지르고 양심의 가책에 시달리는 것 같은데, 그걸 털어놓으려고 하질 않아. 이번 탐험에 데려가면 나와 단둘이 얘기할 기회도 있을 테니까……."

"네 말이 맞아, 브리앙. 좋아, 그럼 자크를 데려가. 당장 오늘부터 준비를 시작하자."

"준비는 곧 끝날 거야. 사나흘 뒤에는 돌아올 테니까."

그날 고든은 탐험 계획을 발표했다. 도니펀은 이 탐험에 참가하지 못하는 것이 분해서 고든에게 불평을 늘어놓았다. 고든은 이번 탐험에 필요한 인원은 세 명뿐이고, 브리앙이 생각한 계획이니까 브리앙에게 맡기는 게 좋다고 설명했다.

"그러니까 브리앙만 필요한 존재다, 요컨대 그런 얘기군?" 도니펀이 빈정거렸다.

"너는 브리앙을 오해하고 있어, 도니펀. 나한테도 그렇지만."

도니펀은 더 이상 불평하지 않고 제 패거리한테 가버렸다. 그 친구들 앞에서는 마음껏 불만을 터뜨릴 수 있다.

견습선원 모코는 요리사 역할이 잠시 선장으로 바뀌는 것을 알고 기쁨을 감추지 못했다. 브리앙과 함께 간다고 생각하면 더욱 기뻤다. 모코 대신에 화덕을 맡을 사람은 물론 서비스였다. 서비스도 혼자 마음껏 솜씨를 발휘할 생각을 하면 기뻐서 견딜 수가 없었다. 자크도 형과 함께 프렌치 동굴을 며칠 떠나는 게 기쁜 눈치였다.

당장 보트가 준비되었다. 보트에는 작은 삼각돛이 설치되어 있었는데, 모코는 그것을 활대에 묶어 활짝 펼쳤다. 소총 두 자루와 권총 세 자루, 탄약과 여행용 담요 석 장, 음료수와 식량, 비가 내릴 경우에 대비하여 후드가 달린 레인코트, 예비용을 포함한 노 네 자루. 아무리 단기간의 탐험이라 해도 이것은 꼭 필요한 물건이었다. 보두앵의 지도 사본도 잊지 않고 챙겼다. 새로운 것을 발견하면 그때마다 지도에 새로운 이름이 추가로 적힐 것이다.

2월 4일 아침 8시경, 브리앙과 자크와 모코는 친구들에게 작별을 고하고 질랜드 강둑에서 보트에 올라탔다. 날씨는 아주 좋았다. 남서쪽에서 산들바람이 불어오고 있었다. 모코는 돛을 편 다음 뒤쪽에 앉아서 키를 잡았다. 브리앙은 돛의 방향을 조정하는 일을 맡았다. 이따금 바람이 불어와도 수면에는 거의 파도가 일지 않았지만, 호숫가에서 멀어지자 배는 점점 강한 바람을 받게 되었다. 배의 속도가 빨라졌다. 30분쯤 지나자 운동장에서 지켜보고 있는 고든과 아이들이 검은 점으로밖에 보이지 않았다. 이윽고 그 점도 사라져버렸다.

모코는 뒤쪽, 브리앙은 가운데, 자크는 맨 앞의 돛대 밑에 앉아 있었다. 한 시간 동안은 오클랜드 언덕이 보였지만, 그것도 어느덧 수평선 너머로 사라져버렸다. 건너편 호숫가는 그리 멀지 않을 터인데 아직 눈에 들어오지 않았다. 햇살이 강해지기 시작하면 늘 그렇지만 바람이 눈에 띄게 잔잔해졌다. 정오 무렵이 되자 변덕스러운 옆바람밖에 불어오지 않았다.

"바람이 온종일 불어오지 않으면 곤란한데." 브리앙이 말했다.

"맞바람이 불면 더 곤란하죠." 모코가 대꾸했다.

"넌 철학자야, 모코."

"무슨 뜻으로 그런 말씀을 하는지 모르겠지만, 저는 무슨 일이 일어나도 절대 짜증을 내거나 초조해하지 않으려고 애쓰고 있습니다." 견습선원이 말했다.

브리앙 · 자크 · 모코는 친구들에게 작별을 고하고……

"그게 바로 철학이야."

"철학은 아무래도 좋지만, 노를 저읍시다. 날이 저물기 전에 건 너편에 도착하는 게 좋아요. 도착하지 못해도 어쩔 수 없지만요."

"네 말이 맞아, 모코. 내가 노 하나를 맡을 테니까 너도 하나를 맡아. 키는 자크한테 맡기고."

"그러죠. 자크가 키를 잡아주면 순조롭게 나아갈 수 있을 겁 니다."

"어떻게 하는지 가르쳐줘, 모코." 자크가 말했다. "가르쳐준 대 로 최대한 노력해볼게."

모코는 이제 펄럭이지도 않는 돛을 내렸다. 바람이 완전히 자 버렸다. 세 소년은 서둘러 간단한 식사를 끝냈다. 그런 다음 모코 는 앞쪽에 자리를 잡았고 자크는 뒤쪽에 앉았다. 브리앙은 그대 로 가운데에 앉아 노를 잡았다. 노를 젓기 시작하자 배는 힘차게 달리기 시작했다. 나침반을 보니 배는 약간 북동쪽으로 비스듬 히 나아가고 있었다.

보트는 이제 망망대해처럼 드넓은 호수 한복판을 달리고 있었 다. 수평선이 하늘과 맞닿아 있었다. 자크는 건너편 호숫가가 나 타나기를 기다리며 동쪽을 뚫어지게 바라보고 있었다.

3시쯤 망원경을 눈에 대고 있던 모코가 육지 같은 것이 보인다 고 말했다. 잠시 뒤에는 브리앙도 모코가 잘못 보지 않은 것을 확 인했다. 4시에는 낮은 호숫가에 나무 우듬지가 나타났다. 브리앙 이 '가짜 바다 곶'에서 호수 건너편을 보지 못한 것은 지대가 낮 은 탓이었던 게 분명했다. 체어먼 섬에는 슬루기 만과 패밀리 호수 사이에 솟아 있는 오클랜드 언덕 말고는 고지대가 전혀 없는 모양이다.

이제 4킬로미터만 더 가면 동쪽 호숫가에 도착할 것이다. 브리앙과 모코는 열심히 노를 저었지만 상당히 지쳐 있었다. 더위가 심해졌기 때문이다. 수면은 거울처럼 잔잔했다. 물은 아주 맑아서, 수초가 자라는 4~5미터 깊이의 바닥도 훤히 들여다보였다. 수초 사이를 수많은 물고기가 헤엄쳐 다니고 있었다.

저녁 6시쯤 드디어 건너편 호숫가에 도착했다. 호숫가에는 호랑가시나무와 해송이 무성한 가지를 늘어뜨리고 있었다. 둔치가 높아서 상륙하기가 어려웠기 때문에, 호숫가를 따라 북쪽으로 1킬로미터쯤 올라가야 했다.

"이게 지도에 나와 있는 강이야." 브리앙이 강의 출발점을 가리키며 말했다.

나팔꽃 모양의 강어귀에서 꽤 많은 물이 흘러나가고 있었다.

"이 강에도 이름을 붙여야 할 것 같은데요." 모코가 말했다.

"그래야겠지. 섬의 동쪽으로 흐르고 있으니까 '동강'이라고 부를까?"

"좋습니다. 그럼 이제 동강을 따라 개어귀까지 내려가기만 하면 되겠군요."

"강을 내려가는 건 내일로 미루고 오늘밤은 여기서 보내는 게 좋겠어. 날이 밝으면 배를 띄우자. 그러면 강 양쪽을 정찰할 수 있어."

"배에서 내릴 거야?" 자크가 물었다.

보트는 마침내 건너편 호숫가에 도착했다

"그래." 브리앙이 대답했다. "나무 밑에서 야영을 하자."

브리앙과 모코와 자크는 작은 후미를 이루고 있는 강기슭에 배를 댔다. 배를 나무줄기에 단단히 묶어놓고 배에서 무기와 식량을 내렸다. 세 소년은 커다란 감탕나무 밑에 모닥불을 피웠다. 그러고는 건빵과 찬 고기로 저녁을 때우고 땅바닥에 담요를 펼쳤다. 이제 곤히 잠자는 일밖에 남지 않았다. 만약의 경우에 대비하여 총에 탄약을 재워두었다. 밤이 이슥해지자 짐승의 울음소리도 들렸지만, 밤은 무사히 지나갔다.

브리앙은 새벽 6시에 누구보다 먼저 눈을 떴다. 그러고는 소리쳤다.

"출발!"

몇 분 뒤, 세 소년은 다시 배에 자리를 잡았다. 그리고 강물의 흐름을 따라 내려갔다.

물살은 꽤 빨라서 노를 저을 필요도 없었다. 벌써 30분 전에 썰물이 시작되었다. 그래서 브리앙과 자크는 앞쪽에 앉고 모코는 뒤에 앉아, 노 하나를 방향타처럼 이용해서 가벼운 보트가 흐름에서 벗어나지 않도록 조종했다.

"동강의 길이가 10킬로미터밖에 안 된다면, 썰물만 타도 바다까지 나갈 수 있을 겁니다. 이 강은 질랜드 강보다 물살이 빠르니까요." 모코가 말했다.

"그거 잘됐군. 하지만 돌아올 때는 밀물이 두세 번 필요할 거야."

"그렇습니다. 그러니까 되도록 우물쭈물하지 말고 서둘러 돌아와야 합니다."

"그래. 동쪽 바다에 육지가 있는지 없는지만 조사하고 곧바로 돌아오자."

모코의 계산에 따르면 보트는 시속 2킬로미터가 넘는 속도로 강을 따라 내려갔다. 나침반을 보니 동강은 동북동쪽을 향해 거의 일직선으로 흐르고 있었다. 양쪽 강둑은 깎아지른 듯했고, 너비는 질랜드 강보다 훨씬 좁아서 기껏해야 10미터 정도였다. 물살이 빠른 것은 그 때문이었다. 브리앙은 급류나 소용돌이가 나타나 해안까지 갈 수 없는 게 아닐까 불안해졌다. 어떤 문제가 생길지 모르니까 조심하는 게 상책이다.

강은 숲 한복판을 흐르고 있었다. 양쪽에는 나무가 울창했다. 덫숲과 거의 같은 종류의 나무들이 자라고 있었지만, 차이점이라면 감탕나무와 코르크나무·소나무·전나무가 많다는 점이었다.

브리앙은 고든만큼 식물을 잘 알지는 못했지만, 뉴질랜드에서도 자주 볼 수 있는 나무가 자라고 있는 것을 알아차렸다. 키가 20미터쯤 되는 그 나무는 가지를 우산처럼 펼치고, 원뿔 모양의 열매를 매달고 있었다. 길이가 10센티미터 정도인 열매는 끝이 뾰족하고 비늘 같은 것으로 덮여 있었다.

"저건 잣나무가 분명해!" 브리앙이 소리를 질렀다.

"그게 틀림없다면 여기에 잠깐 배를 대볼까요? 잣을 구할 수만 있다면 고생할 가치가 있지요." 모코가 말했다.

노를 젓자 배는 왼쪽 강둑으로 다가갔다. 브리앙과 자크는 펄쩍 뛰어 강둑으로 올라갔다. 잠시 후 두 소년은 잣송이를 잔뜩 갖고 돌아왔다. 잣송이에는 타원형 씨앗이 박혀 있고, 얇은 껍질에

싸인 씨앗에서는 개암나무 열매 같은 향기가 났다. 잣은 식민지의 먹보들에게 귀중한 발견이었지만, 잣에서 고급 기름을 얻을 수 있다는 점에서도 귀중한 발견이었다. 그것은 브리앙이 프렌치 동굴로 갖고 돌아간 뒤 고든이 가르쳐준 것이었다.

이 숲에도 호수 서쪽에 있는 다른 숲처럼 사냥감이 많은지를 확인하는 것도 중요했다. 사냥감은 많은 것 같았다. 나무 사이로 깜짝 놀라 달아나는 레아와 비쿠냐 무리, 무서운 속도로 달려가는 과나코들을 발견했기 때문이다. 새도 많았다. 도니펀이 있었다면 계속 총을 쏘아댔을 것이다. 하지만 브리앙은 탄약을 많이 가져왔는데도 함부로 총을 쏘지 않았다.

11시쯤에는 울창하던 나무가 눈에 띄게 줄어들기 시작했다. 여기저기 빈터가 보였다. 바람에 갯내음이 섞여 있었다. 그것은 바다가 가까워진 것을 알려주었다.

몇 분 뒤, 갑자기 감탕나무 숲 너머로 푸른 수평선이 모습을 드러냈다.

배는 여전히 물살을 타고 있었지만 전보다 속도가 느려졌다. 강의 너비는 15미터로 넓어졌고 파도가 일기 시작했다.

해안에 우뚝 솟아 있는 암벽 근처에 이르자 모코는 왼쪽 강기슭에 배를 댔다. 그러고는 닻을 들고 강가로 올라가 모래 속에 단단히 박아넣었다. 브리앙과 자크도 육지로 올라갔다.

체어먼 섬의 동해안은 서해안과는 딴판이었다. 이쪽에도 슬루기 만과 거의 같은 위도에 후미 하나가 입을 벌리고 있었다. 하지만 서해안에는 띠처럼 길게 이어진 암초와 절벽으로 둘러싸인 모래밭이 넓게 펼쳐져 있는 반면, 동해안에는 바위산이 첩첩이 늘어서 있었다. 그리고 바위산마다 동굴이 무수히 뚫려 있었다.

이 해안은 살기 좋을 것 같았다. '슬루기' 호가 이곳 여울에 좌초했다면, 그리고 좌초한 뒤 배를 용케 띄울 수 있었다면 동강 어귀에 자연히 생긴 작은 포구로 피난할 수도 있었을 것이다. 여기는 천연항이니까 썰물이 져도 바닷물이 다 빠져버리지는 않을 것이다.

브리앙은 우선 넓은 만을 둘러보았다. 너비는 20킬로미터 정도였고, 양쪽 끝은 모래밭으로 되어 있는 듯했다. 만이라고 부르기에 어울리는 곳이었다.

만은 적막했다. 텅 비어 있는 느낌이었다. 평소에도 이렇게 한적할 것이다. 수평선이 하늘과 맞닿은 곳까지 또렷이 바라볼 수 있었지만, 배는 그림자도 보이지 않았다. 육지도 섬도 있는 것 같지 않았다! 멀리 있는 육지의 어렴풋한 윤곽은 난바다의 수증기와 섞여 분간하기 어려운 경우가 많지만, 그런 윤곽을 분간하는 데 익숙한 모코가 망원경을 아무리 들여다보아도 육지는 보이지 않았다. 체어먼 섬은 서쪽만이 아니라 동쪽도 육지에서 멀리 떨어져 있는 모양이다. 그래서 보두앵의 지도에도 동쪽에 육지가 그려져 있지 않았던 것이다.

브리앙이 낙담했다고 말하면 과장이 될 것이다. 그것을 어느 정도 예상하고 있었기 때문이다. 그래서 초승달 모양의 이 후미에 '실망만'이라는 이름을 붙이기로 했다.

"이쪽에서도 고향으로 돌아갈 길을 찾을 수는 없을 것 같군!"

브리앙이 말했다.

"어떤 길로든 돌아갈 수는 있습니다. 어쨌든 빨리 점심을 먹는 편이 좋을 것 같은데요." 모코가 대답했다.

"그래. 빨리 먹자. 그런데 배는 몇 시쯤 동강을 거슬러 올라갈 수 있지?"

"밀물을 이용하려면 지금 당장이라도 배를 띄워야 합니다."

"그건 안 돼! 좀더 좋은 조건에서, 바다가 한눈에 보이는 바위산 꼭대기에서 수평선을 바라보고 싶어."

"그러면 다음 밀물을 기다려야 합니다. 밤 열 시까지는 동강에 밀물이 올라오지 않을 거예요."

"밤중에 배를 띄워도 괜찮을까?"

"문제없어요. 안전하게 달릴 수 있습니다. 보름달이 뜰 테니까요. 게다가 강줄기가 곧아서, 밀물이 계속되는 동안은 노로 방향만 잡아주면 됩니다. 썰물이 져서 강물이 바다 쪽으로 흐르게 되면 노를 저으면 되고요. 물살이 너무 빨라서 거슬러 올라갈 수 없으면, 날이 밝을 때까지 쉬면 됩니다."

"그래. 그렇게 하자. 그러면 열두 시간쯤 여유가 있으니까 그동안 탐험이나 해볼까."

점심을 먹은 뒤 세 소년은 저녁 때까지 해안을 조사했다. 이 일대에는 바위산 기슭까지 나무가 울창했다. 사냥감은 프렌치 동굴 주변과 마찬가지로 많아 보였다. 브리앙은 저녁거리로 메추라기를 몇 마리 잡기로 했다.

이 해안의 풍경을 특징짓는 것은 바위 덩어리가 겹겹이 쌓인

바위산이었다. 이렇게 커다란 바위들이 모여 있는 광경은 웅장한 무질서라고 부를 만했다. 프랑스 브르타뉴 지방에 있는 카르나크 거석군처럼 인간의 손을 빌리지 않은 거대한 자연석 바위들이 난립하여 천태만상을 이루고 있었다.

그 바위산에는 깊은 동굴이 수없이 뚫려 있었다. 이런 동굴은 살기에도 좋을 것 같았다. 여기에 거처를 마련하면 식민지 소년들은 '거실'이나 '저장실'을 몇 개나 만들 수 있을 것이다. 브리앙은 1킬로미터도 채 안 되는 거리를 걷는 동안, 살기 좋아 보이는 이런 동굴을 열 개도 넘게 발견했다.

그런데 조난자 프랑수아 보두앵은 왜 이곳에 거처를 마련하지 않았을까. 브리앙은 그 이유를 생각해보았다. 보두앵이 이 일대를 조사한 것은 틀림없다. 지도에 이쪽 해안선이 정확하게 그려져 있었기 때문이다. 하지만 보두앵이 이곳으로 이주한 흔적은 전혀 없었다. 그것은 섬의 동부 지역을 탐험하기 전에 이미 프렌치 동굴을 거처로 선택했기 때문일 것이다. 그리고 프렌치 동굴에 있으면 난바다에서 불어오는 바람을 피할 수 있으니까 이사하지 않는 편이 현명하다고 판단했을 것이다. 이 이유가 그럴싸했기 때문에 브리앙은 받아들일 수밖에 없었다.

난바다를 관찰하기에 가장 적당한 시간은 해가 서쪽으로 기울기 시작한 2시쯤이었다. 브리앙과 자크와 모코는 거대한 곰처럼 생긴 바위산을 기어올라갔다. 이 바위산은 작은 포구에서 30미터쯤 떨어진 곳에 서 있었다. 세 소년은 간신히 바위산 꼭대기에 이르렀다.

거대한 바위들이 천태만상을 이루고 있었다

꼭대기에서 뒤를 돌아보니, 서쪽에 패밀리 호수까지 펼쳐져 있는 숲이 내려다보였다. 커다란 초록빛 장막이 호수를 가리고 있었다. 남쪽은 북유럽의 메마른 불모지처럼 군데군데 검은 전나무 숲이 서 있을 뿐, 누르스름한 모래언덕이 길게 이어져 있는 것 같았다. 만의 북쪽 끝에는 나지막한 곳이 보이고, 그 너머에는 넓은 모래 평원이 펼쳐져 있었다. 요컨대 체어먼 섬은 중부만 땅이 기름졌다. 중부에서는 호수의 민물이 몇 개의 하천을 통해 동서로 흘러나가면서 대지에 생명을 불어넣고 있었다.

브리앙은 동쪽 수평선으로 망원경을 돌렸다. 수평선은 아주 또렷이 보였다. 10킬로미터쯤 떨어진 거리에 육지가 있다면 모두 망원경 렌즈를 통해 모습을 드러낼 것이다.

하지만 동쪽에는 아무것도 보이지 않았다. 끝없는 하늘에 둘러싸인 드넓은 바다 말고는 아무것도 없었다.

브리앙과 자크와 모코는 한 시간쯤 주의 깊게 바다를 관찰한 뒤, 다시 모래밭으로 내려오려고 했다. 바로 그때 모코가 브리앙을 붙잡고 북동쪽을 가리키면서 물었다.

"저기 있는 게 뭐죠?"

브리앙은 모코가 가리키는 쪽으로 망원경을 돌렸다.

수평선보다 조금 위에서 하얀 점 하나가 반짝반짝 빛나고 있었다. 하늘이 맑지 않았다면 구름으로 착각했을 것이다. 브리앙은 한참 동안 망원경을 들여다보면서, 그 점이 움직이지도 않고 수도 변하지 않는 것을 확인했다.

"저게 산이 아니라면 뭘까? 하지만 산이 저런 식으로 보이는 것도 이상해!"

잠시 후 해가 더욱 서쪽으로 기울자 그 반짝이는 점도 사라져 버렸다. 저기에 높은 땅이 있을까? 아니면 그 하얀 점은 수면에 반사된 햇빛에 불과할까? 브리앙은 단순히 반사된 햇빛이라고는 생각할 수 없었지만, 자크와 모코는 햇빛일 거라고 말했다.

탐험이 끝나자 세 소년은 동강 어귀에 있는 작은 포구로 돌아 갔다. 그곳 한구석에 배가 묶여 있었다. 자크는 나무 밑에 떨어진 낙엽을 모아서 불을 붙였고, 모코는 메추라기 고기를 구웠다.

7시쯤 저녁을 든든히 먹은 다음, 밀물이 들기를 기다리는 동안 자크와 브리앙은 해변을 산책하러 갔다.

모코는 잣을 따려고 왼쪽 강기슭을 거슬러 올라갔다.

모코가 포구로 돌아왔을 때는 날이 저물고 있었다. 바다는 섬 위의 하늘을 붉게 물들이고 있는 석양을 받아 아직 반짝반짝 빛 나고 있었지만, 해안에는 벌써 어스름이 깔려 있었다.

모코가 배로 돌아왔을 때 브리앙과 자크는 아직 돌아와 있지 않았다. 형제가 그렇게 멀리까지 갈 리는 없으니까 걱정할 필요 는 없었다.

하지만 바로 그때 흐느끼는 듯한 소리가 들렸다. 모코는 흠칫 놀랐다. 이어서 야단치는 듯한 소리도 들렸다. 그 소리는 분명 브 리앙의 목소리였다.

두 형제가 위험에 빠져 있는 건 아닐까? 모코는 포구를 둘러싸 고 있는 커다란 바위 뒤를 돌아 해변으로 달려나갔다.

그 순간 모코는 뜻밖의 광경을 보고 그 자리에 우뚝 멈춰섰다.

자크가 브리앙의 무릎에 매달려 있었다. 형에게 무언가를 호소하며 용서를 빌고 있는 것 같았다. 모코가 들은 울음소리는 자크의 목소리였다.

모코는 살며시 되돌아가려고 했지만 이미 늦었다. 모코는 모든 것을 듣고, 모든 사정을 이해했다. 모코는 이제 자크가 저지른 잘못을 알았다. 자크는 형에게 잘못을 고백한 참이었다. 브리앙은 소리를 질렀다.

"정말 골치 아픈 녀석이군! 왜…… 왜 그런 짓을 했어? 다 너 때문이야."

"용서해줘…… 형…… 용서해줘."

"네가 친구들과 어울리지 않는 이유를 이제야 알겠어. 그래서 너는 다른 애들을 두려워하고 있었구나. 다른 애들이 알면 절대로 안 돼! 절대 말하지 마! 아무한테도 말하면 안 돼!"

모코는 자크의 말을 들은 것을 후회했다. 자크의 비밀을 몰랐다면 얼마나 좋을까. 하지만 이제 와서 되돌릴 수는 없었다. 브리앙과 얼굴이 마주쳤을 때 아무것도 모르는 체하는 것은 너무나 괴로운 일이었다. 그래서 모코는 보트 옆에서 브리앙과 단둘이 있게 되었을 때 이렇게 말했다.

"브리앙 씨, 사실은 다 들어버렸어요."

"뭐? 그럼 자크가 저지른 짓을 알고 있단 말야?"

"예…… 하지만 자크를 용서해주지 않으면……."

"다른 애들도 용서해줄까?"

"그럴 겁니다! 하지만 다른 애들은 아무것도 모르는 편이 좋을

"용서해줘…… 형…… 용서해줘!"

것 같군요. 저는 말하지 않을 테니까 안심하세요."

"아아, 모코!" 브리앙은 견습선원의 손을 꽉 움켜쥐면서 중얼 거리듯 말했다.

보트에 탈 때까지 세 시간 동안 브리앙은 자크에게 말을 걸지 않았다. 자크도 모든 것을 털어놓은 뒤, 전보다 더 풀죽은 태도로 바위 밑에 말없이 앉아 있었다.

10시쯤 밀물이 시작되었다. 브리앙과 자크와 모코는 보트에 올라탔다. 밧줄을 풀자 배는 밀물을 타고 빠른 속도로 강을 거슬 러 올라갔다. 해가 지자마자 달이 떠올라 동강 유역을 환히 비추 었기 때문에, 밤 12시 반까지 계속 순조롭게 항해할 수 있었다.

하지만 그후 썰물이 시작되자 노를 저어야 했다. 한 시간을 저 어도 배는 1킬로미터밖에 나아가지 못했다.

브리앙은 새벽까지 그 자리에 닻을 내리고 밀물을 기다리기로 했다. 새벽 6시에 세 소년은 다시 배를 띄워, 9시에 패밀리 호수 에 도착했다.

호수에서 모코는 다시 돛을 올렸다. 배는 순풍을 받아 프렌치 동굴로 달리기 시작했다.

보트가 순조롭게 달리는 동안, 브리앙과 자크는 거의 말이 없 었다. 저녁 6시쯤 호숫가에서 낚시를 하고 있던 가넷이 배를 발 견했다. 곧이어 배는 호숫가에 도착했고, 고든이 세 소년을 반갑 게 맞아주었다.

18

브리앙은 모코가 알아버린 형제의 비밀을 고든에게도 말하지 않는 게 낫다고 판단했다. 그리고 소년들이 거실에 모두 모였을 때 이번 탐험의 결과를 보고했다. 브리앙은 체어면 섬의 동해안, 실망만을 둘러싼 지역, 호수에서 숲속을 지나 바다로 흘러나가는 동강, 호숫가의 울창한 숲에 대해 이야기했다.

체어면 섬의 서해안보다 동해안이 살기 편할지도 모르지만, 프렌치 동굴을 떠날 필요는 없을 것 같다고 덧붙였다. 난바다에는 육지가 전혀 보이지 않았다는 것도 보고했다.

수평선 위에서 하얀 점 같은 것을 보기는 했지만, 정말로 수평선 위에 존재하는 것인지 어떤지 확실치 않고, 아마 수증기의 소용돌이에 불과할지 모르니까 다음에 실망만을 찾았을 때 다시 한번 확인하는 게 좋겠다고 말했다.

명백한 사실은 체어먼 섬이 어떤 육지와도 멀리 떨어져 있다는 것이었다. 가장 가까운 대륙이나 군도와도 수백 킬로미터나 떨어져 있을지 모른다.

따라서 외부에서 구조의 손길이 뻗쳐올 때까지 용기를 잃지 말고 생존 투쟁을 계속할 수밖에 없다. 식민지 소년들이 스스로의 힘으로 섬에서 탈출할 길을 찾아내는 것은 불가능했기 때문이다.

소년들은 다시 각자 맡은 일을 시작했다. 닥쳐올 겨울에 대비하여 철저한 대책을 세워야 했다. 브리앙은 더욱 열심히 일에 몰두했다. 하지만 다른 소년들은 브리앙이 전처럼 마음을 터놓지 않고, 자크와 마찬가지로 다른 아이들한테서 떨어져 있고 싶어 하는 것을 알아차렸다.

뿐만 아니라 고든은, 용기를 발휘하거나 위험을 무릅써야 할 때면 브리앙이 반드시 자크를 앞에 내세우는 것도 알아차렸다. 그리고 자크도 열심히 그런 일을 도맡았다. 하지만 고든이 이유를 물어도 브리앙은 얼버무리기만 할 뿐이었다. 그래서 고든은 형제가 말다툼이라도 한 모양이라고 생각하고, 주의 깊게 브리앙을 지켜볼 뿐 그 일에 대해서는 더 이상 아무 말도 하지 않았다.

여러 가지 일을 하는 동안 2월이 지나갔다. 윌콕스가 패밀리 호수로 연어가 올라오는 것을 발견했기 때문에 질랜드 강 양쪽에 그물을 쳐서 꽤 많은 연어를 잡을 수 있었다. 연어를 보존해두려면 아무래도 많은 소금이 필요했다. 그래서 백스터와 브리앙은 몇 번이나 슬루기 만에 가서 작은 염전을 만들었다. 모래밭에 네모난 테두리를 만들고 바닷물을 담아놓으면 태양열로 물이 증발하여 소금이 생긴다.

3월 초부터 보름 동안 서너 명의 소년들이 질랜드 강 왼쪽에 펼쳐져 있는 남늪 일부를 탐험했다. 이 탐험을 계획한 것은 도니편이었다. 백스터는 도니편의 주문에 따라 가벼운 활대로 죽마를 만들었다. 늪지에는 여기저기에 얕은 웅덩이가 있기 때문에, 죽마가 있으면 발을 적시지 않고 마른 땅으로 건너갈 수 있다.

4월 17일 이른 아침, 도니편과 웨브와 윌콕스는 보트를 타고 강을 건너 왼쪽 기슭에 상륙했다. 모두 총을 메고 있었다. 도니편은 무기고에 보관해둔 오리 사냥용 장총을 메고 있었다. 남늪에 가면 이 총을 쏘아볼 기회가 있을 거라고 생각했다.

세 명의 사냥꾼은 강을 건너자마자, 밀물 때도 수면 위로 얼굴을 내밀고 있는 높은 지대까지 죽마를 타고 가기로 했다.

판도 세 소년을 따라왔다. 물론 판은 죽마를 탈 필요가 없있다. 개는 발이 젖는 것도 아랑곳하지 않고 웅덩이를 팔짝팔짝 뛰어서 건너갔다.

남서쪽으로 1.5킬로미터쯤 내려가자 늪지 안의 마른 땅에 도착했다. 세 소년은 사냥감을 쉽게 추적할 수 있도록 죽마에서 내렸다.

남늪은 동쪽을 제외하고는 삼면이 바다까지 끝없이 펼쳐져 있었다. 서쪽에는 수평선이 하늘과 맞닿아 있었다.

늪지에는 사냥감이 많았다. 도요·고방오리·오리·흰눈썹뜸부기·물떼새·상오리도 있었다. 검둥오리도 헤아릴 수 없이 많

개는 웅덩이를 팔짝팔짝 뛰어서 건너갔다

았다. 검둥오리는 고기보다 솜털을 얻기 위해 많이 잡지만, 고기도 잘만 요리하면 맛이 일품이었다. 도니펀과 두 친구는 총알을 한 방도 허비하지 않고 그 물새를 수백 마리나 잡을 수 있었을 것이다. 하지만 세 소년은 분별이 있었기 때문에 수십 마리를 잡는 것으로 만족했다. 판이 큰 늪 한복판까지 들어가서 총에 맞은 새를 물어왔다.

그런데 도니펀은 다른 새를 꼭 한번 쏘아보고 싶었다. 물론 그런 새는 모코가 아무리 요리 솜씨를 발휘해도 식탁에 오를 수는 없을 것 같았다. 그 새는 장다리물떼새와 머리에 화려한 흰색 깃털이 나 있는 해오라기였다.

하지만 총알을 함부로 낭비하면 안 되기 때문에 도니펀은 꾹 참고 있었지만, 붉은 날개를 가진 홍학을 보았을 때는 뛰는 가슴을 도저히 억누를 수가 없었다.

홍학은 특히 바닷물이 섞인 늪지에 사는데, 고기는 자고새만큼 맛있다. 홍학은 무리를 지어 질서정연하게 늘어서 있고, 파수꾼이 무리를 지키고 있었다. 그래서 도니펀 일행을 본 파수꾼은 위험을 느끼고 나팔 같은 소리를 질렀다. 체어먼 섬의 새들 가운데 가장 아름다운 홍학을 보고 도니펀은 본능에 몸을 맡겼다. 윌콕스와 웨브도 도니펀과 마찬가지로 분별을 잃었다. 세 소년은 함께 홍학 떼를 향해 돌진했지만, 완전한 헛수고였다. 세 소년은 미처 몰랐지만, 들키지 않고 가까이 접근하기만 하면 홍학은 간단히 잡을 수 있다. 바로 옆에서 총소리가 나면 홍학은 달아나기는커녕 놀라서 그 자리에 우뚝 서버리기 때문이다.

이리하여 세 소년은 부리 끝에서 꼬리 끝까지의 길이가 1.5미터나 되는 멋진 홍학을 놓치고 말았다. 경계심이 강해진 홍학 떼는 멀리 남쪽으로 사라져버렸다. 사정거리가 긴 오리 사냥용 장총을 써볼 틈도 없었다.

그래도 세 사냥꾼은 많은 새를 잡았기 때문에 남늪에 온 것을 전혀 후회하지 않았다. 물에 잠긴 곳까지 돌아오자 그들은 다시 죽마를 타고 질랜드 강둑에 이르렀다. 추운 계절이 오면 지금보다 사냥감이 더 많아질 테니까, 그때 다시 가면 된다.

한편 고든은 추위가 닥치기 전에 프렌치 동굴의 월동 준비를 끝낼 생각이었다. 외양간의 난방을 위해서는 많은 땔나무를 비축해두어야 한다. 그래서 늪숲까지 몇 번이나 땔감을 모으러 갔다. 과나코 두 마리가 끄는 수레가 보름 동안 하루에도 몇 번씩 강기슭을 오르내렸다.

이제 프렌치 동굴은 땔나무를 잔뜩 쌓아두었고 바다표범 기름도 충분히 비축해두었기 때문에, 겨울이 반년 넘게 계속되어도 추위나 어둠을 걱정할 필요가 없었다.

이런 작업을 하는 동안에도 하급생들의 공부는 예정대로 진행되었다. 상급생들은 교대로 하급생을 가르쳤다. 일주일에 두 번씩 열리는 토론회 때 도니편은 여전히 잘난 체하는 태도를 보였기 때문에 다른 아이들을 자기편으로 끌어들이지 못했다. 늘 어울리는 친구를 제외한 나머지 아이들은 도니편을 좋아하지 않았다.

그래도 도니편은 고든의 임기가 끝나기 두 달 전부터 벌써 식민지의 다음 지도자가 되기로 마음먹었다. 허영심과 자만심이 강한 도니펀은 당연히 지도자가 될 수 있을 거라고 믿었다. 첫 번째 선거에서 지도자로 뽑히지 못한 것이 아무리 생각해도 억울한 모양이었다. 윌콕스와 크로스와 웨브는 도니펀에게 그런 생각을 심어주고, 이번 선거의 동향을 살펴보면 도니펀이 지도자로 뽑힐 것은 틀림없다고 예측했다.

하지만 도니펀은 대다수의 지지를 받고 있지 않았다. 특히 어린 아이들은 도니펀에게 표를 던질 생각이 전혀 없었고, 고든을 다시 뽑을 생각도 없었다.

이런 상황을 정확히 꿰뚫어본 고든은 재선될 자격이 있는데도 지도자 자리에 남아 있을 생각이 전혀 없었다. 임기 동안 줄곧 엄격한 태도를 취했기 때문에, 자기한테 표가 모이지 않으리라는 것을 알아차리고 있었다. 아이들은 고든의 강경한 방식과 지나치게 현실적인 태도를 싫어할 때가 많았다. 도니펀은 고든이 이렇게 인기가 없는 것을 교묘히 이용하면 표를 끌어모을 수 있다고 생각했다. 선거 때는 흥미진진한 싸움이 벌어질 터였다.

어린 아이들이 주로 불평한 것은 고든이 단 음식을 못 먹게 한다는 점이었다. 게다가 고든은 인색할 만큼 근검절약을 강조하고, 옷이나 신발이 망가지지 않도록 조심하라고 까다롭게 잔소리를 해댔다. 아이들이 옷을 더럽히거나 찢거나 구두에 구멍을 내면 고든은 호되게 야단을 쳤다. 특히 구두에 구멍이 나면 수선하기가 어려워서 골치를 앓아야 하기 때문이다.

단추를 잃어버리거나 하면 잔소리를 들었고, 때로는 벌을 받기도 했다. 아이들이 저고리나 바지의 단추를 잃어버리는 일이 자주 일어났기 때문에, 고든은 저녁마다 단추가 제대로 달려 있는지를 점검했다. 그리고 그 결과에 따라 식후에 디저트로 먹는 과자나 과일을 주지 않거나 외출을 금지시켰다. 그러면 브리앙이 나서서 젱킨스나 돌을 감싸주었기 때문에, 브리앙의 인기는 날로 높아졌다.

어린 아이들은 요리를 맡고 있는 서비스와 모코가 브리앙을 잘 따르는 것을 알고 있었다. 그래서 브리앙이 체어먼 섬의 지도 자가 되면 단 음식을 실컷 먹으면서 즐겁게 지낼 수 있을 거라고 기대했다.

이 작은 세계는 얼마나 시시한 것으로 이루어져 있는가! 실제로 이 소년들의 식민지는 인간 사회의 축도가 아닐까? 아이들은 인생에 첫발을 내디딘 순간부터 '어른을 흉내내는' 경향을 갖고 있는 게 아닐까?

브리앙은 지도자 따위에는 관심이 없었다. 그는 쉬지 않고 일했고, 동생 자크에게도 끊임없이 일거리를 맡겼다. 브리앙과 사크는 둘 다 특별한 의무를 수행해야 하는 것처럼 누구보다도 먼저 일을 시작하고 맨 마지막까지 일했다.

아이들이 모든 시간을 공부와 일에만 쏟은 것은 아니었다. 시간표에는 노는 시간도 몇 시간 들어 있었다. 신체를 단련하는 것은 건강에 좋다. 하급생도 상급생도 모두 신체를 단련하는 놀이에 참여했다. 나무줄기에 밧줄을 묶어놓고 가지까지 기어오르거나, 긴 막대기를 이용하여 우묵한 구덩이를 뛰어넘기도 했다. 호수에서 수영도 했다. 헤엄을 못 치는 아이도 금방 수영을 배울 수

긴 막대를 이용하여 구덩이를 뛰어넘기도 했다

있었다. 우승자에게 상을 주는 경주를 하거나, 사냥도구인 올가미와 볼라 사용법을 배우기도 했다.

이런 놀이 중에는 영국 소년들이 즐기는 놀이도 몇 가지 포함되어 있었다. 앞에서 말한 것 말고도 게이트볼과 비슷한 크로케, 넓은 오각형 모서리에 나무 핀을 세워놓고 긴 막대기로 공을 쳐서 그 핀을 맞히는 라운더스, 팔 힘과 정확한 눈어림을 필요로 하는 고리 던지기도 했다.

이 고리 던지기는 좀더 자세히 설명하는 게 좋을 듯하다. 하루는 이 놀이 때문에 브리앙과 도니펀 사이에 불상사가 벌어졌기 때문이다.

4월 25일 오후였다. 여덟 명의 소년이 두 패로 나뉘어 운동장 잔디밭에서 고리 던지기 시합을 하고 있었다. 도니펀·웨브·윌콕스·크로스가 한 팀이었고, 브리앙·백스터·가넷·서비스가 한 팀이었다.

운동장에는 쇠막대기 두 개가 15미터 간격을 두고 세워졌다. 선수들은 제각기 두 개의 고리를 갖고 있었다. '쿼이트'라고 부르는 이 쇠고리는 가운데에 구멍이 뚫려 있고 안쪽보다 바깥쪽이 얇다.

선수들은 막대기를 잘 겨냥하여 두 개의 쇠고리를 두 개의 막대기에 하나씩 차례로 던져야 한다. 고리가 막대기에 걸리면 점수를 얻는다. 하나가 성공하면 2점, 둘 다 성공하면 4점이다. 막대기에 걸지 못했을 경우, 쇠고리가 둘 다 막대기에 더 가까이 떨어지면 2점, 하나만 좋은 위치에 떨어지면 1점밖에 얻지 못한다.

그날 선수들은 몹시 흥분해 있었다. 어쨌든 브리앙과 도니편이 양팀 대표로 맞붙었으니, 양쪽 다 이 시합에 여느 때와 다른 자존심을 걸고 있었다.

벌써 두 게임이 끝났다. 첫 판은 브리앙 팀이 7점으로 이겼고, 다음에는 도니편 팀이 6점으로 이겼다.

지금은 '결승전'이 벌어지고 있었다. 그런데 점수는 양쪽 다 5점이고, 남은 쇠고리는 두 개뿐이었다.

"도니편, 네 차례야." 웨브가 말했다. "잘 던져! 이게 마지막이니까. 꼭 이겨야 돼."

"조용히 해!" 도니편이 대꾸했다.

그리고 자세를 취했다. 한쪽 발을 조금 앞으로 내밀어 중심을 잡고, 오른손에 쿼이트를 쥐고 몸을 가볍게 앞으로 기울이면서 윗몸을 왼쪽 옆구리로 떠받친다.

자만심 강한 이 소년은 이를 악물고, 창백해진 얼굴로 찌푸린 눈썹 밑에서 눈을 번득이며 온 신경을 집중시켰다.

도니편은 둥근 쇠고리를 흔들면서 신중하게 조준을 맞춘 다음, 수평으로 힘껏 고리를 던졌다. 쇠막대기는 15미터 앞에 있다.

쇠고리는 막대기에 걸리지 않고, 바깥쪽 테두리가 막대기에 닿은 채 그 바로 옆에 떨어졌다. 결국 1점을 보태서 6점이 되었다.

도니편은 분해서 발을 굴렀다.

"야아, 정말 아깝다." 크로스가 말했다. "하지만 아직 진 건 아니야."

"분명히 이길 거야!" 월콕스도 말했다. "네 고리는 막대기 바로 옆에 떨어졌어. 브리앙이 고리를 막대기에 건다면 별문제지만, 어디 한번 잘해보라지."

다음에는 브리앙이 던질 차례였다. 쇠고리가 막대기에 걸리지 않으면 브리앙 팀이 진다. 쇠고리를 도니펀이 던진 것보다 막대기에 더 가까이 떨어뜨리는 것은 불가능해 보였기 때문이다.

"잘해!" 서비스가 외쳤다.

브리앙은 아무 대꾸도 하지 않았다. 도니펀의 코를 납작하게 해주고 싶은 마음은 전혀 없었다. 다만 자신을 위해서가 아니라 자기 팀의 다른 아이들을 위해서 시합에 이기고 싶을 뿐이었다.

브리앙은 위치를 잡고 절묘한 동작으로 쇠고리를 던졌다. 쇠고리는 멋지게 막대기에 걸렸다.

"7점!" 서비스가 자랑스럽게 외쳤다. "이겼다! 우리가 이겼어!"

그때 도니펀이 분개하여 앞으로 나섰다.

"아니야. 너희가 졌어!"

"어째서?" 백스터가 되받았다.

"브리앙이 속임수를 썼으니까."

"속임수라고?" 생각지도 않은 비난에 브리앙은 안색이 변해서 되물었다.

"그래. 속임수야! 너는 발을 줄 위에 놓지 않고, 두 발짝이나 앞으로 나와서 던졌어!"

"거짓말!" 서비스가 외쳤다.

"그래, 거짓말이야!" 브리앙이 말했다. "설령 그게 사실이라 해도, 일부러 그런 게 아니라 실수로 그랬을 뿐이야. 그런데 내가 속임수를 썼다고 말하는 건 도저히 참을 수 없어."

"그래? 참을 수 없다는 게 정말이야?" 도니펀은 어깨를 으쓱하면서 물었다.

"그래! 못 참아!" 더 이상 참을 수 없게 된 브리앙은 큰 소리로 대답했다. "우선 내가 줄 위에 발을 놓고 있었다는 증거를 보여주지!"

"그래! 그래!" 백스터와 서비스가 소리쳤다.

"그걸 어떻게 증명해?" 웨브와 크로스가 말했다.

"모래 위에 내 신발 자국이 남아 있는 걸 봐!" 브리앙이 말했다. "도니펀이 잘못 보았을 리가 없으니까, 도니펀이야말로 거짓말을 한 거야!"

"내가 거짓말을 했다고?" 도니펀은 천천히 브리앙에게 다가왔다.

웨브와 크로스가 도니펀을 응원하려고 뒤에 바싹 붙어서 따라왔다. 서비스와 백스터도 싸움이 벌어지면 브리앙에게 가세할 태세를 갖추었다.

도니펀은 저고리를 벗고 소매를 팔꿈치까지 걷어올리고 손수건을 손목에 묶고는 권투선수 같은 자세를 취했다.

브리앙은 냉정을 되찾고 가만히 있었다. 친구와 싸워서 다른 아이들에게 나쁜 본을 보이기가 싫은 듯했다.

"나를 모욕한 건 네 잘못이야, 도니펀. 그런데 되레 나한테 싸움을 걸 셈이야?"

"그래!" 도니펀은 빈정거리는 투로 말했다. "도전을 받고도 찍

도니펀은 권투선수 같은 자세를 취했다

소리 못하는 놈한테는 언제든지 싸움을 걸어주겠어!"

"내가 도전을 받고도 가만히 있는 것은 싸우고 싶지 않아서야." 브리앙이 말했다.

"네가 도전을 받고도 가만히 있는 것은 겁쟁이이기 때문이야." 도니펀이 대꾸했다.

"겁쟁이라고? 내가?"

"그래. 넌 비겁한 겁쟁이야!"

이 말에 브리앙은 싸울 각오를 굳혔다. 소매를 걷어올리고는 도니펀과 정면으로 맞섰다. 두 소년은 서로 노려보며 당장이라도 싸울 태세를 갖추었다.

영국의 가정이나 학교에서는 권투가 교육 과정의 일부다. 권투를 잘하는 소년은 성격이 차분하고 참을성이 강해서 좀처럼 싸움을 하려 들지 않는 것은 누구나 인정하고 있었다.

브리앙은 프랑스인이니까, 상대의 얼굴에 주먹을 날리는 권투 따위에는 흥미를 가져본 적이 없었다. 그래서 도니펀과는 나이도 같고 키도 비슷하고 힘도 막상막하지만, 노련한 권투선수인 도니펀에 비해 브리앙은 훨씬 불리한 입장에 놓여 있었다.

드디어 싸움이 시작되어 첫 번째 주먹이 막 날아가려는 순간, 고든이 부리나케 달려왔다. 돌이 달려가 알렸던 것이다.

"브리앙! 도니펀!" 고든이 소리쳤다.

"브리앙이 나더러 거짓말쟁이라고 했어!" 도니펀이 말했다.

"너는 내가 속임수를 썼다고 비난하고, 비겁한 겁쟁이라고 했잖아!" 브리앙이 응수했다.

이제는 모든 소년들이 고든 주위에 모여 있었다. 브리앙과 도니편은 조금 뒤로 물러나 있었다. 브리앙은 팔짱을 꼈고, 도니편은 여전히 권투 자세를 취하고 있다.

"도니편!" 고든이 엄격한 목소리로 말했다. "나는 브리앙을 잘 알아. 브리앙이 먼저 싸움을 걸 리가 없어. 네가 먼저 시비를 걸었겠지."

"그래, 고든." 도니편이 대답했다. "이제 너를 잘 알았어. 너는 언제나 나한테 반대만 할 작정이군."

"그래. 그럴 만한 이유가 있다면 당연히 반대해야지." 고든이 대답했다.

"그건 아무래도 좋아. 하지만 잘못한 게 브리앙이든 나든, 브리앙이 내 도전을 받아들이지 않는다면 비겁한 겁쟁이야."

"도니편." 고든이 말했다. "너는 심술궂은 녀석이야. 다른 아이들한테 나쁜 본을 보이고 있어. 왜 그렇게 성격이 비뚤어졌지? 이게 무슨 짓이야? 이런 중대한 시기에 싸움이나 하려 들다니! 우리 중에서 가장 모범적인 브리앙을 끊임없이 비난하고 공격하다니!"

"브리앙! 고든한테 고맙다고 해!" 도니편이 소리쳤다. "그리고 앞으로 조심해!"

"그만둬!" 고든이 호통을 쳤다. "나는 지도자로서 너희들이 치고받고 싸우는 건 절대 용납하지 않겠어! 브리앙은 프렌치 동굴로 돌아가! 도니편, 너는 아무 데나 네가 좋아하는 곳에 가서 화를 가라앉혀. 그리고 내가 너한테 잘못이 있다고 말한 건 지도자로서 당연한 의무를 수행한 것뿐이라는 사실을 깨달으면 다시 돌아와도 좋아!"

"그래! 그래!" 웨브와 윌콕스와 크로스를 제외한 나머지 소년들은 모두 입을 모아 외쳤다. "고든 만세! 브리앙 만세!"

이렇게 거의 모두가 찬성하는 것을 보고, 도니펀도 고든의 말에 따를 수밖에 없었다. 브리앙은 동굴로 돌아갔다.

잠자리에 들 시간이 되어서야 돌아온 도니펀은 겉으로는 이번 사건을 까맣게 잊은 듯이 보였다. 하지만 그의 마음속에 앙심이 응어리처럼 맺혀 있고, 브리앙에 대한 적개심도 더욱 커졌을 뿐 아니라 고든에게 받은 징벌을 잊지 않고 기회만 있으면 그 원한을 곱씹으리라는 것은 누구나 느낄 수 있었다. 고든은 도니펀과 브리앙을 화해시키려고 애썼지만, 도니펀은 그것도 모두 거절했다.

작은 식민지의 평화를 위협하는 이런 말썽은 정말 유감스러운 일이다. 도니펀은 윌콕스와 크로스와 웨브를 자기편으로 심고 있었다. 세 소년은 도니펀에게 감화되어 무조건 도니펀이 옳다고 믿었다. 이래서는 장차 분열이 일어나리라고 걱정하는 것도 당연하지 않은가!

그런데 그날 이후로는 아무 문제도 일어나지 않았다. 아무도 브리앙과 도니펀 사이에 일어난 사건을 입에 올리려 하지 않았다. 여느 때처럼 월동 준비가 계속되었다.

겨울은 기다릴 사이도 없이 닥쳐왔다. 5월 첫 주에 추위가 심해졌기 때문에, 고든은 거실에 난로를 피우고 밤낮으로 불을 때라고 명령했다. 이제 곧 외양간도 난방을 해야 한다. 그 일은 서비스와 가넷이 분담하기로 했다.

그 무렵이 되자 철새들은 떼를 지어 다른 곳으로 이동할 준비를 했다. 도대체 그 새들은 어디로 날아갈까? 아마 체어먼 섬보다 따뜻한 곳을 찾아 태평양이나 아메리카 대륙의 북쪽 지방으로 날아갈 것이다.

그런 철새로는 우선 제비가 있었다. 이 아름다운 철새는 놀랄만큼 먼 거리를 빠른 속도로 날아갈 수 있다. 브리앙은 집으로 돌아가기 위해서라면 어떤 방법도 마다하지 않겠다고 늘 생각했기 때문에, 조난한 '슬루기' 호 소년들의 위치를 알리기 위해 제비의 이동을 이용할 방법을 궁리했다. 제비를 수십 마리 잡는 것쯤은 식은 죽 먹기였다. 사람을 의심할 줄 모르는 제비는 저장실 안에까지 둥지를 틀었기 때문이다. 소년들은 제비의 목에 작은 헝겊 주머니를 매고 그 안에 쪽지를 넣었다. 체어먼 섬이 태평양 어디쯤에 있는지를 대충 그리고, 이 쪽지를 본 사람은 뉴질랜드의 수도 오클랜드로 꼭 좀 알려달라고 당부하는 말을 덧붙였다.

그리고 제비들을 놓아주었다. 제비 떼가 북동쪽으로 사라지려 할 때 소년들은 벅찬 가슴으로 "안녕!" 하고 외쳤다. 정말 감동적인 장면이었다.

이런 방법으로 소년들이 구조될 가능성은 거의 없다. 그 쪽지 가운데 하나라도 누군가의 손에 들어가기를 기대할 수는 없었지만, 그래도 브리앙이 그 실낱같은 희망을 놓치지 않은 것은 옳은 태도였다.

5월 25일에 벌써 첫눈이 내렸다. 작년보다 며칠이 일렀다. 이렇게 일찍 겨울이 찾아온 것을 보면 올해는 추위가 더 심할까? 어쨌든 그것이 걱정이었다. 다행히 프렌치 동굴에는 땔감도 기름도 식량도 긴 겨울을 너끈히 버틸 수 있을 만큼 넉넉히 비축되어 있었다. 그리고 남늪에는 사냥감인 새들도 많았다. 그 새들은 질랜드 강을 즐겨 찾아오게 되었다.

벌써 몇 주 전에 따뜻한 겨울옷이 배급되었다. 고든은 건강을 유지하기 위한 규칙이 엄격하게 지켜지도록 신경을 썼다.

바로 그 무렵 프렌치 동굴은 은밀한 흥분에 휩싸여 있었다. 소년들도 분위기에 휩쓸려 침착성을 잃었다. 고든이 체어먼 섬의 지도자로 뽑힌 지 1년이 다 되어가고 있었기 때문이다. 고든의 임기는 6월 10일에 끝난다.

그 때문에 여러 가지 교섭과 흥정만이 아니라 책략과 음모까지 벌어져 소년들의 세계는 심하게 요동치고 있었다. 고든은 무관심한 태도를 취하려고 했다. 브리앙은 프랑스인이었기 때문에, 거의 다 영국인인 소년들의 식민지에서 지도자가 될 생각은 꿈에도 하지 않았다.

결국 겉으로 드러나지 않게 속으로 이 선거에 각별히 신경을 쓰고 있는 것은 도니펀이었다. 물론 그가 머리도 좋고 용감하다는 것은 누구나 인정하는 사실이었다. 따라서 성격이 교만하고 태도가 고압적이고 시샘이 많다는 결점만 없었다면 도니펀이 지도자가 될 가능성은 충분했다.

그런데 도니펀은, 자기가 고든의 후임자가 될 것은 확실하다고 믿었기 때문인지, 표를 부탁하고 다니기가 자존심이 상했기 때문인지는 모르지만, 선거에서 한 발짝 비켜나 있는 태도를 취하고 있었다. 그래도 도니편이 노골적으로 하지 않는 선거운동을 친구들이 대신 해주었다. 윌콕스와 웨브와 크로스는 도니편에게 투표하라고 몰래 아이들을 설득했다. 특히 하급생의 지지가 중요했다. 그런데 다른 이름이 후보에 오르지 않았기 때문에 도니편은 당연히 자기가 지도자로 뽑힐 거라고 믿었다.

6월 10일이 왔다.

오후에 투표가 실시되었다. 각자 지도자로 뽑고 싶은 사람의 이름을 투표용지에 적어야 했다. 과반수 득표자가 있으면 새로운 지도자가 탄생하게 된다. 식민지의 유권자는 14명─모코는 흑인이라서 선거권을 행사할 수 없었고, 모코 자신도 선거권을 요구하지 않았다─이니까, 8표만 얻으면 당선이다.

투표는 고든이 입회한 가운데 오후 2시에 시작되었다. 영국인들이 투표를 할 때는 늘 그렇지만, 투표는 엄숙한 분위기에서 이루어졌다.

개표 결과는 아래와 같았다.

브리앙 ······································ 8표

도니편 ······································ 3표

고든 ······································ 1표

고든과 도니편은 기권했다. 고든에게 표를 던진 것은 브리앙이었다.

이 결과가 발표되자 도니펀은 실망과 분노를 감추지 못했다.

브리앙은 과반수의 표를 얻은 데 놀라서, 처음에는 그 영예를 사양하려고 했다. 하지만 어떤 생각이 머릿속에서 번득인 모양이다. 동생 자크를 바라본 뒤 이렇게 말했기 때문이다.

"고맙습니다, 여러분. 고맙게 받아들이겠습니다."

이리하여 브리앙은 그날부터 1년 동안 체어먼 식민지의 지도자가 되었다.

19

신호용 돛대—혹한—홍학—스케이트—자코의 고백—
도니펀과 크로스의 반항—안개—안개 속의 자코—
프렌치 동굴의 대포를 발사하다—검은 점들—도니펀의 태도

소년들이 브리앙을 지도자로 뽑은 것은 그의 다정한 성격, 식
민지의 운명이 걸려 있을 때 언제나 보여주는 용기, 공동의 이익
을 위해 애쓰는 헌신적인 행동을 인정했기 때문이다. 뉴질랜드
에서 체어먼 섬까지 오는 동안 '슬루기' 호의 지휘를 맡은 그날부
터 브리앙은 어떤 위험이나 난관에 부닥쳐도 결코 물러서지 않
았다. 브리앙은 다른 나라 사람이었지만, 상급생도 하급생도 모
두 브리앙을 사랑했다. 특히 브리앙이 끊임없이 마음을 써주고
열심히 돌보아준 어린 아이들은 모두 브리앙에게 표를 던졌다.
브리앙의 장점을 인정하려 들지 않는 것은 도니펀과 그의 패거
리뿐이었다. 하지만 그들도 가장 훌륭한 친구에게 자신들이 불
공평한 태도를 취하고 있다는 것을 속으로는 다 알고 있었다.

고든은 이번 선거로 내분이 더욱 심각해질 거라고 예상했고,

도니편 일파가 무언가 못된 일을 꾸미지나 않을까 걱정했다. 하지만 브리앙에게 축하를 아끼지는 않았다. 고든은 공정한 사고방식을 갖고 있었기 때문에 당연히 이번 선거 결과를 인정하고, 자신은 앞으로 프렌치 동굴의 회계에만 전념하기로 마음먹었다.

하지만 그날부터 도니편과 그의 패거리는 이런 상황을 참을 수 없어서 절대 브리앙에게 협력하지 않겠다고 결심했다. 물론 브리앙도 그들이 극단적인 행동으로 치달을 기회를 주지 않겠다고 결심했지만.

자크는 형이 선거 결과를 받아들이는 것을 보고 놀라지 않을 수 없었다.

"형은 정말로……?" 자크는 질문하다 말고 그만두었지만, 브리앙은 동생의 생각을 알아차리고는 고개를 끄덕이며 대답했다.

"그래. 나는 네 잘못을 갚기 위해 지금까지보다 더 열심히 봉사하고 싶은 마음뿐이야."

"고마워, 형. 나를 너그럽게 봐주지 마!"

이튿날부터 또다시 기나긴 겨울의 따분한 생활이 시작되었다.

추위 때문에 슬루기 만에 더 이상 갈 수 없게 되기 전에 브리앙은 한 가지 중요한 일을 하기로 했다.

아시다시피 오클랜드 언덕 꼭대기에는 신호용 돛대가 세워져 있다. 그런데 이 돛대에 걸린 깃발이 몇 주 동안이나 바닷바람을 맞아 누더기가 되어버렸다. 그래서 깃발 대신 겨울 바람에도 견딜 수 있는 것을 달아둘 필요가 있었다. 백스터는 브리앙의 지시에 따라 늪지대 부근에 자라는 등심초 줄기를 엮어서 커다란 공을 만들었다. 이 공이라면 바람이 줄기 사이를 빠져나갈 테니까 거센 돌풍도 견딜 수 있을 것이다.

공이 완성되자, 6월 17일 슬루기 만으로 마지막 원정을 떠났다. 브리앙은 영국 국기를 내리고 이 새로운 신호 장치를 달았다. 공은 몇 킬로미터 밖에서도 볼 수 있을 것이다.

브리앙과 그의 '피통치자들'이 프렌치 동굴에 틀어박힐 날이 다가오고 있었다. 기온은 시시각각 내려가, 매서운 추위가 오랫동안 계속될 조짐을 보였다.

브리앙은 보트를 벼랑 모퉁이로 끌어올렸다. 널빤지가 말라서 이음매가 벌어지지 않도록 보트에 두꺼운 방수포를 씌웠다. 백스터와 윌콕스는 외양간 주위에 올무를 설치하고 덫숲 경계선에 새로운 함정을 몇 개나 팠다. 마지막으로 강한 남풍을 타고 섬 안쪽으로 날아오는 물새를 잡기 위해 질랜드 강 왼쪽 기슭을 따라 그물을 쳤다.

그러는 동안 도니펀과 그 친구들은 숙마를 타고 남늪에 가서 새를 잔뜩 잡아왔다.

7월 초에 강물이 얼기 시작했다. 패밀리 호수에 생긴 얼음 덩어리가 강물을 타고 흘러내렸다. 이 얼음장들은 프렌치 동굴보다 조금 하류에 겹겹이 쌓여 커다란 빙산을 이루었다. 빙산이 물길을 막자 강은 순식간에 두꺼운 얼음으로 뒤덮였다. 영하 12도까지 내려가는 이런 추위가 계속되면 호수 전체가 꽁꽁 얼어붙는 것도 시간 문제였다. 돌풍이 호수 전체가 얼어붙는 것을 늦추고 있었지만, 바람이 남동풍으로 바뀌고 하늘이 맑게 개자 기온은 영하 20도까지 곤두박질쳤다.

작년에 만든 것과 비슷한 겨울 생활 시간표가 작성되었다. 브리앙은 시간표를 엄격하게 지키라고 요구했지만, 지도자의 권한을 과시하려고 하지는 않았다. 소년들은 모두 브리앙의 말을 잘 들었고, 고든이 앞장서서 모범을 보임으로써 브리앙의 수고를 덜어주었다.

도니펀 패거리도 아직까지는 반항적인 태도를 보이지 않았다. 그들은 함정과 올무, 새그물과 덫을 놓는 일에 전념하고 있었다. 이것은 그들에게 특별히 맡겨진 일이었다. 하지만 그들은 늘 저들끼리만 어울리고, 식사할 때나 밤에 모두 모였을 때도 다른 아이들과는 말도 하지 않고 따로 모여서 작은 소리로 쑥덕거렸다. 뭔가 못된 짓이라도 꾸미고 있는 것일까? 그것은 알 수 없지만, 어쨌든 비난받을 만한 일은 하지 않았기 때문에 브리앙도 참견하지 않았다. 브리앙은 모든 소년을 공정하게 대했다.

브리앙은 계속 힘들고 어려운 일을 도맡았고, 자크도 꾀부리지 않고 형을 도왔다. 고든은 자크의 성격이 달라진 것을 알아차리고 있었다. 모코도 자크가 친구들과 어울려 놀기도 하고 대화에도 끼어드는 것을 보고 기뻤다.

추위 때문에 거실에 갇혀 지내야 할 때는 공부에 많은 시간을 바쳤다. 젱킨스와 아이버슨·돌·코스타도 학력이 눈에 띄게 좋아졌다. 하급생들을 가르치려면 상급생들도 스스로 알아서 공부할 수밖에 없었다. 저녁식사를 마치고 잠자리에 들 때까지는 모두 큰 소리로 책을 읽었다. 가넷은 이따금 아코디언을 꺼내 귀에 거슬리는 불협화음을 냈다. 서투른 음악 애호가가 너무 자신만만하게 연주하니까 모두 진저리를 냈다. 다른 소년들은 어릴 때 불렀던 노래를 합창했다. 음악회가 끝나면 각자 침대로 들어갔다.

그러는 동안에도 브리앙은 뉴질랜드로 돌아가는 문제를 줄곧 생각하고 있었다. 그것이 그의 최대 관심사였다. 또한 그것이 고든과의 차이점이었다. 고든은 체어먼 식민지의 체제를 완전히 갖추는 것밖에 생각지 않았다. 브리앙이 지도자로 있는 동안 특히 눈에 띈 것은 집으로 돌아가기 위해 온갖 노력을 거듭했다는 점이다. 브리앙은 동쪽 난바다에서 본 그 하얀 점을 아직도 생각하고 있었다. 그 점은 체어먼 섬 인근에 있는 육지의 일부가 아닐까? 그렇다면 작은 배를 만들어 그곳에 도착할 수는 없을까? 하지만 백스터에게 그 문제를 의논하자, 백스터는 고개를 저었다. 소년들만의 힘으로 배를 만드는 것은 도저히 불가능한 일이었다.

"아아, 왜 우리는 어릴까!" 브리앙은 한숨을 쉬었다. "지금이야말로 어른이었어야 하는데, 하필이면 이럴 때 어리다니!"

그것이 브리앙에게는 가장 큰 슬픔이었다.

겨울밤에 프렌치 동굴은 안전해 보였지만, 위험이 다가온다는 경계 경보가 울릴 때도 있었다. 육식동물―대개는 승냥이―이 떼지어 외양간 근처를 어슬렁거리기 시작하면, 판은 목을 빼고 길게 꼬리를 끄는 울음소리로 위험을 알렸다. 그러면 도니편과 다른 소년들은 거실에서 뛰쳐나갔다. 그러고는 활활 타고 있는 장작불을 들짐승에게 던져 멀리 쫓아버렸다.

재규어와 퓨마도 두세 번 모습을 나타냈지만, 승냥이만큼 가까이 접근하지는 않았다. 이런 경우에는 거리가 멀어서 명중시키기 어렵지만, 역시 총으로 맞설 수밖에 없었다. 어쨌든 가축을 지키는 것은 상당히 힘든 일이었다.

7월 25일, 모코는 새로운 요리 솜씨를 발휘할 기회를 얻었다. 처음 잡은 새를 요리했는데, 어떤 아이는 먹보답게 게눈 감추듯 먹어치웠고 다른 아이들은 맛을 음미하면서 그 요리를 즐겼다.

윌콕스와 백스터는 작은 짐승을 잡는 것만으로는 만족할 수 없게 되었다. 올무에는 새든 설치류든 작은 동물밖에 걸려들지 않았다. 그래서 두 소년은 덫숲에 있는 어린 나무를 구부려, 큰 짐승을 잡을 수 있는 본격적인 덫을 설치했다. 이런 덫은 대개 노루가 다니는 길목에 설치되고, 좋은 결과를 얻는 경우도 드물지 않았다.

덫숲에서는 노루가 아니라 멋진 홍학이 걸려들었다. 7월 24일 밤, 홍학 한 마리가 덫에 걸려, 아무리 발버둥쳐도 도망칠 수 없게 되었다. 이튿날 윌콕스가 덫을 둘러보러 갔을 때 홍학은 올가미에 목이 졸려 죽어 있었다.

홍학은 깃털을 뽑고 내장을 빼낸 다음, 그 속에 양념한 채소를 채워 불에 굽자 기막히게 맛있는 요리가 되었다. 날갯살과 다릿살이 모두에게 골고루 나누어졌다. 혀도 조금씩 나누어 먹었다. 이 혀는 세상에 둘도 없는 진미라고 할 만했다.

8월 초부터 중순 사이에 몹시 추운 날이 나흘 있었다. 브리앙은 온도계가 영하 30도까지 내려가는 것을 보고 걱정하지 않을 수 없었다. 공기는 더없이 맑았다. 기온이 뚝 떨어지면 흔히 있는

홍학은 올가미에 목이 졸려 죽어 있었다

일이지만, 대기를 어지럽히는 바람도 전혀 불지 않았다.

이럴 때 프렌치 동굴에서 한 발짝이라도 나가면 당장 뼛속까지 얼어버릴 것이다. 어린 하급생들은 잠시라도 바깥 공기를 쐬지 못하게 했다. 상급생들도 꼭 필요할 때 말고는 밖에 나가지 않았다. 밖에 나가는 것은 주로 외양간 아궁이에 군불을 때기 위해서였다.

다행히 이 추위는 오래 계속되지 않았다. 8월 6일 무렵에 또다시 서쪽에서 바람이 불어왔다. 무시무시한 바람이 슬루기 만과 해안을 휩쓸었다. 돌풍은 오클랜드 언덕에 정면으로 부딪친 뒤 맹렬한 기세로 벼랑을 넘어왔다. 하지만 프렌치 동굴이 이런 바람에 시달릴 염려는 없었다. 지진이라도 일어나지 않는 한, 어떤 것도 이 동굴의 튼튼한 암벽을 무너뜨릴 수는 없었다. 기선을 해안으로 밀어올리고 석조 건물을 쓰러뜨릴 정도로 강력한 돌풍 앞에서도 암벽은 꿈쩍도 하지 않았다. 게다가 나무가 많이 쓰러지면 땔감을 구하기가 쉬워져서 그만큼 일손을 덜 수 있어서 좋았다.

어쨌든 이 돌풍 덕분에 매서운 추위는 막을 내렸고, 기상 상태가 완전히 바뀌었다. 기온은 다시 올라가기 시작했고, 폭풍이 가라앉은 뒤에는 영하 7~8도의 평균 기온을 유지했다.

8월 중순부터는 견디기가 훨씬 쉬워졌기 때문에, 브리앙은 다시 바깥일을 시작하기로 했다. 다만 낚시질은 할 수 없었다. 강과 호수는 아직도 꽁꽁 얼어붙어 있었기 때문이다. 늪에서 날아온 새가 올무나 그물에 많이 걸려서, 저장실에는 언제나 신선한 고기가 넘쳐났다.

사육장은 이윽고 새 식구를 맞이하게 되었다. 능에와 뿔닭이 알을 깠을 뿐 아니라, 비쿠냐도 새끼를 다섯 마리나 낳았다. 서비스와 가넷이 새끼를 돌보았다.

아직 얼음 상태가 좋았기 때문에, 어느 날 브리앙은 스케이팅 대회를 열 계획을 세웠다. 백스터가 나무토막에 쇳날을 박아 스케이트를 몇 켤레 만들었다. 소년들은 모두 많든 적든 스케이트를 타본 경험이 있었다. 뉴질랜드에서는 한겨울에 자주 스케이팅을 즐긴다. 패밀리 호수에서 스케이팅 솜씨를 발휘할 수 있게 된 소년들은 모두 기뻐 날뛰었다.

8월 25일 오전 11시경, 브리앙과 고든 · 도니펀 · 크로스 · 웨브 · 윌콕스 · 백스터 · 가넷 · 서비스 · 젱킨스 · 자크 등 열한 명은 프렌치 동굴을 나섰다. 아이버슨과 돌과 코스타를 돌보는 일은 모코와 판에게 맡겼다. 열한 명의 소년들은 스케이트를 타기에 적당한 빙판을 찾으러 갔다.

브리앙은 누군가가 너무 멀리까지 가버릴 경우에 대비하여 배에서 사용하는 작은 나팔을 가져갔다. 점심은 떠나기 전에 먹었고, 저녁은 돌아와서 먹을 작정이었다.

프렌치 동굴 부근의 호수에는 얼음 덩어리가 뒹굴고 있어서, 적당한 스케이트장을 찾으려면 호숫가를 따라 5킬로미터쯤 올라가야 했다. 덫숲을 마주보는 곳에서 소년들은 걸음을 멈추었다. 평평한 얼음판이 동쪽으로 끝없이 펼쳐져 있었다. 스케이팅 선수단에게는 더할 나위 없이 멋진 연습장이었다.

물론 도니펀과 크로스는 총을 가져갔다. 사냥감을 쏠 기회가 있으면 잡아보려는 것이다. 브리앙과 고든은 사실 스케이팅을 좋아하지 않았지만, 경솔한 행동으로 사고가 일어나는 것을 막으려고 참가했다.

식민지에서 가장 스케이트를 잘 타는 소년은 도니펀과 크로스와 자크였다. 자크는 갖가지 곡선을 아름답게 그리는 피겨 스케이팅도, 빠른 속도로 달리는 스피드 스케이팅도 남달리 뛰어났다.

스케이트를 타기 전에 브리앙은 소년들을 모아놓고 말했다.

"무리하지 말라거나 솜씨를 자만하면 안 된다는 말은 할 필요도 없겠지? 얼음이 깨질 염려는 없지만, 넘어져서 팔다리가 부러지지 않도록 조심해! 여기서 보이지 않는 곳까지 가면 안 돼! 너무 멀리 갔다 싶으면, 여기서 나와 고든이 기다리고 있다는 걸 잊지 마. 내가 나팔을 불어서 신호하면 당장 돌아와야 돼!"

브리앙이 말을 끝내자 소년들은 얼음판을 미끄러져 나갔다. 브리앙은 소년들이 꽤 능숙하게 얼음을 지치는 것을 보고 안심했다. 여기저기서 넘어지는 모습도 보였지만, 다친 아이는 없었고 그저 친구들의 웃음을 자아냈을 뿐이다.

자크의 솜씨는 정말 볼 만했다. 정확하게 원이나 타원을 그리면서 앞으로 갔다 뒤로 갔다, 한 발로 타기도 하고 두 발로 타기도 하고, 멈춰서거나 허리를 굽히기도 했다. 동생이 다른 아이들과 어울려 노는 것을 보면 브리앙도 정말 기뻤다.

운동이라면 뭐든지 좋아하는 도니펀은 다들 자크의 묘기를 칭찬하는 것을 보고 샘이 난 모양이다. 브리앙의 주의를 들었을 텐데도 도니펀은 곧 호숫가를 벗어났다. 게다가 틈을 보아 크로스 한테도 따라오라고 신호했다.

"저것 봐, 크로스!" 도니펀이 크로스를 불렀다. "오리 떼가 있어…… 저기 동쪽에. 보이지?"

"그래, 보여!"

"총은 갖고 있지? 나도 갖고 있어! 오리 잡으러 가자!"

"하지만 브리앙이 멀리 가지 말라고 했잖아."

"괜찮아. 브리앙은 나한테 맡겨. 자, 가자. 서둘러!"

도니펀과 크로스는 호수 위를 날아가는 오리 떼를 따라 눈 깜짝할 사이에 1킬로미터 가까이 달려가버렸다.

"저 애들이 어디까지 가려는 거지?" 브리앙이 물었다.

"저쪽에서 사냥감을 발견했나 봐." 고든이 대답했다. "사냥꾼의 본능이 발동한 모양이야."

"그보다는 반발심이 더 강한 게 아닐까." 브리앙이 말을 이었다. "도니펀은 또다시……."

"저 애들한테 무슨 문제라도 일어날 거라고 생각해?"

"글쎄. 어쨌든 멀리 가는 건 위험해. 저것 봐. 벌써 저렇게 멀리까지 가버렸어."

실제로 도니펀과 크로스는 얼음을 지치며 빠른 속도로 신나게 달리고 있었기 때문에, 이제 호수의 수평선에 떠 있는 두 개의 점으로밖에 보이지 않았다.

날이 저물려면 아직 몇 시간이 남아 있으니까 돌아올 시간은 충분했지만, 역시 무모한 행동이었다. 이맘때는 언제라도 기상

"오리 떼가 있어…… 저기 동쪽에. 보이지?"

상태가 급변할 우려가 있었다. 풍향이 바뀌기만 해도 돌풍이 휘몰아치거나 안개가 자욱해진다.

그래서 2시쯤 갑자기 두꺼운 띠 같은 안개가 호수의 수평선을 가려버렸을 때 브리앙은 더욱 불안해졌다.

도니편과 크로스는 아직도 모습을 나타내지 않았다. 이제 안개는 수면 위에 겹겹이 쌓여 호수의 동쪽 기슭을 뒤덮어버렸다.

"내가 걱정한 대로야!" 브리앙이 소리쳤다. "이 안개 속에서 그 애들이 어떻게 길을 찾지?"

"나팔을 불어! 나팔을 불어봐!" 고든이 대답했다.

세 번 나팔소리가 울려 퍼졌다. 날카롭고 높은 소리가 공간을 가로질러 멀리까지 빨려들어갔다. 그 소리에 응답하여 총소리가 들리지 않을까? 총소리는 도니편과 크로스가 제 위치를 알릴 수 있는 유일한 방법이었다.

브리앙과 고든은 귀를 기울였지만 총소리는 들리지 않았다.

안개는 점점 짙어지면서 널리 퍼져가고 있었다. 안개의 소용돌이가 호숫가에서 500미터도 떨어지지 않은 곳까지 바싹 다가왔다. 안개는 옆으로 퍼지는 동시에 위로 올라가고 있으니까, 몇 분도 지나기 전에 호수는 시야에서 완전히 사라져버릴 것이다.

브리앙은 눈이 닿는 곳에 남아 있던 소년들을 불러모았다. 아이들은 곧 호숫가에 모였다.

"어떡하지?" 고든이 물었다.

"크로스와 도니편이 안개 속에서 방향을 잃기 전에 어떻게든 두 사람을 찾아내야 돼. 누군가가 둘이 간 방향으로 가면서 계속 나팔을 부는 게 좋겠어."

"내가 갈게!" 백스터가 나섰다.

"우리도 갈래." 두세 명이 말했다.

"아니, 역시 내가 가야겠어." 브리앙이 말했다.

"형, 나를 보내줘!" 자크가 나섰다. "스케이트를 타면 금방 두 사람을 따라잡을 수 있어."

"좋아!" 브리앙이 대답했다. "네가 가. 총소리가 들리는지 잘 들어봐. 자, 이 나팔을 가져가. 이걸로 네 위치를 알리는 거야."

"알았어, 형!"

자크는 눈 깜짝할 사이에 안개 속으로 사라졌다. 안개는 점점 짙어졌다.

나머지 소년들은 자크가 부는 나팔소리에 귀를 기울였다. 하지만 자크가 멀어져가자, 이윽고 나팔소리도 들리지 않게 되었다.

30분이 지났다. 호수에서 방향을 잃어버린 크로스와 도니펀도, 그들을 찾으러 간 자크도 소식이 없었다.

그들이 돌아오기 전에 밤이 오면 세 사람은 어떻게 될까?

"우리한테도 총이 있으면 그걸로 신호를 보낼 수 있을 텐데." 서비스가 소리쳤다.

"총?" 브리앙이 되물었다. "총이라면 프렌치 동굴에 많이 있잖아? 한시도 낭비할 수 없어. 빨리 가자!"

그것이 가장 좋은 방법이었다. 도니펀과 크로스는 물론이거니와 자크한테도 어느 쪽으로 가면 호숫가에 도착할 수 있는지, 방향을 알려주어야 한다. 되도록 빨리 동굴에 돌아가 계속 총을 쏘아서 신호를 보내는 것이 상책이다.

소년들은 30분도 지나기 전에 운동장까지 5킬로미터를 달렸다.

이런 비상시에는 탄약을 아끼는 게 문제가 아니다. 윌콕스와 백스터는 총 두 자루에 탄약을 재고 동쪽을 향해 발사했다.

하지만 아무 응답도 없었다. 총소리도, 나팔소리도 들려오지 않았다.

벌써 3시 반이었다. 태양이 오클랜드 언덕 너머로 기울수록 안개도 점점 짙어졌다. 호수는 두꺼운 안개 장막에 가려져 아무것도 보이지 않았다.

"대포를 쏘자!" 브리앙이 말했다.

'슬루기' 호에 있던 대포 두 문 가운데 하나가 거실 출입구 옆에 뚫어놓은 창에 설치되어 있었다. 소년들은 그 대포를 운동장 한복판으로 끌어내어 포문을 북동쪽으로 돌렸다.

대포에 신호용 탄약통을 넣고 백스터가 도화선을 막 당기려할 때, 모코가 마른풀을 기름에 적셔서 탄약통과 함께 넣으면 포성이 더 커지지 않겠느냐고 말했다. 모코의 말이 옳았다.

포성이 울려 퍼졌다. 돌과 코스타는 귀를 틀어막지 않을 수 없었다.

주위가 쥐 죽은 듯 조용하니까 이 포성은 몇 킬로미터 밖에서도 들릴 것이다.

모두 귀를 기울였다. 하지만 포성에 응답하는 소리는 들려오지 않았다.

그후 한 시간 동안 소년들은 대포를 10분 간격으로 발사했다.

포성이 울러 퍼졌다

도니펀과 크로스와 자크가 프렌치 동굴의 위치를 알려주는 이 포성의 의미를 모를 리 없다. 게다가 이 포성은 패밀리 호수 전역에 울려 퍼졌을 것이다. 안개는 소리를 멀리까지 전달하는 성질을 갖고 있기 때문이다. 이렇게 짙은 안개 속에서는 소리가 더욱 멀리 퍼져갔을 것이다.

5시가 가까워졌을 때, 드디어 북동쪽에서 두세 발의 총성이 들려왔다. 아직 멀리 떨어져 있었지만 상당히 또렷한 소리였다.

"도니펀이다!" 서비스가 외쳤다.

곧바로 백스터가 도니펀의 총소리에 응답하여 마지막으로 대포를 쏘았다.

몇 분 뒤에 두 사람의 모습이 안개 속에서 나타났다. 호수 안쪽보다 가두리의 안개가 옅어지고 있었다. 운동장에서 환성이 일었다. 곧이어 호수에서 나타난 두 사람도 환성을 질렀다.

도니펀과 크로스였다.

하지만 자크는 함께 있지 않았다.

브리앙이 얼마나 불안에 사로잡혔을지는 짐작이 가고도 남는다. 자크는 도니펀과 크로스를 만나지 못했다. 두 사람은 자크의 나팔소리도 듣지 못했다. 그때 두 사람은 이미 호수 남쪽으로 내려오고 있었다. 한편 자크는 두 사람을 찾으려고 동쪽으로 돌진해갔다. 프렌치 동굴에서 쏘아댄 포성을 듣지 못했다면 두 사람은 돌아오는 길을 찾지 못했을 것이다.

브리앙은 안개 속에서 길 잃은 동생밖에는 염두에 없었다. 그래서 도니펀을 비난하는 것도 잊어버렸지만, 도니펀이 브리앙의 말에 따르지 않았기 때문에 얼마나 중대한 결과가 초래될지 모른다. 자크가 얼어붙은 호수에서 밤을 보내야 한다면, 영하 15도까지 내려가는 혹한을 어떻게 견딜 수 있겠는가?

"자크 대신 내가 갔어야 하는 건데. 내가!" 브리앙은 계속 그 말만 되풀이했다.

고든과 백스터는 브리앙에게 조금이라도 희망을 주려고 애썼지만 소용이 없었다.

또다시 몇 발의 포성이 울려 퍼졌다. 자크가 프렌치 동굴로 다가오고 있다면 포성을 들을 테고, 그러면 나팔을 불어 제 위치를 알릴 것이다.

하지만 포성이 길게 꼬리를 끌며 멀리 사라진 뒤에도 응답하는 나팔소리는 들리지 않았다.

벌써 날이 저물고 있으니까, 이제 곧 어둠이 섬 전체를 뒤덮을 것이다.

그런데 그때 기상 상태가 좋아지기 시작했다. 안개가 차츰 걷히기 시작한 모양이다. 낮이 따뜻할 때는 거의 밤마다 그렇게 되지만, 해가 지자 바람이 일어나 호수에 자욱히 끼어 있던 안개를 흩어놓고 동쪽으로 밀어내버렸다. 앞으로는 프렌치 동굴로 돌아오는 길을 찾지 못하게 방해하는 것은 밤의 어둠뿐이다.

이런 상황에서 취해야 할 방법은 하나뿐이다. 호숫가에 모닥불을 피우는 것이다. 벌써 윌콕스와 백스터와 서비스가 운동장 한복판에 마른 나뭇가지를 쌓아올리고 있었다.

그때 고든이 그것을 제지했다.

"잠깐만 기다려!"

고든은 망원경을 눈에 대고 북동쪽을 유심히 살피고 있었다.

"무슨 점 같은 게 보여. 점이 움직이고 있어."

이어서 브리앙이 망원경을 넘겨받아 들여다보았다.

"아아, 자크다! 자크야! 난 알아!"

모두 입을 모아 자크를 소리쳐 불렀다. 그 목소리는 자크의 귀에 닿을 것 같았지만, 거리는 아직도 2킬로미터나 떨어져 있었다.

거리는 순식간에 가까워졌다. 자크는 얼어붙은 호수를 스케이트로 쏜살같이 미끄러지면서 프렌치 동굴로 다가오고 있었다. 이제 몇 분만 있으면 도착할 것이다.

"혼자가 아닌 것 같아!" 백스터가 놀란 몸짓을 하며 소리를 질렀다.

주의해서 보니, 확실히 두 개의 그림자가 3, 40미터 뒤에서 자크를 쫓아오고 있었다.

"도대체 뭘까?" 고든이 중얼거렸다.

"사람인가?" 백스터가 물었다.

"아니야. 동물인 것 같아!" 윌콕스가 말했다.

"맹수인지도 몰라!" 도니펀이 소리쳤다.

도니펀의 말이 옳았다. 도니펀은 당장 총을 집어들고 자크를 향해 돌진했다.

도니펀은 당장 자크에게 다가가서 들짐승을 향해 총을 두 발 쏘았다. 두 마리의 들짐승은 얼른 돌아서서 사라져버렸다.

그것은 곰이었다. 체어먼 섬에 곰이 있으리라고는 생각해본

도니펀은 총을 집어들고 자크를 향해 돌진했다

적도 없었다. 그렇게 무서운 짐승이 섬을 어슬렁거리고 있다면 소년들이 지금까지 그 흔적조차 발견하지 못했을 리가 없다. 그렇다면 곰들은 이 섬에 살고 있는 것이 아니라, 겨울 동안 얼어붙은 바다를 건너왔거나, 유빙을 타고 이 섬까지 원정을 왔을 것이다. 그것은 체어먼 섬 인근에 대륙이 있다는 증거가 아닐까? 그 문제는 잘 생각해볼 필요가 있었다.

어쨌든 자크는 목숨을 건졌다. 형은 동생을 힘껏 끌어안았다.

축하의 말과 포옹과 악수가 이 용감한 소년에게 퍼부어졌다. 자크는 도니펀과 크로스를 찾기 위해 열심히 나팔을 불었지만, 그것이 헛수고로 끝난 뒤 자크도 자욱한 안개 때문에 길을 잃어버렸다. 어느 쪽으로 가야 좋을지, 짐작도 가지 않았다. 바로 그때 첫 번째 포성이 울려 퍼진 것이다.

"저건 분명 프렌치 동굴의 대포일 거야." 자크는 소리가 나는 방향을 알아내려고 애쓰면서 중얼거렸다. 그때 자크는 프렌치 동굴에서 몇 킬로미터나 떨어진 호수 북동쪽에 있었다. 방향을 잡은 자크는 스케이트로 전속력을 내어 소리가 난 쪽으로 달렸다.

안개가 걷히기 시작했을 때 자크는 갑자기 곰 두 마리와 마주쳤다. 곰들은 자크에게 덤벼들었다. 그런 위기에서도 자크는 침착성을 잃지 않았다. 더 빨리 스케이트를 지친 덕분에 곰과의 거리를 유지할 수 있었다. 하지만 미끄러져 넘어졌다면 끝장이 났을 것이다.

모두 프렌치 동굴로 돌아올 때, 자크는 브리앙을 옆으로 데려가서 낮은 소리로 말했다.

"형, 고마워. 나를 보내줘서……."

브리앙은 아무 말도 하지 않고 동생의 손을 꽉 잡아주었다.

도니펀이 거실 문간을 넘으려 할 때 브리앙이 말을 걸었다.

"내가 멀리 가지 말라고 했잖아. 네가 말을 안 들었기 때문에 큰일날 뻔했어! 하지만 네가 잘못을 저지르긴 했어도 자크를 구하러 가준 것은 고마워."

"나는 의무를 다했을 뿐이야." 도니펀은 차갑게 대꾸했다.

그리고 브리앙이 진정으로 내민 손을 잡으려고 하지도 않았다.

20

호수의 남쪽 끝—도니펀 · 크로스 · 웨브 · 월콕스—이별—구릉지대—
동강—왼쪽 강기슭을 따라 내려가다—어귀에 도착

 이 사건이 일어난 지 달포 뒤, 오후 5시쯤에 네 소년이 패밀리
호수 남쪽 끝에서 걸음을 멈추었다.

 10월 10일이었다. 어느새 봄기운이 느껴진다. 나무에는 다시
금 싱그러운 새싹이 돋아나고, 대지는 봄다운 빛을 되찾고 있었
다. 상쾌한 바람이 석양을 받은 호수에 잔물결을 일으키고 있다.
석양은 좁은 모래밭으로 둘러싸인 남늪의 드넓은 늪지대도 비스
듬히 비추고 있었다. 수많은 새들이 시끄럽게 울어대면서 나무
그늘이나 암벽 틈에 있는 보금자리로 돌아가는 참이었다.

 이 일대는 풍경이 단조롭고 변화가 없다. 눈에 띄는 것이라고
는 소나무와 호랑가시나무 같은 상록수와 가까운 곳에 보이는
전나무 숲뿐이었다. 호수를 둘러싸고 있는 숲은 이곳에서 끝나
버린다. 두꺼운 초록빛 장막 같은 숲을 다시 보려면 호숫가를 따

라 몇 킬로미터나 거슬러 올라가야 한다.

지금은 해송 그늘에서 빨갛게 타오르는 모닥불이 맛있는 냄새가 나는 연기를 피워 올리고, 그 연기가 바람에 실려 늪지대 쪽으로 흘러가고 있었다. 오리 두 마리가 돌로 만든 화덕에서 구워지고 있다. 저녁식사가 끝나면 네 소년은 담요를 덮고 자는 것밖에는 할 일이 없다. 한 사람이 불침번을 서고, 나머지 세 사람은 아침까지 느긋하게 잘 것이다.

그들은 도니펀과 크로스 · 웨브 · 윌콕스였다. 이들 네 소년이 친구들과 헤어지기로 결심하게 된 자초지종은 아래와 같다.

소년들이 프렌치 동굴에서 보낸 두 번째 겨울의 마지막 2~3주일 동안 도니펀과 브리앙의 관계는 더욱 험악해졌다. 도니펀이 선거에서 브리앙에게 지고 얼마나 억울해했는지는 아무도 잊지 않았다. 그후 도니펀은 더욱 시샘이 많아지고 성미가 급해져서 걸핏하면 화를 냈고, 체어먼 섬의 새 지도자의 지시에 순순히 따르려 하지 않았다. 도니펀이 노골적으로 대들지 않은 것은 대다수 소년이 그를 편들어주지 않으리라는 것을 잘 알고 있었기 때문이다. 하지만 도니펀이 사사건건 반감을 드러냈기 때문에 브리앙도 그 점을 비난하지 않을 수 없었다. 스케이트 사건 때는 누가 보아도 도니펀이 브리앙의 지시에 따르지 않은 게 분명했다. 그후 도니펀은 사냥 본능에 사로잡혔는지, 제멋대로 하고 싶었는지는 모르나, 점점 반항적인 태도를 취하게 되었다. 그래서 결국 브리앙도 도니펀을 엄격하게 다룰 수밖에 없었다.

고든은 이런 사태를 염려하여, 브리앙에게 제발 참으라고 부탁했다. 하지만 브리앙은 참는 데에도 한계가 있다고 생각했다. 공동의 이익을 생각하고 질서를 유지하기 위해서는 본때를 보일 필요가 있을 것 같았다. 고든은 도니펀이 좋은 기분을 되찾게 하려고 애썼지만 소용이 없었다. 고든이 전에는 도니펀에게 어떤 영향력을 갖고 있었다 해도, 이제는 그 영향력이 완전히 사라진 것을 인정할 수밖에 없었다. 도니펀은 고든이 언제나 브리앙을 편든 것을 용서할 수가 없었다. 그래서 고든의 중재는 아무 효과도 거두지 못했다. 고든은 이제 곧 소년들 사이에 다툼이 일어날 것을 예측하고 깊은 슬픔에 빠졌다.

프렌치 동굴의 소년들이 평온한 생활을 유지하려면 서로 사이좋게 지내야 한다. 그런데 그 화목한 관계가 이렇게 틀어져버렸다. 모두 거북한 기분을 느끼고, 공동 생활을 견디기가 어려워졌다.

실제로 도니펀과 그를 편드는 크로스·웨브·윌콕스(이들 셋은 도니펀의 영향을 더욱 강하게 받게 되었다)는 식사시간 외에는 자기들끼리만 어울려 따로 지내고 있었다. 날씨가 나빠서 사냥을 나갈 수 없을 때면 네 소년은 한쪽 구석에 따로 모여 작은 소리로 속닥거리곤 했다.

하루는 브리앙이 고든에게 말했다.

"그 애들은 틀림없이 무슨 음모를 꾸미고 있어."

"설마 너를 어떻게 하려는 건 아니겠지?" 고든이 되물었다. "네 지도자 자리를 빼앗으려는 걸까? 아무리 도니펀이라 해도 그런 짓은 못할 거야. 우리가 모두 네 편이라는 걸 도니펀도 모를 리가 없어."

"우리와 헤어질 생각을 하고 있는 게 아닐까?"

"그럴지도 몰라. 하지만 그 애들을 붙잡을 권리는 우리한테 없어."

"멀리 가서 따로 살려고 하는 것 같아."

"설마."

"아니야. 틀림없어. 윌콕스가 보두앵의 지도를 베끼고 있는 걸 보았는데, 그 지도를 가져갈 모양이야."

"윌콕스가 그런 짓을?"

"그래. 말썽이 일어나지 않도록 내가 지도자를 사퇴하고, 너나 도니편이 대신 맡는 게 나을지도 몰라. 그러면 대립 관계가 단번에 해소될 테니까."

"안 돼, 브리앙!" 고든은 단호하게 말했다. "그건 안 돼. 네 멋대로 사퇴하는 건 너를 뽑아준 아이들에 대한 의무를 저버리는 거야. 네가 마땅히 수행해야 할 의무를!"

이처럼 어수선한 분위기에 속에서 겨울이 지나갔다. 10월로 접어들자 추위가 완전히 누그러져 강과 호수의 얼음도 다 녹았다. 10월 9일 밤, 도니편은 소년들이 모두 모인 자리에서 웨브·크로스·윌콕스와 함께 프렌치 동굴을 떠나겠다는 결심을 밝혔다.

"우리를 버릴 셈이야?" 고든이 물었다.

"너희를 버린다고? 천만에." 도니편이 대답했다. "우리 넷은 이 섬의 다른 곳에서 한번 살아보자는 계획을 세웠을 뿐이야."

"무엇 때문에?" 백스터가 물었다.

"이유는 간단해. 우리 마음대로 살고 싶기 때문이야. 솔직히 말하면 브리앙의 명령을 받는 데 질렸어. 그런 노릇을 이젠 그만두고 싶어."

"도니펀, 왜 나를 비난하는지, 나의 어떤 점이 마음에 안 드는지 가르쳐줄래?" 브리앙이 물었다.

"그런 건 없어. 네가 지도자 자리에 앉아 있다는 것만 빼고는! 초대 지도자는 미국인이었고, 이번에는 프랑스인이야! 이렇게 나가면 다음에는 모코를 뽑을 수밖에 없어!"

"그게 진심으로 하는 말이야?" 고든이 물었다.

"진심으로 말하자면……" 도니펀은 거만한 투로 대답했다. "다른 애들은 영국인이 아닌 사람만 계속 지도자가 되는 게 좋은 모양이지만, 우리 넷은 그게 마음에 안 들어."

"아하, 그렇구나!" 브리앙이 응수했다. "그럼 좋아! 윌콕스, 웨브, 크로스, 도니펀, 너희 네 사람은 나가도 좋다고! 필요한 물건도 가져가!"

"물론 그럴 작정이야. 내일 당장 떠날 거야!"

"나중에 후회나 하지 마!" 고든은 그렇게 말했을 뿐이었다. 더 이상 말해봤자 소용없다는 것을 알았기 때문이다.

도니펀의 계획은 이랬다.

몇 달 전에 브리앙은 체어먼 섬 동부를 탐험하고 돌아와 결과를 보고할 때, 동부 지역에 살기 좋은 거처를 만들 수 있다고 말했다. 해안 바위산에는 수많은 동굴이 있고, 호수의 동쪽 숲은 해변까지 이어져 있다. 동강은 풍부한 민물을 제공해주고, 그 강가에는 사냥감이 풍부하다.

요컨대 동해안의 생활은 프렌치 동굴 못지않게 편할 것이다. 슬루기 만에 비하면 훨씬 쾌적할 게 분명하다. 그리고 프렌치 동굴에서 동해안까지는 직선거리로 20킬로미터도 채 안 된다. 그 가운데 약 10킬로미터는 호수를 가로지르는 거리이고, 나머지 10킬로미터는 동강을 따라 내려가는 거리다. 따라서 여차할 경우에는 프렌치 동굴과 쉽게 연락을 취할 수도 있다.

이런 여러 가지 이점을 진지하게 생각한 뒤, 도니펀은 함께 동해안으로 가서 살자고 윌콕스와 크로스와 웨브를 설득했다.

그러나 도니펀은 호수를 건너 실망만으로 곧장 가지 않고, 패밀리 호수를 남쪽으로 빙 돌아서 동강으로 올라갈 계획이었다. 호숫가를 따라 남쪽으로 내려가서, 남쪽 끝을 돌아 지금까지 한 번도 가보지 못한 지역을 탐험하면서 건너편 호숫가를 올라간 다음, 동강 기슭의 숲을 지나 어귀까지 내려간다는 것이다. 그것은 상당히 먼 길—약 25킬로미터—일 것이다. 하지만 사냥꾼인 네 소년은 잘해낼 수 있을 것이다. 이렇게 하면 보트를 타지 않아도 된다. 보트를 다루려면 숙련된 솜씨가 필요하다. 하지만 동강을 건너기 위해 고무보트는 가져가기로 했다. 섬 동부에 다른 강이 있어도 고무보트만 있으면 충분할 것이다.

그리고 이번 탐험의 목적은 실망만 연안을 정찰하는 것뿐이었다. 우선 거기에 거처를 정해놓고, 나중에 다시 돌아가려는 것이다. 그래서 짐은 되도록 조금만 가져가기로 했다. 네 사람이 가져가기로 한 것은 총 두 자루, 권총 네 자루, 손도끼 두 개, 충분한 탄약, 낚싯줄, 여행용 담요, 나침반, 가벼운 고무보트, 그리고 통조림 몇 개뿐이었다. 사냥이나 낚시를 하면 식량은 얼마든지 구할 수 있을 터였다. 이번 탐험은 기껏해야 엿새나 이레밖에 걸리지 않을 것이다. 일단 거처를 정하면 다시 돌아와, '슬루기' 호에서 가져온 물건 가운데 자기네 몫을 받아서 수레에 싣고 갈 작정이었다. 고든이나 누군가가 찾아오면 기꺼이 맞아주겠지만, 지금 같은 상태로 공동 생활을 계속하는 데에는 동의할 수 없었다. 이 점에 대해서는 이미 결정을 내렸고, 그 결정을 되돌릴 마음은 전혀 없었다.

이튿날 동이 트자마자 네 소년은 작별 인사를 하고 프렌치 동굴을 떠났다. 뒤에 남는 소년들은 이 작별을 무척 슬퍼했다. 아마 네 소년도 고집 때문에 그런 결정을 내리기는 했지만, 얼굴에 드러난 표정보다는 훨씬 슬퍼하고 있었을 것이다.

모코는 네 소년을 보트에 태워 질랜드 강을 건네주고 되돌아갔다. 네 소년은 별로 서두르지도 않고 멀어져갔다. 남쪽으로 갈수록 점점 폭이 좁아지는 패밀리 호수를 왼쪽으로 바라보고, 그 남쪽과 서쪽에 끝이 보이지 않을 만큼 넓게 펼쳐져 있는 남늪을 관찰하면서 천천히 나아갔다.

도중에 늪지 언저리에서 새를 몇 마리 잡았다. 도니펀도 탄약을 아껴야 한다는 것을 알고 있었기 때문에, 그날 식량으로 필요한 만큼만 잡는 데 만족했다.

비가 내릴 염려는 없었지만, 하늘이 흐려지고 북동풍이 불고 있는 것 같았다. 오후 5시쯤 호수 남쪽 끝에 도착하자, 거기서 하룻밤을 보내기로 했다. 그날 네 소년은 10킬로미터도 채 걷지 않았다.

이것이 8월 말부터 10월 10일까지 프렌치 동굴에서 일어난 일이었다.

이리하여 도니펀과 크로스·윌콕스·웨브는 이제 친구들로부터 멀리 떨어져 있었다. 꼭 헤어져야 할 이유도 없었는데!

네 소년은 벌써 고립감을 느끼고 있었을까? 아마 그럴 것이다. 하지만 일단 마음먹은 일은 끝까지 해내기로 결심했기 때문에, 체어먼 섬의 다른 곳에서 새로운 생활을 시작하는 것밖에는 생각지 않았다.

그날 밤은 상당히 추워서, 동이 틀 때까지 계속 모닥불을 피워 추위를 견뎠다. 그리고 이튿날 동이 트자마자 네 소년은 떠날 준비를 했다.

패밀리 호수의 서쪽 연안과 동쪽 연안이 맞닿은 남쪽 끝은 뾰족한 예각을 이루고 있었다. 동쪽 연안은 북쪽을 향해 거의 수직으로 뻗어 있었다. 호수의 동쪽 일대도 습지였지만, 풀이 돋아난 지면은 수면보다 거의 1미터나 높아서 물에 잠겨 있지는 않았다. 군데군데 풀로 뒤덮인 작은 언덕들이 기복을 이루고, 빈약한 나무가 그늘을 만들고 있었다. 이 일대는 대부분 구릉으로 이루어진 것 같았다. 그래서 도니펀은 '구릉지대'라는 이름을 붙였다. 하지만 도니펀은 낯선 곳을 지나가고 싶지 않아서, 호숫가를 따라 동강까지 올라간 다음 브리앙이 조사한 해안으로 나가기로 했다. 이 구릉지대에서 해안까지 펼쳐져 있는 지역은 나중에 탐험하면 된다.

떠나기 전에 네 소년은 어떤 길로 갈 것인가를 의논했다.

"지도에 표시된 거리가 정확하다면 호수 남쪽 끝에서 동강까지는 12킬로미터도 안 돼. 그러니까 무리하지 않아도 저녁에는 동강에 도착할 수 있을 거야." 도니펀이 말했다.

"북동쪽으로 비스듬히 올라가서 곧장 동강 어귀로 나가도 되잖아?" 윌콕스가 제안했다.

"그래. 그러면 거리를 3분의 1쯤 줄일 수 있어." 웨브도 찬성했다.

"아마 그렇겠지." 도니펀이 대답했다. "하지만 알지도 못하는 습지대로 들어갔다가 앞이 막혀서 되돌아올 수밖에 없다면 어떻게 하지? 호숫가를 따라 올라가면, 앞길을 가로막는 것은 아무것도 없을 거야."

"게다가 동강을 탐험할 수도 있어." 크로스가 덧붙였다.

"그래, 맞아." 도니펀이 받았다. "그 강은 해안과 호수를 직접 연결하는 통로니까. 그리고 강을 따라 내려가면 부근의 숲도 조사할 수 있어."

의논이 끝나자 네 소년은 기운차게 걷기 시작했다.

왼쪽의 호수와 오른쪽의 구릉지대 사이에 1미터 높이의 좁은 둑길이 뻗어 있었다. 둑길은 눈에 띄게 오르막을 이루고 있으니까, 몇 킬로미터만 가면 풍경이 완전히 달라질 터였다.

11시쯤 네 소년은 너도밤나무가 숲을 이루고 있는 작은 후미에서 걸음을 멈추고 점심을 먹었다. 동쪽에는 푸른 숲이 시야 끝까지 이어져 있어서 지평선도 보이지 않았다.

아침에 윌콕스가 잡은 아구티가 점심거리였다. 모코 대신 요리를 맡게 된 크로스는 대충 식사를 준비했다. 빨갛게 타오르는 모닥불에 고기를 구워 배를 채우고 목을 축인 다음, 도니펀 일행은 다시 호숫가를 따라 북쪽으로 올라갔다.

호수 동쪽에 펼쳐져 있는 숲은 서쪽의 늪숲과 같은 종류의 나무로 이루어져 있었다. 다만 이곳에는 상록수가 많았다. 자작나무나 너도밤나무보다 해송과 전나무와 호랑가시나무가 많고, 모두 아름드리 큰 나무였다.

도니펀은 이 일대에 다양한 동물이 살고 있다는 것을 알고 크게 만족했다. 과나코와 비쿠냐가 몇 번이나 모습을 나타냈고, 레아 무리도 호수에서 물을 마시고 멀어져갔다. 덤불 속에는 마라와 투코투코와 페카리와 온갖 새들이 많이 살고 있었다.

저녁 6시쯤, 네 소년은 걸음을 멈추어야 했다. 둑길이 끝나고, 호수에서 흘러나온 물줄기가 앞을 가로막고 있었다. 동강이 분명했다. 도니펀은 좁은 후미 옆의 나무 밑에서 최근에 모닥불을 피운 흔적을 발견했다. 그것만으로도 이곳이 동강임을 알 수 있었다.

브리앙과 자크와 모코가 실망만을 탐험하러 왔을 때 첫날 밤을 보낸 곳이었다. 거기에 캠프를 치고, 불꺼진 숯에 다시 불을 붙이고, 저녁을 먹고, 브리앙 일행이 쉬었던 나무 그늘에 눕는 것이 도니펀 일행에게는 최선책이었다. 그들은 거기서 밤을 보냈다.

여덟 달 전에 이곳에서 휴식을 취한 브리앙은 네 친구가 따로 살기 위해 이곳에 오리라고는 꿈에도 생각지 않았을 것이다.

크로스와 윌콕스와 웨브는 지금의 처지를 돌아보고, 마음만 먹으면 프렌치 동굴에 남을 수도 있었는데 그 살기 좋은 곳을 떠나버린 경솔한 행동을 벌써 후회하기 시작했을 것이다. 하지만 세 사람은 이제 도니펀과 운명을 같이할 수밖에 없었다. 도니펀은 너무 자존심이 강해서 자신의 잘못을 인정할 수도 없었고, 너무 고집이 세서 계획을 포기할 수도 없었고, 너무 질투심이 강해서 경쟁자인 브리앙에게 굴복할 수도 없었다.

날이 밝자 도니펀은 당장 동강을 건너자고 말했다.

"일찍 떠나면 그만큼 일찍 도착할 수 있어. 개어귀까지는 10킬로미터도 안 되니까, 날이 저물기 전에 도착할 수 있을 거야."

"그리고 모코가 잣을 딴 것도 강 건너편이니까, 우리도 잣을 따서 가자." 크로스가 말했다.

고무보트를 펼쳐 강에 띄우자, 도니펀은 보트 뒤에 밧줄을 묶고 건너편 강둑으로 노를 저어갔다. 너비가 10미터밖에 안 되는 강은 금세 건널 수 있었다. 윌콕스와 웨브와 크로스는 밧줄을 잡아당겨 고무보트를 회수한 뒤, 한 사람씩 차례로 보트를 타고 강을 건넜다.

모두 강을 건너자 윌콕스는 고무보트에서 공기를 빼고 여행가방처럼 착착 접어서 등에 짊어졌다. 네 소년은 다시 걷기 시작했다. 브리앙 일행처럼 보트를 타고 강물의 흐름에 맡기는 것이 덜 피곤한 것은 사실이다. 하지만 고무보트는 한 번에 한 사람밖에 탈 수 없기 때문에 그런 이동 방법은 단념할 수밖에 없었다.

도니펀은 건너편 강둑으로 노를 저어갔다

이날은 몹시 힘들었다. 숲은 깊고, 땅에는 풀이 무성하게 우거져 있고, 겨울 바람에 꺾인 나뭇가지가 흩어져 있고, 곳곳에 구덩이가 있어서 먼 길을 돌아가야 했다. 그래서 해안에 도착하는 시간이 예상보다 훨씬 늦어졌다.

도니편은 덫숲과는 달리 이 숲에는 조난자 보두앵이 들어온 흔적이 남아 있지 않은 것을 확인했다. 그래도 지도에는 동강의 물줄기가 실망만까지 정확하게 그려져 있으니까, 프랑수아 보두앵이 이 일대를 탐험한 것은 분명하다.

정오가 가까워질 무렵 잣나무 숲에서 점심을 먹으면서 쉬기로 했다. 크로스가 잣을 많이 따왔기 때문에 모두 그것을 먹었다. 그리고 다시 강을 따라 3킬로미터를 걸었다. 강에서 멀리 떨어지지 않기 위해, 빽빽한 덤불 사이를 비집고 빠져나가거나 도끼로 길을 뚫으면서 나아가야 했다.

그러느라 시간이 많이 걸렸기 때문에, 저녁 7시 무렵에야 겨우 숲을 빠져나갈 수 있었다. 이미 날이 어두워져서 해안의 상태는 확인할 수 없었다. 하지만 파도가 밀려와 부서지는 소리와 하얀 물거품은 보고 들을 수 있었다.

네 소년은 그곳에서 노숙하기로 했다. 내일 밤에는 개어귀에서 멀지 않은 해안 동굴에서 좀더 좋은 잠자리를 찾아낼 수 있을 것이다.

야영할 준비를 끝내고 저녁을 먹었다. 시간으로 보면 저녁이라기보다 밤참에 가까웠다. 나무 밑에서 주운 삭정이와 솔방울로 모닥불을 피우고, 뇌조 몇 마리를 구워 먹었다.

만약을 위해 아침까지 모닥불을 계속 피우고, 처음 몇 시간은 도니펀이 모닥불을 지키기로 했다.

윌콕스와 크로스와 웨브는 가지를 활짝 펼친 소나무 밑에 눕자마자 온종일 걸은 피로 때문에 곧바로 잠들어버렸다.

도니펀은 졸음과 힘겨운 싸움을 벌여야 했다. 그래도 끝까지 참고 견뎠다. 드디어 교대 시간이 왔다. 하지만 모두 깊은 잠에 빠져 있었기 때문에 도니펀은 결국 아무도 깨우지 않기로 했다.

야영지 부근의 숲은 쥐 죽은 듯 조용했다. 여기도 프렌치 동굴 못지않게 안전해 보였다.

그래서 도니펀은 삭정이 몇 개를 모닥불에 던져넣고 소나무 밑에 몸을 눕혔다. 곧 잠이 쏟아졌다. 다시 눈을 떴을 때는 하늘과 바다가 맞닿아 있는 넓은 수평선 위로 아침해가 떠오르고 있었다.

21

실망만 탐험 — 곰바위 포구 — 프렌치 동굴로 돌아갈 계획을 세우다 —
섬 북부 탐험 — 북천 — 너도밤나무 숲 — 무서운 돌풍 — 공포의 밤

도니펀 일행이 맨 처음 한 일은 강을 따라 개어귀까지 내려가는 것이었다. 개어귀에서 네 소년은 처음 보는 동쪽 바다를 집어삼킬 듯이 둘러보았다. 동쪽 바다도 서해안 못지않게 한적했다. 배는 그림자도 보이지 않았다.

도니펀이 입을 열었다.

"그래도 우리가 생각했듯이 체어먼 섬이 남아메리카 대륙에서 멀리 떨어져 있지 않다면, 마젤란 해협을 빠져나와 칠레나 페루의 항구로 가는 배가 이쪽 바다를 지나갈 거야. 그러니까 더더욱 이 실망만에 살아야 돼. 브리앙은 여기에 실망만이라는 이름을 붙였지만, 이제 곧 그 재수없는 이름이 어울리지 않는 날이 올 거야."

도니펀은 이렇게 말하면서 프렌치 동굴의 친구들과 사이가 틀

어진 것을 변명하려 했거나 핑계를 찾고 있었을 것이다. 물론 잘 생각해보면 남아메리카의 항구로 가는 배가 체어면 섬 동쪽 바다를 지나갈 것은 분명한 사실이었다.

도니펀은 망원경으로 수평선을 바라본 다음 동강 어귀를 조사하러 갔다. 브리앙과 마찬가지로 네 소년도 그곳이 바람이나 파도가 닿지 않는 작은 천연항을 이루고 있다는 것을 확인했다. '슬루기' 호가 이곳에 표착했다면, 모래밭 위에 올라앉지 않고 무사히 귀국길에 오를 수도 있었을지 모른다.

천연항을 이루고 있는 바위 뒤에 나무가 우거져 있었다. 이 숲은 패밀리 호수까지 이어져 있을 뿐만 아니라 북쪽으로도 끝없이 뻗어 있어서, 그쪽은 초록빛 지평선밖에 보이지 않았다.

해안 바위산에 살기 좋은 동굴이 수없이 뚫려 있다는 브리앙의 이야기는 결코 과장이 아니었다. 어느 동굴을 골라야 할지, 선택하기가 어려울 정도였다. 하지만 도니펀은 동강에서 멀지 않은 동굴이 좋겠다고 생각했다. 그리고 곧 적당한 곳에서 깊은 동굴을 발견했다. 바닥에는 고운 모래가 가득 깔려 있고 여러 개의 공간으로 나뉘어 있어서, 이 동굴 하나만으로도 식민지 소년들을 모두 수용하고도 남을 것 같았다. 생활 조건은 프렌치 동굴보다 나으면 나았지 결코 못하지 않았다. 프렌치 동굴에는 거실과 저장실밖에 없지만, 이 동굴에는 소년들 모두가 각자 독방을 가질 수 있을 만큼 많은 굴이 뚫려 있었기 때문이다.

그날은 해안에서 반경 2~3킬로미터에 이르는 지역을 둘러보기로 했다. 도니펀과 크로스는 메추라기를 몇 마리 잡았고, 윌콕스와 웨브는 개어귀에서 백 걸음쯤 상류로 올라간 곳에 낚싯줄을 드리웠다. 물고기는 여섯 마리가 잡혔는데, 모두 질랜드 강을 거슬러 올라오는 것과 같은 종류였다. 특히 큼지막한 농어가 두 마리나 잡혔다.

실망만의 북동부에서 난바다의 거친 파도를 막고 있는 암초에는 수많은 구멍이 뚫려 있는데, 거기에 조개들이 잔뜩 모여 있었다. 맛있는 홍합과 삿갓조개가 많았다. 따라서 물고기만이 아니라 이런 연체동물도 가까운 곳에서 얼마든지 잡을 수 있었다. 바닷물고기는 암초 밑에서 흔들리고 있는 커다란 해초 사이에 숨어 있으니까, 지금까지 그랬던 것처럼 7~8킬로미터나 떨어진 곳까지 잡으러 갈 필요도 없다.

브리앙은 동강 어귀를 탐험할 때 곰과 똑같이 생긴 바위에 올라갔다. 네 소년은 그 이야기를 잊지 않았다. 도니펀도 그 바위의 야릇한 형태를 보고 놀라지 않을 수 없었다. 그래서 그 바위가 내려다보고 있는 포구에 '곰바위 포구'라는 이름을 붙였다. 오늘날 체어먼 섬 지도에는 그 이름이 올라 있다.

오후에 도니펀과 윌콕스는 실망만을 한눈에 바라보려고 곰바위에 올라갔다. 하지만 섬 동쪽에는 배도 육지도 보이지 않았다. 북동쪽에서 브리앙이 보았다는 그 하얀 점도 찾을 수 없었다. 해가 벌써 기운 탓인지 모르지만, 그런 하얀 점은 처음부터 없었는데 브리앙이 잘못 보았는지도 모른다.

저녁에 도니펀 일행은 무리 지어 서 있는 아름다운 팽나무 그늘에서 식사를 했다. 낮은 나뭇가지가 강물 위로 뻗어 있었다. 식사를 끝낸 뒤 네 소년은 당장이라도 프렌치 동굴로 돌아가 곰바위 동굴에서 생활하는 데 필요한 물자를 가져오는 게 좋은지를 의논했다.

"내 생각에는 우물쭈물하지 말고 당장 돌아가는 게 좋겠어." 웨브가 말했다. "호수 남쪽을 돌아가려면 며칠이 걸릴 테니까."

그러자 윌콕스가 말했다.

"다음에 여기로 돌아올 때는 보트를 타고 호수를 건넌 다음 동강을 따라 포구까지 내려오는 게 좋지 않을까? 브리앙이 이미 해낸 일인데 우리라고 못할 이유가 어디 있어?"

"그러면 시간도 절약되고 힘도 덜 들어." 웨브가 덧붙였다.

"도니펀, 네 생각은 어때?" 크로스가 물었다.

도니펀은 실제로 여러 가지 이점이 있는 이 제안을 곰곰 생각해본 다음 이렇게 대답했다.

"네 말이 옳아, 윌콕스. 모코에게 조종을 맡기고 배를 타면……."

"모코가 좋다고 할까?" 윌콕스가 미심쩍은 듯이 말했다.

"왜 싫다고 한다는 거지?" 도니펀이 대꾸했다. "나는 브리앙처럼 모코에게 명령할 권리가 없다는 거야? 호수를 건너 여기까지 우리를 데려다주는 것뿐인데……."

"모코한테 시킬 수밖에 없어!" 크로스가 소리쳤다. "우리끼리 육로로 짐을 날라야 한다면 도저히 다 나를 수 없어. 짐수레를 가져오면 숲속을 지날 수 없을지도 모르잖아? 역시 보트를 타야 돼."

"보트를 내주지 않겠다면 어쩌지?" 웨브가 물었다.

"보트를 내주지 않는다고?" 도니펀이 소리를 질렀다. "누가 내주지 않는다는 거야?"

"브리앙. 그가 지도자잖아!"

"브리앙이 보트를 내주지 않는다고?" 도니펀은 큰 소리로 되물었다. "그 배가 브리앙 거야? 브리앙이 건방지게 거절하면……."

도니펀은 여기서 말을 끊었다. 하지만 이 오만한 소년은 이번 문제만이 아니라 어떤 일에서도 경쟁자인 브리앙의 말에 고분고분 따르지 않을 것은 분명했다.

게다가 윌콕스가 말했듯이 이 문제를 여기서 이러쿵저러쿵 의논해봤자 아무 소용도 없었다. 브리앙은 친구들이 곰바위에 정착할 수 있도록 모든 편의를 봐줄 테니까 쓸데없이 화를 내거나 골치를 앓을 필요가 없다는 것이 윌콕스의 의견이었다. 그렇다면 남은 문제는 당장 프렌치 동굴로 돌아갈 것인가를 결정하는 것뿐이었다.

"나는 빨리 돌아가야 한다고 생각해!" 크로스가 말했다.

"그럼 내일 당장 떠날까?" 웨브가 물었다.

"아니야." 도니펀이 대답했다. "떠나기 전에 만 건너편에 가서 섬 북부를 조사해보고 싶어. 이틀이면 북해안까지 갔다가 돌아올 수 있을 거야. 북쪽에는 보두앵이 미처 보지 못한 육지가 있을지도 몰라. 보두앵의 지도에 실려 있지 않다고 해서 육지가 없다고 단정할 수는 없어. 게다가 동해안을 잘 알지도 못한 상태에서 여기에 정착하는 것은 너무 성급한 짓이라는 생각이 들어."

도니펀의 주장이 옳았다. 네 소년은 프렌치 동굴로 돌아가는 날짜를 사나흘 늦추더라도 당장 북부 탐험 계획을 실행에 옮기기로 했다.

이튿날인 10월 14일, 도니펀과 세 친구는 동이 트자마자 곰바위 포구를 떠나 해안을 따라서 북쪽으로 올라갔다.

숲과 바다 사이에 바위산들이 5킬로미터나 뻗어 있었다. 그 밑에는 폭이 30미터밖에 안 되는 모래밭이 한 군데 있을 뿐이었다.

네 소년은 마지막 바위산을 지난 뒤, 정오 무렵에 점심을 먹으려고 걸음을 멈추었다.

거기에는 두 번째 하천이 실망만으로 흘러들고 있었다. 하지만 그 하천은 북서쪽에서 남동쪽으로 흐르고 있으니까 패밀리호수에서 흘러나오는 물줄기는 아닌 듯싶었다. 북부에서 모인물이 강을 이루어 좁은 후미로 흘러드는 게 분명했다. 도니펀은이 하천에 '북천'이라는 이름을 붙였다. 실제로 그것은 '강'이라고 부를 만큼 큰 물줄기는 아니었다.

북천을 건너기는 어렵지 않았다. 고무보트를 타고 노를 몇 번젓기만 하면 충분했다. 건너편은 숲이 울창했기 때문에, 숲 언저리를 따라 시내를 거슬러 올라가야 했다.

도니펀과 크로스는 도중에 총을 두 번 쏘았는데, 그것은 다음과 같은 사정 때문이다.

3시쯤이었다. 북천을 거슬러 올라가던 네 소년은 예정보다 훨씬 북서쪽으로 가고 있는 것을 알아차렸다. 원래 목적지가 북해안이었기 때문에, 네 소년은 약간 오른쪽으로 방향을 틀었다. 바로 그때 크로스가 도니펀을 붙잡으면서 소리를 질렀다.

"저것 봐, 도니펀. 저기!"

크로스는 불그스름한 형체를 가리켰다. 터널을 이룬 나무 밑에서 키 자란 풀과 시냇가의 갈대 사이를 돌아다니고 있는 덩치 큰 짐승이 눈에 띄었다.

도니펀은 웨브와 윌콕스에게 움직이지 말라고 손짓을 보냈다. 그러고는 크로스와 함께 그 동물을 향해 총을 겨눈 채 소리없이 살금살금 다가갔다.

엄청나게 큰 동물이었다. 머리에 뿔이 나 있고 아랫입술이 튀어나와 있었다면 물소로 착각했을지도 모른다.

그 순간 총성이 울려 퍼졌다. 곧이어 두 번째 총성이 울렸다. 도니펀과 크로스가 거의 동시에 방아쇠를 당긴 것이다.

거리가 50미터나 떨어져 있었기 때문에 총알은 그 동물의 두꺼운 피부에 아무런 영향도 미치지 못한 모양이다. 그 동물은 갈대숲에서 뛰쳐나와 재빨리 시내를 건너 숲속으로 사라져버렸다.

그래도 도니펀은 그 동물의 정체를 알아차릴 수 있었다. 그것은 물과 뭍 양쪽에서 사는 맥의 일종이었다. 몸은 다갈색 털로 덮여 있고, 사람에게 아무 해도 끼치지 않는 온순한 동물로 남아메리카의 하천 부근에서 자주 볼 수 있다. 맥을 잡아봤자 아무 쓸모도 없으니까, 놓쳤다고 아쉬워할 필요는 없었다. 사냥꾼으로서 자존심이 상한 것은 별문제지만.

체어먼 섬의 이 일대에는 푸른 숲이 끝없이 펼쳐져 있었다. 숲에는 식물이 놀랄 만큼 빽빽이 우거져 있었다. 특히 너도밤나무가 수천 그루나 자라고 있어서, 도니펀은 여기에 '너도밤나무 숲'이라는 이름을 붙였다. 그리고 전에 이름지은 '곰바위'와 '북

엄청나게 큰 동물이었다

천'과 함께 그 이름을 지도에 적어넣었다.

밤이 될 때까지 거의 15킬로미터를 걸었다. 앞으로 그만큼만 더 가면 북해안에 다다를 수 있을 것이다. 그 일은 이튿날로 미루어졌다.

이튿날 동이 트자마자 다시 행군이 시작되었다. 그렇게 길을 서두르는 데에는 이유가 있었다. 아무래도 날씨가 나빠질 것 같았기 때문이다. 바람이 서풍으로 바뀌면서 기온이 떨어져 서늘해지기 시작했다. 난바다 쪽에서 구름이 몰려왔다. 하지만 아직 높은 하늘을 지나가고 있으니까 금방 비가 쏟아질 염려는 없었다.

폭풍 같은 바람이 불어도 의지가 굳은 소년들은 두려움 없이 바람과 맞섰을 것이다. 하지만 돌풍은 대개 비를 동반하여 억수 같은 소나기를 퍼붓기 때문에 걷기가 힘들다. 그렇게 되면 탐험을 중단하고 곰바위 동굴로 돌아가야 할지도 모른다.

네 소년은 옆에서 휘몰아치는 바람과 싸우면서 걸음을 재촉했다. 이날의 행군은 정말 힘들었지만, 밤에는 날씨가 더욱 나빠질 조짐이 보였다. 실제로 폭풍과 다름없는 강풍이 섬을 덮쳤다. 오후 5시가 되자, 드디어 번갯불이 잇따라 번득이고 우르르 쾅 하는 우렛소리가 길게 울려 퍼졌다.

그래도 네 소년은 끄떡하지 않았다. 오로지 목적지에 도착해야 한다는 일념으로 용기를 냈다. 너도밤나무 숲은 아직도 이어지고 있으니까, 언제든지 나무 그늘로 몸을 피할 수 있다. 바람이 너무 거세게 휘몰아쳤기 때문에 비에 대해서는 별로 걱정하지 않았다. 게다가 해안도 이제 멀지 않았을 것이다.

저녁 6시쯤, 바위에 부딪쳐 부서지는 파도 소리가 들려왔다. 그것은 체어먼 섬 북해안 앞바다에 암초지대가 있다는 증거였다.

하늘은 이미 짙은 안개에 뒤덮인 채 점점 어두워지고 있었다. 마지막 햇빛이 하늘에 남아 있는 동안 바다를 되도록 멀리까지 바라보려면 걸음을 서둘러야 했다. 숲 너머에 너비가 400미터쯤 되는 모래밭이 펼쳐져 있었다. 거기에는 북쪽의 암초에 부딪친 파도가 하얀 물거품을 일으키며 밀려오고 있었다.

네 소년은 기진맥진해 있었지만, 그래도 아직 달릴 만한 힘이 남아 있었다. 네 소년은 아직 햇살이 조금이라도 남아 있을 때 이쪽 태평양을 보아두고 싶었다. 이 섬을 대륙이나 다른 섬과 갈라놓고 있는 것은 망망대해일까, 아니면 좁은 해협일까.

조금 앞서 달리고 있던 윌콕스가 갑자기 우뚝 멈춰섰다. 그리고 바닷가의 거무스름한 덩어리를 가리켰다. 가파른 모래밭에 커다란 형체가 또렷이 떠올라 있었다. 고래처럼 바다에 사는 커다란 동물이 파도에 떠밀려 해안으로 올라왔을까? 아니면 배가 밀물을 타고 암초를 넘어 모래밭에 좌초했을까?

그렇다! 그것은 배였다! 작은 배가 오른쪽으로 기울어져 있었다. 윌콕스는 물가에 한줄기 띠처럼 이어져 있는 해초를 따라 배에서 몇 걸음 떨어진 곳에 쓰러져 있는 두 사람을 가리켰다.

도니펀과 웨브와 크로스는 저도 모르게 멈춰섰다. 하지만 다음 순간에는 잘 생각해보지도 않고 모래밭을 쏜살같이 가로질러 쓰러져 있는 두 사람에게 달려갔다.

어쩌면 시체일지도 모른다! 문득 그런 생각이 들자, 네 소년은

윌콕스는 쓰러져 있는 두 사람을 가리켰다

공포에 사로잡혀 허둥지둥 숲으로 돌아가서 나무 그늘에 몸을 숨겼다. 해변의 두 사람은 아직 살아 있을지도 모르고 응급처치가 필요할지도 모르지만, 거기까지는 생각이 미치지 못했다.

벌써 주위는 어두워지고 있었다. 이따금 번갯불이 어둠을 비추었지만, 그 번개도 곧 사라져버렸다. 깊은 어둠 속에서 들리는 소리라고는 윙윙거리는 바람 소리와 거칠게 날뛰는 파도 소리뿐이었다.

얼마나 지독한 폭풍인가! 사방에서 나무가 우지끈 소리를 내며 부러졌다. 나무 그늘에 숨어 있는 것도 위험했지만, 모래밭에서 야영할 수도 없었다. 바람에 말려 올라간 모래가 산탄처럼 몸을 후려쳤기 때문이다.

네 소년은 밤새도록 거기에 발이 묶여 있었다. 잠시 눈을 붙일 수도 없었다. 밤새 추위에 시달렸다. 모닥불을 피울 수가 없었기 때문이다. 불을 피우면 불똥이 사방으로 날아가 땅에 겹겹이 쌓인 나뭇가지에 옮겨 붙어 큰불이 날지도 모른다.

게다가 흥분 때문에 잠을 이룰 수도 없었다. 그 배는 어디서 왔을까? 두 조난자는 어느 나라 사람일까? 작은 배가 표착한 것으로 미루어, 이 근처에 육지가 있는 것일까? 아니면 이 근처를 지나던 큰 배가 이 맹렬한 폭풍으로 침몰하자 작은 배를 타고 탈출하여 이 섬에 표착한 것일까?

온갖 생각이 떠올랐다. 잠시 바람이 잔잔해지면 도니편과 윌콕스는 몸을 맞대고 작은 소리로 이야기를 나누었다.

동시에 네 소년은 환각에 사로잡혀, 바람이 조금 잔잔해지면 멀리서 사람의 외침 소리가 들리는 듯한 기분이 들었다. 네 소년은 그때마다 귀를 곤두세웠다. 또 다른 조난자가 해변을 헤매고 있는 게 아닐까. 아니, 그럴 리가 없다! 그런 착각에 사로잡혀 있을 뿐이다. 이렇게 맹렬한 바람 속에서는 아무리 필사적인 외침 소리도 들릴 리가 없다. 아까 공포에 사로잡혀 도망친 건 잘못이었다고 소년들은 생각했다. 그래서 바람에 날려갈 위험을 무릅쓰고 다시 해변으로 뛰쳐나가려고 했다. 하지만 이 칠흑 같은 어둠 속에서 파도의 물보라를 뒤집어쓰고 있는 넓은 모래밭에 좌초해 있는 작은 배와 두 사람을 어떻게 다시 찾을 수 있겠는가?

게다가 네 소년은 정신력도 체력도 바닥나 있었다. 그들은 '슬루기' 호가 난파한 이래 줄곧 자기 뜻대로 행동하면서 어른이라도 된 양했지만, 오랜만에 만난 사람들―게다가 시체처럼 섬에 떠밀려 올라온 사람들―을 보고는 갑자기 어린애로 되돌아간 듯한 기분이 들었다.

겨우 침착성을 되찾은 네 소년은 무엇을 해야 할 것인지를 깨달았다.

우선 날이 밝자마자 해변으로 돌아가서 모래밭에 구덩이를 파고, 두 조난자가 영혼의 안식을 얻을 수 있도록 기도를 드린 다음 정중하게 매장해야 한다. 소년들에게는 그날 밤이 끝없이 길게 느껴졌다. 두려움을 날려내줄 새벽은 영원히 오지 않을 것 같았다.

하다못해 회중시계라도 볼 수 있다면, 지금이 몇 시인지 그것만이라도 알 수 있다면 좋으련만! 그런데 성냥을 켤 수가 없었다. 담요를 뒤집어써도 불이 붙지 않는다. 크로스가 몇 번이나 시도해보았지만, 결국 포기할 수밖에 없었다.

그때 윌콕스가 시간을 대충 알 수 있는 다른 방법을 생각해냈다. 그의 회중시계는 태엽감개를 열두 번 돌리면 24시간 동안 태엽이 돌아가도록 되어 있었다. 한 번 돌리면 두 시간을 가는 셈이다. 그런데 윌콕스는 전날 밤 8시에 태엽을 끝까지 감았으니까, 태엽감개가 몇 번 돌아가는지를 알면 그동안 지나간 시간을 대충 계산할 수 있다. 윌콕스가 태엽감개를 돌려보니 네 번밖에 돌아가지 않았다. 그렇다면 전날 밤 8시부터 여덟 시간이 지나간 셈이니까, 지금은 새벽 4시쯤일 것이다. 이제 곧 날이 밝을 게 분명하다.

잠시 후 동녘 하늘이 희붐하게 밝아오기 시작했다. 바람의 기세는 조금도 누그러들지 않았다. 먹장구름이 바다 위에 낮게 드리워져 있어서, 네 소년이 곰바위 포구로 돌아가기 전에 비가 쏟아질 것 같았다.

하지만 무엇보다 우선 두 조난자를 묻어주어야 한다. 그래서 난바다에 자욱히 낀 안개를 뚫고 새벽빛이 비쳐들자마자 네 소년은 해변으로 나갔다. 휘몰아치는 바람과 맞서 싸우기는 여간 힘들지 않다. 소년들은 바람에 밀려 넘어지지 않도록 서로 몸을 받쳐주어야 했다.

작은 배는 약간 도도록한 모래밭에 올라앉아 있었다. 물이 빠져나간 모래톱을 보니, 바람을 등에 업고 더욱 기세를 얻은 큰 파도가 배를 뛰어넘어 안쪽까지 밀려온 것 같았다.

그런데, 두 조난자는 보이지 않았다.

도니펀과 윌콕스는 해변을 스무 걸음쯤 나아갔다.

아무것도 없다. 썰물이 지워버렸는지, 사람이 누워 있던 흔적 조차 보이지 않았다.

"그들은 살아 있었어!" 윌콕스가 소리쳤다. "일어나서 어딘가 로 가버린 게 분명해!"

"어디로 갔지?" 크로스가 물었다.

"어디로 갔냐고?" 도니펀은 되물으면서 요란하게 부서지는 파 도를 가리켰다. "썰물이 두 사람을 저기로 데려갔어!"

그렇게 말하고 도니펀은 암초지대까지 기어가 망원경으로 바 다를 둘러보았다.

주검은 하나도 보이지 않았다.

조난자의 주검은 멀리 난바다로 떠내려가버린 것일까?

도니펀은 배 옆에 남아 있는 세 소년 곁으로 돌아왔다.

이 조난에서 살아남은 사람은 없을까?

작은 배는 텅 비어 있었다.

그 배는 상선에 싣는 론치*였다. 앞쪽에는 갑판이 달려 있고, 용골의 길이는 10미터쯤 되었다. 좌초했을 때의 충격으로 우현 의 흘수선 부분이 파손되어 더 이상 항해할 수 없는 상태였다. 남 아 있는 것은 밑동이 부러진 돛대, 뱃전에 걸려 있는 찢어진 돛 조각, 밧줄 몇 개뿐이었다. 밑창과 갑판 밑을 살펴보았지만 식량

---

* 론치: 상선이나 군함 같은 큰 배에 실려 있는 대형 보트. 연락이나 수송용으로 쓰인다.

작은 배는 텅 비어 있었다

과 무기는 하나도 보이지 않았다.

고물에 이 배의 모선 이름과 소속 항구의 이름이 적혀 있었다.

'세번' 호—샌프란시스코

샌프란시스코! 미국 캘리포니아 연안의 항구다! 그것은 미국 배였다!

'세번' 호의 조난자들이 폭풍에 떠밀려 올라온 이 해안에서는 그저 넓은 수평선이 보일 뿐이었다.

22

브리앙의 생각―어린 소년들의 기쁨―연 만들기―끊임없는 실험―
케이트―'세번' 호의 생존자들―도니펀 일행에게 닥친 위험―
브리앙의 헌신적인 행동―다시 만나다

소년들은 도니펀과 웨브·크로스·윌콕스가 프렌치 동굴을 떠날 때의 모습을 잊지 못했다. 네 사람이 떠난 뒤 식민지 생활은 무척 쓸쓸해졌다. 소년들은 앞으로 큰 어려움을 초래할지도 모르는 이 작별을 깊이 안타까워하고 슬퍼했다. 물론 브리앙은 자신을 나무랄 필요가 전혀 없었지만, 그래도 다른 소년들보다 훨씬 괴로워했다. 식민지가 분열된 것도 결국 자기 탓이었기 때문이다.

고든은 브리앙을 위로해주려고 했지만 소용이 없었다.

"그 애들은 다시 돌아올 거야, 브리앙. 예상보다 훨씬 일찍 돌아올걸! 도니펀이 아무리 고집이 세도 어려운 상황을 이길 수는 없어. 겨울이 닥치기 전에 반드시 돌아올 거야."

브리앙은 고개만 저을 뿐 아무 대답도 하지 않았다. 여러 가지 사정으로 네 소년이 돌아올지는 모르지만, 그렇게 되면 상황은 더욱 복잡하고 심각해지지 않을까?

'겨울이 닥치기 전'이라고 고든은 말했다. 그러면 체어먼 섬에서 세 번째 겨울도 나야 한단 말인가? 그때까지 어떤 구조의 손길도 뻗쳐오지 않을까? 여름에도 태평양의 이 해역을 지나는 상선이 한 척도 없을까? 오클랜드 언덕에 매달아둔 신호용 공은 결국 누구의 눈에도 띄지 않을까?

실제로 그 공은 해발 65미터 높이에 걸려 있을 뿐이니까, 웬만큼 가까운 거리가 아니면 눈에 띄지 않을 것이다. 그래서 브리앙은 백스터와 함께 바다를 건널 수 있는 작은 배를 만들 계획을 세우려고 했지만 뜻대로 되지 않았기 때문에, 이번에는 신호가 될 만한 것을 훨씬 높이 띄워 올릴 방법을 궁리하게 되었다.

브리앙은 자주 그 문제를 화제로 삼았다. 그러던 어느 날 브리앙은 백스터에게 연을 이용하는 방법을 의논했다.

"우리는 헝겊도 있고 밧줄도 있으니까, 커다란 연을 만들면 상당히 높은 곳까지 띄울 수 있을 거야. 연이라면 300미터 높이까지는 올라가지 않을까?"

"바람이 불지 않는 날은 그렇게 올라가지 않아." 백스터가 말했다.

"그런 날은 거의 없어." 브리앙이 응답했다. "바람이 불지 않는 날에는 연을 내려놓으면 돼. 밧줄 끝을 땅에 고정시켜두면, 바람이 부는 날은 연이 저절로 바람을 타고 날아오를 테니까, 연을 날리는 방향에는 신경쓸 필요가 없어."

"한번 해보자." 백스터가 말했다.

"그리고 연을 띄우면 낮에는 100킬로미터 떨어진 곳에서도 보이겠지만, 연의 꼬리나 뼈대에 등잔을 매달아두면 밤에도 눈에 띌 거야!" 브리앙이 덧붙였다.

브리앙의 착상은 곧 실행에 옮겨졌다. 연을 띄우는 일은 조금도 어려울 게 없었다. 소년들은 뉴질랜드 초원에서 몇 번이나 연을 날려보았기 때문이다.

그래서 브리앙의 계획을 안 소년들은 모두 기뻐했다. 특히 어린 하급생 아이들은 이것을 재미난 놀이로 받아들이고, 여태 본 적도 없는 커다란 연을 생각하며 들떠 있었다. 연이 하늘 높이 떠올라 흔들리고 있을 때 팽팽히 당겨진 줄을 잡아당기는 것은 얼마나 신나는 일인가!

"긴 꼬리를 달자!"

"커다란 귀도 달자!"

"펀치*도 그려넣자! 연이 하늘 높이 올라가면 펀치가 팔다리를 버둥거리면서 춤을 출 거야!"

"연줄에 종이를 달면 바람이 불 때마다 소리가 날 거야!"

모두 즐거워했다. 어린 꼬마들은 이렇듯 연날리기를 재미난 놀이로밖에 생각지 않았지만, 사실 이것은 아주 진지한 계획이었다. 이 계획은 좋은 결과를 가져다줄 것으로 여겨졌다.

그래서 도니편과 세 친구가 프렌치 동굴을 떠난 지 이틀 뒤, 백

* 펀치: 영국 인형극에 나오는 어릿광대.

스터와 브리앙은 이 일에 착수했다.

"도니펀이 이 연을 보면 눈이 휘둥그래질 거야!" 서비스가 외쳤다. "로빈슨 크루소와 스위스의 로빈슨이 연을 날릴 생각을 못한 게 정말 유감이야."

"이 섬 어디에서나 연을 볼 수 있을까?" 가넷이 물었다.

"우리 섬만이 아니라 아주 먼 바다에서도 보일걸." 브리앙이 대답했다.

"그럼 오클랜드에서도 보여?" 돌이 놀란 목소리로 물었다.

"거기서는 안 보일 거야." 브리앙이 대답하고는 돌의 엉뚱한 질문에 무심코 웃음을 터뜨렸다. "도니펀이 연을 보면 돌아올 마음이 날지도 몰라."

이 착한 소년은 프렌치 동굴을 떠난 네 소년 생각밖에 없었다. 그가 바라는 것은 오직 이 불행한 이별이 되도록 빨리 끝났으면 하는 것뿐이었다.

그날부터 며칠 동안 연 만드는 작업이 계속되었다. 백스터는 팔각형 연을 고안했다. 호숫가에 자라는 갈대로 가볍고 튼튼한 뼈대를 만들었다. 이 뼈대라면 웬만한 바람은 너끈히 견딜 수 있을 것이다. 브리앙은 그 뼈대에 고무를 바른 가벼운 헝겊을 씌웠다. 그 헝겊은 '슬루기' 호의 채광창을 덮는 데 사용한 방수포니까, 바람이 헝겊의 올 사이를 뚫고 지나가지는 못할 것이다. 연줄로는 촘촘하게 짜인 600미터 길이의 '끌 밧줄'을 사용하기로 했다. 속도 측정기를 매달아 물 속에 넣고 끌고 가면서 배의 속도나 거리를 측정할 때 사용하는 밧줄이니까, 상당히 세게 잡아당겨

며칠 동안 연 만드는 작업이 계속되었다

도 좀처럼 끊어지지 않는다.

연이 공중에서 균형을 유지하기 위해서는 연에 멋진 꼬리를 달아주면 된다. 이리하여 아주 튼튼한 연이 완성되었다. 한 사람을 태우고 띄워 올려도 될 정도였다. 하지만 사람을 태울 수 있느냐 없느냐는 문제가 아니었다. 연이 하늘 높이 올라가 강풍을 견딜 수 있을 만큼 튼튼하고, 100킬로미터 밖에서도 보일 만큼 크면 된다.

이렇게 큰 연을 손으로 잡아당길 수 없는 것은 물론이다. 연이 바람을 받으면, 소년들이 전부 매달려도 질질 끌려가고 말 것이다. 그래서 연줄은 '슬루기' 호의 권양기에 감아두기로 했다.

권양기를 운동장 한복판에 내놓고, '하늘의 거인' ─아이들이 모두 찬성하여 붙인 연의 이름이다─ 이 끌어당겨도 견딜 수 있도록 땅바닥에 단단히 고정시켰다.

이 일이 14일 저녁에 끝났기 때문에, 브리앙은 이튿날 오후 소년들이 모두 모인 자리에서 드디어 연을 날리기로 했다.

그런데 이튿날인 15일이 되자 거센 바람이 휘몰아쳐서 도저히 연을 날릴 수가 없었다. 이런 바람을 정면으로 받으면 연은 당장 산산조각이 나고 말 것이다. 그것은 섬 북부에 있던 도니펀 일행을 덮친 것과 같은 바람이었다. 이 강풍이 미국인 조난자들을 북해안으로 밀어올린 것이다. 이 북해안에는 나중에 '세번 해안' 이라는 이름이 붙었다.

이튿날인 10월 16일에는 바람이 조금 가라앉았지만 연을 날리기에는 여전히 너무 강했다. 그런데 오후가 되자 날씨가 좋아지고 바람도 남동풍으로 바뀌어 훨씬 약해졌기 때문에, 이튿날 드디어 연을 날리기로 했다.

10월 17일. 이날은 체어먼 섬의 연대기에서 중요한 자리를 차지하게 된다.

그날은 금요일이었지만, 브리앙은 쓸데없는 미신 때문에 실험을 또 하루 미루어서는 안 된다고 생각했다. 게다가 날씨도 연을 날리기에는 더할 나위 없이 좋았다. 연을 높은 하늘로 띄워 올려 줄 바람이 규칙적으로 끊임없이 불고 있었다. 연에 시계추처럼 매달린 꼬리가 풍향에 따라 잘 흔들리면 연은 아주 높이 떠오를 것이다. 그리고 저녁에 연을 내려 꼬리에 램프를 매달면, 멀리서도 밤새도록 그 불빛이 보일 것이다.

마지막 준비를 하느라 오전 시간이 다 지나갔다. 이 준비 작업은 점심을 먹은 뒤에도 한 시간이 넘게 계속되었다. 그리고 드디어 소년들이 모두 운동장에 모였다.

"연을 날릴 생각을 한 것은 정말 묘안이었어." 아이버슨은 몇 번이고 그 말을 되풀이했고, 다른 소년들도 모두 박수를 보냈다.

1시 30분이었다. 연은 땅바닥에 놓인 채 금방이라도 긴 꼬리를 끌며 날아오를 기세였다. 모두 브리앙의 신호만 기다리고 있었다. 그때 갑자기 브리앙이 손을 멈추었다.

브리앙의 주의를 빼앗은 것은 판이었다. 판이 쏜살같이 숲 쪽으로 달려가면서 무언가를 호소하는 듯한 야릇한 소리로 짖고 있었다. 아무래도 심상치 않았다.

"판이 왜 저러지?" 브리앙이 물었다.

"나무 그늘에 짐승이 있는 것을 냄새맡은 게 아닐까?" 고든이 대답했다.

"아니야! 그렇다면 저렇게 짖지 않아."

"가보자!" 서비스가 소리쳤다.

"무기를 가져가야 돼." 브리앙이 말했다.

서비스와 자크가 동굴로 달려가 탄약을 잰 총을 한 자루씩 갖고 돌아왔다.

"가자." 브리앙이 말했다.

브리앙과 서비스·자크·고든이 덤숲으로 달려갔다. 판은 이미 숲속으로 사라졌지만, 짖는 소리는 여전히 들려오고 있었다.

숲속으로 쉰 걸음쯤 들어가자 판이 나무 앞에 서 있는 것이 보였다. 그리고 나무 그늘에 사람 같은 형체가 누워 있었다.

웬 여자가 죽은 듯이 꼼짝도 않고 쓰러져 있었다. 거친 옷감으로 만든 치마와 블라우스, 허리띠에 잡아맨 다갈색의 모직 숄은 별로 손상되지 않은 것 같았다. 여자는 다부진 체격을 갖고 있었지만 얼굴에는 심한 고통의 흔적이 새겨져 있었다. 나이는 마흔 살 남짓 되어 보였다. 지치고 배가 고파서 정신을 잃었을 테지만, 아직 숨이 붙어 있었다.

체어먼 섬에 표착한 뒤 처음으로 다른 사람을 보았으니 소년들이 얼마나 흥분했을지는 짐작하고도 남을 것이다.

"숨을 쉬고 있어! 아직 살아 있어!" 고든이 소리쳤다. "아마 배가 고프고 목도 마를 거야!"

자크가 당장 동굴로 달려가 건빵과 브랜디를 가져왔다.

브리앙은 여자 위로 몸을 숙이고, 꽉 다물린 입술을 억지로 벌려 브랜디를 몇 방울 흘려넣었다.

여자가 몸을 움직이며 눈을 떴다. 그녀는 주위에 모여 있는 소년들을 보고 눈을 빛냈다. 그리고 자크가 건빵을 내밀자 그것을 낚아채어 걸신들린 듯이 먹어치웠다.

소년들이 생각한 대로 이 불쌍한 여자는 피로보다 배가 고파서 죽을 지경이었던 모양이다. 그런데 이 여자는 도대체 누구일까? 말이 통할까? 이야기를 나눌 수 있을까? 여자의 말을 알아들을 수 있을까?

브리앙은 우선 그 점이 궁금했다.

낯선 여자는 몸을 일으켜 앉은 다음, 영어로 이렇게 말했다.

"고맙다, 얘들아…… 정말 고마워."

30분 뒤에 브리앙과 백스터는 여자를 거실로 데려갔다. 그리고 고든과 다른 소년들의 도움을 받아 그녀를 여러 가시로 보살펴주었다.

여자는 조금 기력을 되찾자마자 자신의 내력을 털어놓기 시작했다.

소년들은 그 파란만장한 이야기에 흥미롭게 귀를 기울이지 않을 수 없었다.

그녀는 미국에서 태어나 오랫동안 서부에서 살았다. 이름은 캐서린 레디지만, 보통 케이트라고 불렸다. 그녀는 20여 년 전부터 뉴욕 주의 주도인 올버니에 사는 윌리엄 R. 펜필드 집안의 가정부로 일하고 있었다.

여자가 몸을 움직이며 눈을 떴다

한 달 전, 펜필드 부부는 칠레에 살고 있는 친척을 만나려고 캘리포니아 주 샌프란시스코로 가서 '세번' 호라는 상선을 탔다. 선장은 존 F. 터너라는 사람이었다. 행선지는 칠레 중부의 발파라이소. 펜필드 부부는 가족이나 다름없는 케이트를 이 여행에 함께 데려갔다.

'세번' 호는 훌륭한 상선이었으니까, 새로 고용한 여덟 명의 선원이 그렇게 잔악한 악당이 아니었다면 멋진 항해를 할 수 있었을 것이다. 출항한 지 여드레 뒤에 월스턴이라는 악당이 한패인 브랜트·로크·헨리·쿡·포브스·코프·파이크의 도움을 받아 반란을 일으켰다. 이때 터너 선장과 부관이 살해되고, 펜필드 부부도 목숨을 잃었다.

이 악당들은 배를 빼앗아 노예 무역에 이용할 생각이었다. 당시에도 남아메리카의 일부 지방에서는 여전히 노예 매매가 이루어지고 있었다.

배에 탄 사람들 가운데 단 두 명만이 목숨을 건졌다. 그중 하나가 케이트였다. 악당들 중에서도 덜 잔인한 포브스가 그녀를 살려주자고 주장했기 때문이다. 목숨을 건진 또 한 사람은 '세번' 호의 갑판장인 서른 살 남짓한 에번스라는 남자였다. 악당들이 그를 살려준 것은 항해에 필요했기 때문이다.

이 끔찍한 사건은 10월 7일에서 8일로 넘어가는 밤중에 일어났다. 그때 '세번' 호는 칠레 해안에서 약 300킬로미터쯤 떨어진 곳에 있었다.

에번스는 말을 안 들으면 죽이겠다는 협박을 받고, 아프리카

서해안으로 가기 위해 혼 곶을 돌아야 했다.

하지만 며칠 뒤, 무엇 때문인지는 모르지만 배에 화재가 일어났다. 불은 순식간에 배 전체로 번졌다. 월스턴을 비롯한 악당들은 '세번' 호가 다 타버리기 전에 불을 끄려고 애썼지만 소용이 없었다. 헨리는 불을 피해 바다로 뛰어들었다가 물에 빠져 죽었다. 나머지 악당들은 결국 배를 포기하고, 식량과 탄약과 무기 따위를 닥치는 대로 론치에 던져넣고 서둘러 떠날 수밖에 없었다. 악당들이 떠나자마자 '세번' 호는 불길에 휩싸여 침몰했다.

가장 가까운 육지에서도 300킬로미터나 떨어져 있었기 때문에 조난자들의 상황은 아주 심각했다. 실제로 케이트와 갑판장 에번스가 론치에 옮겨 타지 않았다면, 그 배는 악당들과 함께 바다 속으로 가라앉아도 좋았을 것이다.

이틀 뒤, 맹렬한 바람이 일어났다. 상황은 더욱 나빠졌다. 하지만 바람이 난바다 쪽에서 불어왔기 때문에 론치는 돛대가 부러지고 돛이 누더기처럼 찢어진 채 체어먼 섬 쪽으로 떠밀려왔다. 10월 15일에서 16일로 넘어가는 밤중에 이 작은 배는 뼈대 일부가 부서지고 뱃전에 구멍이 뚫린 채 암초지대를 넘어 모래밭에 올라앉았다.

월스턴 일당은 오랫동안 강풍과 싸운 데다 식량도 거의 바닥이 나서, 추위와 피로로 완전히 탈진해 있었다. 그래서 배가 해안으로 다가갔을 때는 거의 죽은 거나 다름없는 상태였다. 좌초하기 직전에 다섯 명이 파도에 휩쓸렸고, 그 직후에 나머지 두 명도 모래밭 위로 내동댕이쳐졌다. 케이트는 그 반대쪽으로 굴러떨어졌다.

모래밭에 내동댕이쳐진 두 남자는 상당히 오랫동안 정신을 잃고 있었다. 정신을 잃은 것은 케이트도 마찬가지였지만, 그래도 그녀는 곧 의식을 되찾았다. 월스턴 일당은 틀림없이 죽었을 거라고 생각하면서도, 그녀는 만약을 위해 꼼짝도 않고 누워 있었다. 날이 밝기를 기다려, 이 낯선 곳에서 도움을 청하러 갈 생각이었다.

그런데 오전 3시쯤, 배 근처의 모래밭을 걷는 발소리가 들렸다. 그것은 월스턴과 브랜트와 로크였다. 그들은 배가 좌초하기 직전에 큰 파도에 휩쓸렸지만 간신히 빠져나온 것이다. 그러고는 암초지대를 지나 포브스와 파이크가 쓰러져 있는 곳에 이르자, 서둘러 두 사람을 되살려놓았다. 이어서 다섯 명은 무언가 의논을 하기 시작했다. 갑판장 에번스는 코프와 쿡의 감시를 받으며 거기서 수백 걸음 떨어진 곳에 서 있었다.

다섯 명이 나누는 대화를 케이트는 분명히 들었다.

"여기가 어디지?" 로크가 물었다.

"알 게 뭐야!" 월스턴이 대답했다. "어디든 상관없어! 그보다 이런 데서 꾸물거리지 말고 동쪽으로 내려가자! 날이 밝으면 어떻게든 여기서 빠져나갈 방법을 궁리하자!"

"무기는?" 포브스가 물었다.

"여기 있어. 탄약도 무사해!" 월스턴이 대답했다.

그러고는 배 밑창에서 총 다섯 자루와 실탄 몇 상자를 꺼냈다.

"이런 야만적인 곳에서 몸을 지켜야 하는데, 무기가 고작 이것뿐이라니!" 로크가 투덜댔다.

"에번스는 어디 있지?" 브랜트가 물었다.

"저기." 윌스턴이 대답했다. "코프와 쿡이 감시하고 있어. 어쨌든 그놈은 싫든 좋든 간에 함께 데려가야 돼. 반항하면 내가 맡아서 처리할게."

"케이트는 어떻게 됐지?" 로크가 물었다. "살았을까?"

"케이트?" 윌스턴이 되물었다. "그년이라면 걱정할 거 없어. 배가 좌초하기 전에 그 계집이 뱃전에서 떨어지는 걸 분명히 봤으니까. 지금쯤은 물귀신이 되었을 거야!"

"골칫거리를 바다가 대신 처리해줬군." 로크가 말을 이었다. "그년은 우리에 대해서 너무 많이 알고 있었어."

케이트는 그 이야기를 다 엿듣고, 놈들이 떠나면 달아나기로 결심했다.

잠시 후 윌스턴 일당은 다리에 힘이 없어서 잘 걷지 못하는 포브스와 파이크를 부축하여 그곳을 떠났다. 무기와 탄약만이 아니라 배 밑창에 남아 있던 식량도 몽땅 가져갔다.

놈들이 떠난 것은 바람이 가장 심해지기 시작했을 때였다.

놈들이 멀어지자 케이트는 얼른 일어났다. 조금만 더 늦었다면 위험했을 것이다. 밀물이 벌써 밀려오고 있어서, 하마터면 큰 파도에 휩쓸릴 뻔했기 때문이다.

도니펀 일행이 조난자들을 매장하러 돌아갔을 때 아무도 찾지 못한 이유를 이제 알았을 것이다. 그때 윌스턴 일당은 이미 동쪽으로 떠난 뒤였고, 한편 케이트는 반대쪽인 서쪽으로 방향을 잡

윌스턴 일당은 포브스와 파이크를 부축하여 그곳을 떠났다

아 패밀리 호수 북쪽을 향해 나아가고 있었다.

케이트는 피로와 굶주림으로 녹초가 된 채, 16일 오후에 호수 북쪽 끝에 이르렀다. 힘을 내려면 무엇이든 먹어야 했지만, 먹을 수 있는 거라고는 야생 열매뿐이었다. 케이트는 호수의 서쪽 연안을 따라 16일 밤부터 17일 오전까지 내처 걷다가, 덫숲의 나무 그늘에 쓰러지고 말았다. 그리고 거기서 거의 다 죽어가는 상태로 브리앙에게 발견된 것이다.

이것이 케이트가 털어놓은 이야기였다. 그것은 참으로 중대한 사건이었다. 소년들이 지금까지 안전하게 살아온 체어먼 섬에 어떤 범죄도 서슴없이 저지르는 일곱 명의 악당이 상륙한 것이다. 놈들이 프렌치 동굴을 발견하면 주저없이 공격해올 것은 뻔하다. 프렌치 동굴을 공격하면 식량과 무기와 도구를 빼앗을 것이다. 도구가 있으면 '세번' 호의 론치를 수리하여 다시 바다에 띄울 수 있다.

놈들이 공격해오면 어떻게 저항할 수 있을까! 제일 나이가 많은 소년도 이제 겨우 열다섯 살이고, 가장 어린 소년은 열 살밖에 안 된다. 무서운 사태가 벌어질 것은 불 보듯 뻔하다. 월스턴이 섬에 남아 있다면, 소년들을 공격해올 것은 의심할 여지가 없다.

케이트의 이야기를 들으면서 소년들은 엄청난 불안감에 사로잡혔다.

브리앙의 머리를 떠나지 않은 것은 프렌치 동굴을 떠난 네 소년이었다. 앞으로 그런 위험이 닥쳐온다면 네 소년이 가장 먼저 위험에 빠질 거라는 생각이었다.

실제로 네 소년은 '세번' 호의 조난자들이 체어먼 섬에 있다는 것도 모르고, 지금 그들이 탐험하고 있는 동해안에 악당이 있는 줄도 모르니까, 미리 경계할 수가 없지 않은가! 네 소년 가운데 누군가가 한 방이라도 총을 쏘면, 월스턴 일당은 당장 네 소년이 있는 곳을 알아낼 것이다. 그렇게 되면 네 소년은 모두 피도 눈물도 없는 악당들의 손아귀에 떨어질 게 뻔하다.

　"그 애들을 구하러 가야 해." 브리앙이 말했다. "늦어도 내일까지는 이 사실을 알려줘야 돼!"

　"그리고 프렌치 동굴로 다시 데려와야 돼." 고든이 덧붙였다. "우리는 지금까지보다 훨씬 굳게 단결할 필요가 있어. 그 악당들의 공격에 대비하기 위해서는 모두 한데 모여 힘을 합쳐야 돼!"

　"그래." 브리앙이 말을 이었다. "그 애들이 돌아와야 할 필요가 생겼으니까, 무슨 수를 써서라도 데려오자! 내가 찾으러 가겠어!"

　"네가 가겠다고?"

　"그래. 내가 가겠어."

　"어떻게?"

　"모코와 함께 보트를 타고 가겠어. 지난번과 마찬가지로 몇 시간이면 호수를 건너 동강을 내려갈 수 있을 거야. 개어귀까지 가면 그 애들을 만날 수 있겠지."

　"언제 떠날 작정인데?"

　"오늘밤에." 브리앙이 대답했다. "어두우면 놈들한테 들키지 않고 호수를 건널 수 있으니까."

"형, 나도 같이 가면 안 돼?" 자크가 물었다.

"안 돼." 브리앙이 대답했다. "돌아올 때는 그 애들도 배에 태워야 하니까. 여섯 명이 타면 배가 꽉 차버려!"

"그럼 결정된 건가?" 고든이 물었다.

"결정됐어." 브리앙이 대답했다.

실제로 브리앙의 결정은 네 소년을 위해서만이 아니라 식민지 전체를 위해서도 가장 좋은 방책이었다. 네 소년은 모두 총도 잘 쏘고 힘도 세니까, 악당들도 감히 얕볼 수 없다. 그들이 가세하면 식민지 소년들에게는 든든한 원군이 될 것이다. 그리고 24시간 안에 프렌치 동굴에 모두 모이는 게 좋다면, 한시도 허비해서는 안 된다.

이제 연을 하늘에 띄우는 것은 당치도 않은 일이었다. 그것은 경솔하기 짝이 없는 행동이다. 난바다를 지나가는 배에 소년들의 존재를 알리기 위해 연을 띄우려 했지만, 배가 아니라 월스턴 일당한테 알려주는 꼴이 되기 때문이다. 브리앙은 오클랜드 언덕에 세워둔 돛대도 치우는 게 좋겠다고 생각했다.

저녁때까지 소년들은 모두 거실에 틀어박혀 있었다. 케이트는 소년들의 모험담에 귀를 기울였다. 이 훌륭한 여인은 이제 자신을 생각지 않고 오로지 소년들만 걱정하고 있었다. 그들이 체어먼 섬에서 함께 지내게 되면, 케이트는 헌신적인 가정부처럼 소년들을 돌봐주고 어머니처럼 소년들을 사랑해줄 것이다. 케이트는 어린 돌과 코스타에게 벌써 '파푸스'라는 애칭을 붙여주었다. 파푸스는 미국 서부에서 인디언 아기를 일컫는 말이다. 서비스는 좋아하는 '로빈슨 이야기'를 생각해내고, 케이트를 '프라이데이 아줌마'라고 부르자고 제안했다. 로빈슨 크루소는 자신의 충직한 하인을 '프라이데이'(금요일)라고 불렀는데, 그와 마찬가지로 케이트가 프렌치 동굴에 온 날이 마침 금요일이었기 때문이다.

그리고 서비스는 이렇게 덧붙였다.

"그 악당들은 로빈슨 이야기에 나오는 야만인들과 마찬가지야! 반드시 그렇게 잔인한 놈들이 나타나지만, 그런 놈들은 언제나 지고 말아!"

8시에 출발 준비가 끝났다. 헌신적이고 부지런한 데다 어떤 위험이 닥쳐도 끄떡하지 않는 모코는 브리앙과 함께 이 원정을 떠나는 것을 기뻐하고 있었다.

두 소년은 약간의 식량을 챙기고 각자 권총과 단검을 가지고 보트에 올라탔다. 그러고는 뒤에 남은 소년들에게 작별 인사를 하고 패밀리 호수의 어둠 속으로 사라져갔다. 남은 소년들은 가슴이 옥죄이는 듯한 기분으로 멀어져가는 두 소년을 지켜보았다. 날이 저물면서 가벼운 북풍이 불기 시작했다. 이 바람만 계속되면 갈 때도 올 때도 편할 것이다.

어쨌든 이 산들바람은 호수를 서쪽에서 동쪽으로 가로지르는 데 도움이 되었다. 주위가 캄캄한 것도 악당들한테 들키고 싶지 않은 브리앙에게는 다행이었다. 나침반의 도움을 받으면 어김없이 건너편 호숫가에 도착할 수 있을 것이다. 보트가 동강 북쪽이나 남쪽으로 조금 치우쳐도 호숫가를 따라 내려가거나 올라가면 된다.

브리앙과 모코는 불빛이 보이지 않나 하고 앞쪽에 신경을 집중하고 있었다. 그 불빛은 월스턴 일당이 있는 곳을 알려줄 것이다. 도니펀은 동강 어귀의 해안에서 야영을 하고 있을 것이기 때문이다.

10킬로미터를 가는 데 두 시간이 걸렸다. 바람이 좀 강해졌지만 배는 별로 영향을 받지 않았다. 보트는 먼젓번 탐험 때 상륙한 지점 근처에 도착했지만, 그대로 곧장 강물을 타고 좁은 후미로 내려가려면 호숫가를 따라 1킬로미터쯤 올라가야 했다. 거기에 꽤 많은 시간이 걸렸다. 그때는 맞바람이 불어서 노를 저어야 했기 때문이다.

호수 위로 나뭇가지가 늘어져 있고, 주위는 쥐 죽은 듯 조용했다. 숲속에서 짐승의 울음소리도 들려오지 않았고, 검은 형체의 나무 뒤에 수상한 불빛도 전혀 보이지 않았다.

그런데 10시 반쯤 보트 뒤쪽에 앉아 있던 브리앙이 모코의 팔을 잡았다. 동강을 100미터 앞둔 호숫가에 거의 꺼져가는 모닥불이 희미한 빛을 던지고 있었다. 누가 야영하고 있을까? 월스턴 일당일까? 아니면 도니펀 일행일까? 강물을 따라 내려가기 전에 먼저 그것을 확인할 필요가 있었다.

"나를 내려줘." 브리앙이 말했다.

"저도 함께 가면 안 됩니까?" 모코가 작은 소리로 속삭였다.

"안 돼. 나 혼자 가는 게 좋아. 그래야 가까이 가도 들킬 위험이 적으니까."

보트가 호숫가로 다가가자, 브리앙은 모코에게 기다리고 있으라고 이른 다음 육지로 뛰어올랐다. 그는 손에 단검을 쥐고, 허리에는 권총을 꿰차고 있었다. 그래도 소리를 내지 않기 위해 마지막까지 권총은 쓰지 않을 각오였다.

용감한 소년은 둔치를 기어올라 덤불 속으로 미끄러지듯 들어갔다. 그러다가 갑자기 우뚝 멈춰섰다. 스무 걸음 떨어진 곳에 모닥불이 피워져 있고, 검은 그림자가 움직이고 있는 듯한 느낌이 들었다. 그 검은 그림자도 브리앙처럼 덤불 속을 살금살금 기어가고 있었다.

그 순간, 으르렁거리는 소리와 함께 검은 덩어리가 앞으로 뛰쳐나갔다.

커다란 재규어였다. 당장 비명 소리가 들려왔다.

"사람 살려! 사람 살려!"

도니펀의 목소리였다. 정말로 도니펀이었다. 나머지 세 소년은 강기슭의 야영지에 남아 있었다.

도니펀은 덤벼드는 재규어에게 떠밀려 넘어지는 바람에 총도 쏘지 못하고 버둥거리고 있었다. 비명 소리에 눈을 뜬 윌콕스가 달려와 총을 겨누고 재규어를 쏘려고 했다.

"쏘지 마! 쏘면 안 돼!" 브리앙이 소리쳤다.

윌콕스가 브리앙을 발견하기도 전에 브리앙은 재규어에게 덤벼들었다. 재규어가 브리앙을 돌아본 틈에 도니펀은 재빨리 몸을 일으켰다.

브리앙은 단검으로 재규어를 푹 찌르고는 펄쩍 뛰어 옆으로

브리앙은 재규어에게 덤벼들었다

몸을 피했다. 눈 깜짝할 사이에 일어난 일이어서 도니편과 윌콕스는 가담할 틈도 없었다. 재규어는 치명상을 입고 그 자리에 쓰러져버렸다. 그제야 겨우 웨브와 크로스가 도니편을 구하러 달려왔다.

재규어를 쓰러뜨리긴 했지만, 브리앙도 하마터면 목숨을 잃을 뻔했다. 재규어의 발톱에 어깨가 찢겨서 피가 흐르고 있었다.

"아니, 여긴 웬일이야?" 윌콕스가 놀라서 소리쳤다.

"나중에 말해줄게." 브리앙이 대답했다. "자, 빨리 가자! 빨리!"

"고맙다는 인사를 할 틈도 안 줄 거야?" 도니편이 말했다. "너는 내 목숨을 구해줬어."

"네가 내 입장이었다면, 너도 역시 그렇게 했을 거야. 그 이야기는 이제 그만두고, 나를 따라와."

브리앙의 상처는 대단치 않았지만, 피가 많이 나서 손수건으로 상처를 졸라매야 했다. 윌콕스가 치료하는 동안 브리잉은 친구들에게 자초지종을 말해주었다.

그러면 도니편 일행이 해변에서 본 것은 시체가 아니었다. 파도에 휩쓸려간 줄 알았던 두 사내는 멀쩡하게 살아 있다! 그리고 지금 이 섬 안을 어슬렁거리고 있다. 그 사내들은 피에 더럽혀진 악당이다! '세번' 호의 론치를 타고 가다가 조난한 사람들 가운데 여자도 하나 있는데, 그 여자가 지금 프렌치 동굴에 있다. 이제 체어먼 섬은 안전하지 않다. 브리앙이 윌콕스에게 재규어를 쏘지 말라고 외친 것은, 총소리가 나서 악당들에게 들키는 것을 염려했기 때문이다. 브리앙이 재규어를 단검으로 죽인 것도 같은 이유 때문이었다.

"아아, 브리앙. 너한테는 정말 못 당하겠구나!" 도니펀은 강한 감동과 고마운 마음에 사로잡혀 외치듯이 말했다. 너무 고마운 나머지 여느 때의 오만한 성격도 사라져버렸다.

"아니야, 도니펀." 브리앙이 대답했다. "그보다 나는, 지금 잡고 있는 네 손을 네가 프렌치 동굴로 돌아가겠다고 말할 때까지 절대로 놓지 않겠어!"

"좋아, 브리앙. 돌아가겠어. 약속할게. 앞으로는 누구보다 앞장서서 네 말에 따르겠어. 내일 날이 밝으면 출발하자!"

"아니야. 지금 당장 가야 돼. 놈들한테 들키면 안 되니까."

"하지만 어떻게 돌아가지?" 크로스가 물었다.

"모코가 저기서 보트를 타고 기다리고 있어. 우리는 동강으로 들어가려다가 너희가 피운 모닥불을 발견한 거야."

"그리고 때마침 나를 구하러 달려와주었구나!" 도니펀이 말했다.

"너희들을 프렌치 동굴로 데리고 돌아가려고 달려왔지."

그런데 도니펀 일행은 어떻게 동강 어귀가 아니라 이런 곳에서 야영을 하고 있었을까? 그것은 간단히 설명할 수 있다.

네 소년은 세번 해안을 떠나, 16일 밤에 곰바위 포구로 돌아갔다. 이튿날 아침에는 날씨가 좋았기 때문에 당장 동강 왼쪽 기슭을 따라 호수까지 올라왔다. 거기서 야영을 하면서 날이 밝기를 기다려 프렌치 동굴로 돌아갈 작정이었다.

하늘이 희붐하게 밝아올 무렵, 소년들은 보트에 타고 있었다.

보트는 여섯 명이 타기에는 너무 작았기 때문에 조심해서 몰아야 했다. 그래도 바람이 좋았고 모코가 능숙하게 배를 다루어 무사히 호수를 건널 수 있었다.

오전 4시쯤 질랜드 강둑에 상륙했을 때, 고든을 비롯한 소년들은 뛸 듯이 기뻐하며 그들을 맞이했다! 커다란 위험이 소년들을 위협하고 있었지만, 적어도 그들은 모두 프렌치 동굴에 함께 모여 있었다!

23

현재 상황 — 준비에 착수하다 — 생활이 바뀌다 — 젖소나무 —

케이트의 제안 — 브리앙의 머리에서 떠나지 않는 생각 —

그의 계획 — 의논 — 내일을 기다리다

이제 식민지 소년들은 모두 한자리에 모였다. 아니, 한 사람이 더 늘었다. 바다에서 끔찍한 비극을 겪은 뒤 체어먼 섬 해변에 표착한 케이트다. 그리고 이제 프렌치 동굴에는 화합의 분위기가 넘쳐흐르고 있었다. 앞으로는 무슨 일이 있어도 그 화합이 깨지지 않을 것이다. 도니펀은 지도자에 뽑히지 못한 것을 아직도 좀 유감스럽게 생각하고 있었지만, 이제 완전히 눈을 떴다. 지난 사나흘 동안의 이별이 오히려 좋은 결과를 가져다주었다.

도니펀은 이번에도 여느 때처럼 자존심 때문에 자기가 잘못했다고 입 밖에 내어 말하지는 않았지만, 전체의 이익을 생각지 않고 제 고집만 내세워 바보 같은 짓을 저지른 것을 절실히 깨달았다. 윌콕스와 크로스와 웨브도 같은 기분을 맛보고 있었다. 그래서 브리앙이 그처럼 헌신적인 태도를 보여준 뒤로는 도니펀도 브리앙의 따뜻한 마음을 믿게 되었다. 앞으로 다시는 그 마음을 저버리지 않을 것이다.

게다가 중대한 위험이 프렌치 동굴로 다가오고 있었다. 무기를 가진 건장한 일곱 명의 악당이 언제 프렌치 동굴로 쳐들어올지 모른다. 월스턴은 되도록 빨리 체어먼 섬을 떠나려 할 것이다. 하지만 자기들한테 부족한 물자를 갖추고 있는 프렌치 동굴의 존재를 알면 서슴없이 쳐들어올 게 뻔하다. 그럴 경우 적이 이길 가능성은 충분하다. 월스턴 일당이 섬을 떠나기 전에는 소년들도 질랜드 강에서 멀리 가지 말고 쓸데없이 패밀리 호수 언저리를 얼쩡거리지 않도록 조심해야 한다.

그래서 먼저 도니펀 일행이 세번 해안에서 곰바위로 돌아가는 동안 '세번' 호 선원들이 주변에 있는 기미를 느꼈는지도 확인할 필요가 있었다.

"그런 건 전혀 느끼지 못했어." 도니펀이 대답했다. "사실 동강 어귀로 돌아올 때는 북쪽으로 올라갈 때와는 다른 길로 내려왔어."

"하지만 월스턴 일당이 동쪽으로 간 건 확실해." 고든이 말했다.

"그래." 도니펀이 대답했다. "하지만 우리는 너도밤나무 숲을 지나 곧장 내려왔고, 월스턴 일당은 해안을 따라 내려간 게 분명해. 지도를 봐. 실망만 위쪽은 상당히 큰 곡선을 그리고 있잖아. 이 일대에는 널찍한 장소가 있으니까, 그 악당들은 거기서 은신처를 찾아냈을 거야. 배가 좌초한 곳에서 멀리 떨어지지 않아도 되니까 말야. 그런데 케이트는 체어먼 섬이 내륙에서 얼마나 떨어져 있는지 대충 알고 있지 않을까?"

케이트는 이 문제에 관해 벌써 고든과 브리앙한테 질문을 받았지만 아무 대답도 하지 못했다. '세번' 호가 화재로 침몰한 뒤 론치를 조종한 에번스 갑판장은 배를 남아메리카 대륙 쪽으로 몰았을 테니까, 체어먼 섬은 대륙에서 그렇게 멀리 떨어져 있지는 않을 것이다. 폭풍 때문에 론치가 해안에 좌초했을 때 에번스는 한 번도 이 섬의 이름을 말하지 않았다. 그러나 대륙 연안에 있는 섬들은 대부분 서로 가까운 거리에 있을 테니까, 월스턴은 그런 섬으로 건너가려 하고 있을 것이다. 그리고 그때까지는 섬의 동해안에 머물러 있는 편이 좋다고 생각할 것이다. 실제로 배를 수리해서 다시 항해할 수 있게 되면 남아메리카 대륙으로 가기는 별로 어렵지 않을 것이다.

브리앙이 입을 열었다.

"월스턴이 동강 어귀까지 내려와서 너희가 지나간 흔적을 발견하고, 섬을 좀더 멀리까지 탐험해볼 마음을 먹지 않는다면 좋겠는데!"

"우리가 지나간 흔적?" 도니펀이 되물었다. "모닥불을 피운 재 말야? 그걸 보면 월스턴은 어떻게 생각할까? 이 섬에 사람이 살고 있다고 생각할까? 그렇다면 놈들은 남의 눈에 띄지 않도록 숨을 생각밖에 하지 않을 거야."

"아마 그럴 거야." 브리앙이 받았다. "이 섬에 살고 있는 주민이 어린애 몇 명뿐이라는 걸 알아차리지 못한다면! 그러니까 우리가 어린애라는 것을 놈들이 눈치채지 못하게 하자! 그래서 말인데, 혹시 실망만으로 돌아가는 동안 총을 쏘거나 하진 않았니?"

"한 번도 쏘지 않았어." 도니펀은 미소를 띠면서 대답했다. "정말 놀라운 일이지. 나는 언제나 총을 쏘고 싶어서 몸이 근질거리는데 말야. 그 해안을 떠났을 때는 이미 충분히 사냥을 했기 때문에 총을 쏠 필요가 없었어. 그러니까 총소리로 우리의 존재를 알리는 짓은 하지 않았어. 어젯밤에 월콕스가 재규어를 총으로 쏘려고 했지만, 다행히 네가 때맞춰 나타나 총을 쏘지 못하게 했으니까. 너는 목숨을 걸고 나를 구해주었지."

"다시 한번 말하지만, 네가 내 입장이었더래도 그렇게 했을 거야. 그거야 어쨌든 앞으로는 총을 한 방도 쏘지 말자! 덤불숲에도 가지 말고, 비축해둔 식량으로 살아가도록 하자!"

브리앙이 프렌치 동굴로 돌아오자마자 상처를 치료받은 것은 말할 나위도 없다. 상처는 곧 아물었다. 팔을 움직이기가 약간 불편했지만, 그 통증도 이내 가셨다.

그럭저럭하는 동안 10월이 지나갔다. 월스턴은 아직 질랜드 강 부근에는 나타나지 않았다. 배를 수리하여 벌써 섬을 떠났을까? 그것도 있을 수 없는 일은 아니다. 케이트의 말에 따르면 월스턴은 도끼를 갖고 있기 때문이다. 게다가 선원이라면 누구나 주머니에 갖고 다니는 튼튼한 칼도 있으니까, 세번 해안에 가면 얼마든지 나무를 잘라서 목재를 구할 수 있다.

그렇기는 하지만 월스턴 일당의 동태를 모르기 때문에 일상 생활을 바꾸어야 했다. 백스터와 도니펀은 오클랜드 언덕에 세워둔 돛대를 내리러 갔지만, 그날을 빼고는 밀리 나가는 것이 금지되었다.

도니편은 오클랜드 언덕에 올라갔을 때 울창한 동쪽 숲을 망원경으로 바라보았다. 해안선은 너도밤나무 숲이 장막처럼 가리고 있어서 보이지 않았지만, 연기가 피어오르면 틀림없이 보일 것이다. 그것은 월스턴 일당이 그곳에서 야영을 하고 있다는 증거다. 하지만 그쪽에는 아무것도 보이지 않았다. 슬루기 만 앞바다에도 여전히 배는 보이지 않았다.

멀리 나가는 것이 금지되고 총을 쏠 수도 없기 때문에, 소년 사냥꾼들은 좋아하는 사냥을 체념할 수밖에 없었다. 다행히 프렌치 동굴 근처에 쳐둔 덫과 올무에 많은 사냥감이 걸려들었다. 그리고 사육장의 메추라기와 능에가 점점 늘어났기 때문에, 서비스와 가넷은 그런 새를 잡아서 식탁에 올려야 했다. 설탕을 대신할 수 있는 단풍나무 수액과 차나무 잎도 많이 모아두었기 때문에, 그것을 구하러 일부러 징검다리 개울까지 갈 필요는 없었다. 소년들이 자유를 되찾기 전에 또다시 겨울을 맞는다 해도, 등잔용 기름과 통조림과 식량은 충분히 비축되어 있었다. 하지만 땔감은 보충해야 할 것이다. 땔감을 구하려면 늪숲에 가서 나무를 잘라 수레로 운반해야 하는데, 그때 월스턴 일당에게 들키지 않도록 조심할 필요가 있다.

이 무렵, 또 한 가지 새로운 것을 발견하여 프렌치 동굴의 생활이 더욱 풍족해졌다.

고든은 식물에 대한 지식이 풍부했지만, 이번 발견은 고든이 아니라 오로지 케이트의 공이었다.

늪숲 변두리에 높이가 15미터 내지 20미터나 되는 나무가 꽤 많이 자라고 있었다. 그때까지 그 나무들을 자르지 않은 것은 땔감으로 쓰기에는 줄기가 너무 단단했기 때문이다. 나뭇가지의 마디마디에는 길쭉하고 끝이 뾰족한 잎이 어긋나 있었다.

케이트는 10월 25일에 그 나무를 처음 보자마자 소리를 질렀다.

"어머나! 이건 젖소나무네!"

함께 있던 돌과 코스타는 그 말을 듣고 웃음을 터뜨렸다.

"젖소나무가 뭐야?" 돌이 물었다.

"젖소가 이 나무를 먹는 거야?" 코스타도 물었다.

"아니야, 파푸스." 케이트가 대답했다. "그게 아니라, 이 나무가 젖을 내기 때문에 그렇게 부르는 거야. 비쿠냐 젖보다 더 맛있어."

케이트는 프렌치 동굴로 돌아와 이 발견을 고든에게 알렸다. 고든은 당장 서비스를 불러 케이트와 함께 늪숲으로 갔다. 고든은 그 나무를 조사해보고, 그것이 미국 북부 삼림에 많이 자라는 '갈락텐드론'이 틀림없다고 생각했다. 그 추측은 정확했다.

그것은 귀중한 발견이었다. 실제로 이 갈락텐드론 줄기에 칼집을 내면 우유 같은 수액이 나온다. 이 수액은 우유 같은 맛이 날 뿐만 아니라 영양도 풍부했다. 수액이 굳으면 맛있는 치즈가 되고, 게다가 밀랍 같은 왁스가 생기기 때문에 그것으로 고급 양초도 만들 수 있다.

"이게 젖소나무나 나무젖소라면 이 나무의 젖을 짜내야 돼!" 서비스가 외쳤다.

이 쾌활한 소년은 무심코 한 말이지만, 사실 '나무 젖을 짜러 간다'는 표현은 인디언들이 자주 쓰는 말이었다.

고든이 갈락텐드론 줄기에 칼집을 내자 당장 수액이 흘러나왔기 때문에, 케이트가 가져온 단지에 수액을 받았다. 금세 1리터가 모였다.

하얀색의 깨끗한 액체는 보기만 해도 맛있어 보였고, 우유와 같은 성분을 포함하고 있다. 아니, 우유보다 영양분이 풍부해서 걸쭉하고 맛도 좋다. 프렌치 동굴로 가져온 우유 단지는 순식간에 비어버렸다. 코스타는 새끼 고양이처럼 입 주위에 우유를 잔뜩 묻혔다. 모코는 이 새로운 재료로 만들 수 있는 요리를 생각하며 만족감을 감추지 못했다. 게다가 이 우유는 아낄 필요도 없었다. 식물성 우유를 얼마든지 제공해주는 갈락텐드론은 프렌치 동굴 근처에 많이 자라고 있었기 때문이다.

체어먼 섬은 실로 소년들이 충분히 살아갈 수 있을 만한 자원을 두루 갖추고 있었다. 오랫동안 이 섬에 살게 된다 해도 걱정할 필요가 없었다. 게다가 소년들에게 어머니 같은 애정을 품고 헌신적으로 보살펴주는 케이트가 온 뒤로는 생활이 더욱 편해졌다.

그런데 왜 지금 체어먼 섬의 안전이 위협받아야 하는가! 아직 가보지 못한 섬 동부를 탐험하면 더 많은 것을 새롭게 발견할 수 있을 텐데, 이제는 그것도 포기할 수밖에 없다. 다시 멀리 나갈 수 있는 기회가 올까? 이제까지는 맹수만 조심하면 되었지만, 그 악당에 비하면 들짐승은 오히려 안전한 편이다. 악당들은 밤낮으로 경계해야 하기 때문이다.

하지만 11월 초까지 프렌치 동굴 주변에서 수상쩍은 일은 하나도 일어나지 않았다. 브리앙은 '세번' 호의 악당들이 벌써 섬을

하얀색 액체는 보기만 해도 맛있어 보였다

떠난 게 아닐까 하고 생각했을 정도였다.

하지만 도니펀은 배가 얼마나 심하게 부서진 상태였는지를 제 눈으로 직접 확인하지 않았던가? 돛대는 부러지고, 돛은 다 찢어져 누더기가 되고, 선체는 암초 너설에 부딪쳐 구멍이 나 있었다. 그래도 체어먼 섬이 대륙이나 군도 근처에 있다면, 그 배를 대충 수리하는 정도로도 얼마간 항해할 수 있을 것이다. 갑판장 에번스도 그것을 모를 리가 없다. 따라서 월스턴이 이미 섬을 떠나기로 결심했을 가능성도 있다. 과거의 생활로 돌아가기 전에 그 점을 확인해둘 필요가 있었다.

브리앙은 몇 번이나 패밀리 호수 동쪽을 정찰하러 가고 싶었다. 도니펀과 백스터와 윌콕스도 함께 가고 싶다고 말했다. 하지만 월스턴 일당에게 붙잡히면, 그리고 그 결과 이쪽이 힘없는 어린애뿐이라는 사실을 놈들이 알게 되면 큰일이다. 그래서 고든은 너도밤나무 숲 안쪽까지 정찰하러 가겠다는 브리앙을 계속 말렸다. 소년들은 언제나 고든의 의견을 받아들였다.

그러던 차에 케이트가 한 가지 제안을 했다. 이 제안에는 브리앙의 계획과 같은 위험은 전혀 없었다.

어느 날 밤 소년들이 모두 거실에 모여 있을 때 케이트가 말했다.

"브리앙, 내일 아침 일찍 나 혼자 나가도 될까?"

"나간다고요?"

"그래. 너희들도 언제까지나 이렇게 불안한 상태로 지낼 수는 없잖아. 그래서 배가 좌초한 해변에 가서, 월스턴 일당이 아직 섬에 있는지 확인하고 싶어. 배가 아직 거기에 있으면 월스턴 일당은 섬을 떠나지 않았다는 뜻이고, 배가 없으면 너희는 이제 걱정할 필요가 없게 돼."

"하지만…… 그건 브리앙과 백스터와 윌콕스와 내가 함께 하겠다고 제안한 일과 똑같잖아요." 도니펀이 말했다.

"물론 그래. 하지만 너희한테는 위험해도 나는 위험하지 않을지도 몰라."

그러자 이번에는 고든이 말했다.

"거기 갔다가 놈들한테 잡히면 어떡해요?"

"그래도 할 수 없지. 붙잡혀봤자, 도망치기 전의 상태로 돌아가는 것뿐이야."

"하지만 놈들은 틀림없이 아줌마를 죽이려고 할 거예요." 브리앙이 말했다.

"나는 한 번 도망쳤으니까 두 번째도 도망칠 수 있어. 이번에는 프렌치 동굴로 돌아오는 길도 알고 있으니까. 그리고 에번스와 함께 도망쳐올 수 있다면, 그 사람은 너희들한테 큰 도움이 될 거야. 에번스는 너희를 기꺼이 도와줄 거야. 에번스한테는 지금까지 일어난 일을 전부 다 말해줄 작정이야."

"에번스가 도망칠 수 있었다면 진작에 도망치지 않았을까요?" 도니펀이 물었다. "에번스도 살고 싶으면 도망치는 편이 좋을 테니까."

"도니펀 말이 옳아." 고든이 말했다. "에번스는 월스턴 일당의 비밀을 알고 있으니까. 에번스가 배를 아메리카 대륙까지 몰고 가주기만 하면, 그 다음에는 더 이상 쓸모가 없으니까 서슴없이 죽여버릴 거야. 그러니까 에번스가 놈들 곁을 떠나지 않고 있다면, 그건 엄중한 감시를 받고 있기 때문이야."

"아니면 벌써 도망치려다가 붙잡혀 죽었는지도 몰라." 도니펀이 말했다. "그런데 케이트 아줌마가 또 붙잡히면⋯⋯."

"걱정 마." 케이트가 받았다. "잡히지 않도록 조심할 테니까."

"물론 그렇겠지만, 아줌마한테 그런 위험한 일을 시킬 수는 없어요." 브리앙이 말했다. "절대 안 돼요. 놈들이 아직 체어먼 섬에 있는지 없는지를 알기 위해서라면 좀더 안전한 방법을 찾는 게 좋겠어요."

케이트의 제안이 받아들여지지 않았기 때문에, 경솔한 짓을 하지 않고 더욱 조심할 수밖에 없었다. 월스턴 일당이 섬을 떠날 수 있는 상태가 되면, 겨울이 닥치기 전에 떠날 것이다. 그리고 육지에 도착하면 조난자로 대우받을 것이다. 조난자가 어디에서 왔든, 현지 주민들은 따뜻하게 맞아들여 보살펴줄 것이다.

하지만 월스턴 일당이 아직 섬에 남아 있다 해도, 놈들은 섬 안쪽을 탐험할 생각이 없는 모양이었다. 브리앙과 도니펀과 모코는 달이 뜨지 않은 어두운 밤에 몇 번이나 보트를 타고 패밀리 호수를 정찰했지만, 건너편 호숫가에서도 동강 부근의 숲속에서도 수상한 불빛은 발견하지 못했다.

그러나 이런 상태로 강과 호수와 숲과 벼랑에 둘러싸인 좁은 공간에서 한 걸음도 나가지 못하는 것은 몹시 괴로운 일이었다. 그래서 브리앙은 월스턴 일당이 섬에 있는지 어떤지, 있다면 어디에 야영지를 차렸는지 확인할 방법을 계속 궁리하고 있었다.

브리앙 · 도니펀 · 모코는 패밀리 호수를 정찰했다

그것을 조사하려면 아무래도 밤에 높은 곳에 올라갈 필요가 있었다.

브리앙은 줄곧 그 문제를 생각하고 있었다. 온갖 생각이 끊임없이 머리에 떠올랐다. 체어먼 섬에는 오클랜드 언덕을 제외하고는 높은 곳이 없었다. 그 벼랑도 겨우 해발 65미터밖에 안 된다. 도니편과 두세 명의 친구들은 몇 번이나 오클랜드 언덕에 올라가보았지만, 거기서는 패밀리 호수 건너편조차 보이지 않았다. 따라서 호수 동쪽에서 연기가 피어오르거나 모닥불이 피워져 있다 해도 보일 리가 없었다. 실망만의 바위산들까지 바라보려면 100미터가 넘는 높은 곳에 올라갈 필요가 있었다.

그러는 동안 브리앙의 머리에 대담하기 이를 데 없는 생각이 떠올랐다. 대담하다기보다 무모하고 터무니없는 생각이라고 말하는 편이 좋을지도 모른다. 처음에는 브리앙도 그 생각을 물리쳤다. 하지만 그 생각은 끈질기게 브리앙을 따라다니다가 결국 브리앙의 머릿속에 완전히 눌러앉아버렸다. 브리앙은 이제 그 생각밖에는 아무것도 생각할 수 없게 되었다.

소년들은 연을 날리는 실험이 중단된 것을 잊어버리지 않았다. 케이트가 식민지에 나타나 '세번' 호 선원들이 섬 동부를 얼쩡거리고 있다는 소식을 전했기 때문에, 섬의 어디에서나 눈에 띄는 연을 하늘에 띄우는 계획은 단념할 수밖에 없었다.

하지만 연을 조난 신호로 이용할 수는 없게 되었다 해도, 식민지의 안전을 위해 필요한 정찰에 이용할 수는 없을까?

그렇다! 브리앙을 끈질기게 따라다닌 생각이란 바로 그것이었다. 브리앙은 영국 신문에서 읽은 기사를 기억하고 있었다. 18세기 말에 한 여자가 특별히 제작된 연에 매달려 하늘 높이 올라가는 모험을 감행했다는 기사였다.*

좋아! 여자가 할 수 있는 일을 우리라고 못할 이유가 어디 있어? 이 계획은 위험하지만, 그런 것은 아무래도 좋다. 그 실험으로 얻을 수 있는 결과에 비하면 위험은 대수롭지 않다. 만반의 준비를 갖추어 신중하게 시도하면 성공할 가능성이 크지 않을까?

브리앙은 그런 연을 띄우는 데 필요한 부력을 수학적으로 계산할 수는 없었지만, 어쨌든 그런 연이 실제로 존재하는 것은 사실이다. 전에 만든 것보다 더 크고 튼튼한 연을 만들면 된다. 브리앙은 몇 번이고 마음속에서 그 말을 되풀이했다. 밤중에 하늘로 200미터쯤 올라가면 패밀리 호수와 실망만 사이에서 불빛을 찾을 수 있을 것이다.

이 생각에 몰두해 있는 동안, 브리앙은 이 계획이 충분한 실현성을 갖고 있을 뿐만 아니라(그 점은 의심할 여지가 없었다) 겉보기만큼 위험하지도 않다고 믿게 되었다.

이제 남은 일은 친구들의 동의를 받아내는 것뿐이었다. 11월 4일 밤, 브리앙은 고든과 도니펀·윌콕스·웨브·백스터에게 의논하고 싶은 일이 있으니까 모여달라고 부탁했다. 그리고 그 자리에서 연을 이용할 계획을 털어놓았다.

* [원주] 브리앙이 생각한 계획은 그후 프랑스에서 실제로 행해졌다. 몇 년 뒤, 가로 7.8미터·세로 8.75미터, 뼈대 무게 68킬로그램, 헝겊과 밧줄의 무게 45킬로그램(합계 113킬로그램)에 이르는 팔각형 연이 70킬로그램에 가까운 모래주머니를 공중으로 거뜬히 들어올렸다.

"연을 이용한다고?" 윌콕스가 되물었다. "그게 무슨 소리야? 연을 하늘에 띄우는 거야?"

"물론이지." 브리앙이 대답했다. "연은 하늘에 띄우려고 만드는 거니까."

"낮에 띄우나?" 백스터가 물었다.

"아니야. 낮에 띄우면 놈들 눈에 띌 염려가 있어. 하지만 밤이라면……."

"하지만 등잔을 매달면 역시 놈들 눈에 띄게 될 텐데." 도니펀이 말했다.

"그러니까 등잔은 매달지 않을 거야."

"그럼 밤중에 무엇 때문에 연을 띄운다는 거지?" 고든이 물었다.

"악당들이 아직도 섬에 있는지 어떤지 확인하기 위해서지."

브리앙은 친구들이 자기 계획을 웃어넘기지 않을까 하고 좀 걱정이 되었지만, 자신의 생각을 간단히 설명했다.

친구들은 전혀 웃지 않았다. 웃을 기미조차 보이지 않았다. 고든은 브리앙이 진심으로 그런 말을 하고 있는지 의심스러운 눈치였지만, 다른 소년들은 그 계획을 호의적으로 받아들였다. 소년들은 이제 위험에 익숙해져 있었기 때문에, 밤중에 연을 타고 하늘로 올라가는 모험도 충분히 해낼 수 있다고 생각했다. 게다가 원래의 안전한 생활로 돌아갈 수만 있다면 무슨 짓이든 해볼 각오가 되어 있었다.

"하지만 우리가 만든 연은 너무 작아서 누구도 들어올릴 수 없을 거야." 도니펀이 말했다.

"물론이지." 브리앙이 대답했다. "그러니까 훨씬 크고 튼튼한 연을 만들어야 돼."

"연이 사람의 몸무게를 지탱할 수 있느냐 없느냐가 문제로군." 윌콕스가 말했다.

"그건 문제없어." 백스터가 자신만만하게 말했다.

"전에도 연이 사람을 들어올린 적이 있었어." 브리앙은 100년쯤 전에 연을 타고 하늘로 올라가는 데 성공한 여자 이야기를 들려주고, 이렇게 덧붙였다. "요컨대 연의 크기와 바람의 세기에 모든 것이 달려 있어."

"브리앙, 연을 어느 정도 높이까지 띄울 작정이지?" 백스터가 물었다.

"내 생각에는 200미터까지만 올라가면 섬의 어디에서 모닥불을 피우고 있어도 보일 것 같은데."

"좋아! 해보자!" 서비스가 소리쳤다. "더 이상은 기다릴 수 없어. 이런 생활에는 이제 신물이 나. 마음대로 돌아다닐 수도 없으니!"

"덫을 보러 갈 수도 없고!" 윌콕스가 덧붙였다.

"나도 마찬가지야. 총을 한 방도 못 쏘다니!" 도니펀도 말했다.

"그럼 당장 내일부터 시작하자." 브리앙이 말했다.

그후 브리앙과 단둘이 남았을 때 고든이 물었다.

"정말로 그런 위험한 일을 할 생각이야?"

"해볼 데까지는 해보고 싶어."

"너무 위험해!"

"생각만큼 위험하진 않을지도 몰라."

"목숨을 걸어야 하는 일인데, 그런 위험한 일을 누가 맡겠어?"

"고든, 네가 있잖아!" 브리앙이 대답했다. "제비뽑기에서 네가 뽑히면!"

"그럼 제비뽑기로 결정할 생각이야?"

"농담이야! 이런 일에는 헌신적인 사람이 자진해서 나서지 않으면 안 되니까!"

"벌써 누군가를 골라놓았구나?"

"어쩌면."

이렇게 말하고 브리앙은 고든의 손을 잡았다.

"벌써 누군가를 골라놓았구나?"

24

11월 5일 아침부터 브리앙과 백스터는 일에 착수했다. 연을
크게 만들기 전에, 지금 있는 연이 어느 정도의 무게를 들어올릴
수 있는지를 조사해두는 게 좋을 듯했다. 그 연으로 실험해보면,
과학적인 계산은 못한다 해도 55~60킬로그램(연 자체의 무게
는 빼고)을 들어올리는 데 필요한 표면적을 대충 짐작할 수 있을
것이다.

이 첫 번째 실험을 하기 위해 밤을 기다릴 필요는 없었다. 때마
침 남서풍이 불고 있었기 때문에 브리앙은 이 바람을 이용해도
괜찮겠다고 생각했다. 호수 동쪽에서 보이지 않도록 연을 너무
높이 올리지만 않으면 된다.

이 실험은 뜻대로 이루어졌다. 보통 바람으로도 연이 9킬로그
램의 주머니를 들어올릴 수 있다는 것을 알았다. 주머니의 무게

는 '슬루기' 호에 있었던 저울로 정확하게 측정되었다.

실험이 끝나자 연을 끌어내려 운동장에 눕혀두었다.

우선 백스터는 연의 뼈대를 아주 튼튼하게 만들었다. 하나의 금속 고리가 우산살을 우산대에 고정시키고 있듯이, 여러 가닥의 밧줄을 한가운데의 매듭에 단단히 묶었다. 다음에는 연에 더 많은 뼈대를 붙이고, 새 범포를 씌워 연의 표면적을 넓혔다. 이 보강 작업에서는 유능한 가정부인 케이트가 뛰어난 바느질 솜씨를 발휘했다.

브리앙과 백스터가 '역학' 지식이 풍부했다면, 연을 만들 때 연의 무게와 평면, 무게중심, 풍압의 중심점(이것은 연의 중심점과 일치한다), 연줄을 연결하는 중심점 같은 중요한 요소를 고려했을 것이다. 그것을 제대로 계산할 수 있었다면, 연의 상승력이 어느 정도이며 연이 도달할 수 있는 고도가 어느 정도인지도 알아낼 수 있었을 것이다. 또한 연줄이 어느 정도의 압력을 견딜 수 있는지도 알 수 있었을 것이다. 연을 타고 올라갈 사람의 안전을 위해서는 연줄의 강도가 가장 중요한 요소다.

다행히 '슬루기' 호의 '끌 밧줄'은 길이가 650미터나 되니까, 그것을 연줄로 사용하면 된다. 그리고 연줄을 묶는 중심점이 정확하면, 바람이 세게 불어도 연이 연줄을 강하게 잡아당겨 줄이 끊어지는 사태는 일어나지 않는다. 따라서 연줄을 묶는 중심점을 세심히 조정할 필요가 있다. 풍향에 대한 연의 기울기와 안정성도 이 중심점을 어디에 잡느냐에 달려 있다.

이번에는 연에 사람을 태우기로 했기 때문에 연 밑에 꼬리를 달 필요는 없었다. 그것을 알고 돌과 코스타는 못내 아쉬워했지만, 사람이 매달리면 연이 '거꾸로 곤두박질치는 것'은 충분히 막을 수 있었다.

몇 번이나 검토한 끝에 브리앙과 백스터는 밑에서 3분의 1 지점에 사람이 매달릴 밧줄을 묶기로 했다. 범포를 옆으로 잡아당기고 있는 가로대에 밧줄 두 가닥을 고정시키고, 그보다 6미터쯤 밑에 사람을 매달자는 것이다.

연줄로 약 400미터 길이의 밧줄이 준비되었다. 이 정도면 밧줄이 늘어지는 것을 고려해도 200미터 높이까지는 충분히 올라갈 수 있을 것이다.

밧줄이 끊어지거나 뼈대가 부러져 연이 추락해도 사람이 크게 다치지 않도록 호수 위에 연을 띄우기로 결정했다. 호수에 떨어져도, 호숫가까지는 그리 멀지 않으니까 수영을 잘하는 사람이라면 헤엄쳐 나올 수 있을 것이다.

완성된 연은 표면적이 70평방미터나 되었다. 모양은 팔각형이고, 반지름은 약 5미터, 한 변의 길이는 약 1.3미터 정도였다. 뼈대는 튼튼하니까, 방수포가 바람을 받으면 50킬로그램 내지 55킬로그램의 무게는 거뜬히 들어올릴 수 있을 것이다.

사람이 탈 바구니는 버드나무 가지를 엮어서 만든 것이었다. 배에서 여러 가지 용도로 쓰이던 양동이 모양의 다목적 바구니다. 보통 키의 소년이 들어가면 겨드랑이까지 들어갈 만큼 깊었다. 폭이 넓어서 자유롭게 움직일 수 있고, 여차하면 재빨리 빠져나올 수 있을 만큼 주둥이도 넓었다.

누구나 짐작할 수 있겠지만, 이 일은 하루 이틀에 끝나지 않았다. 5일 아침에 시작된 일이 7일 오후에야 겨우 끝났다. 7일 밤에는 예행 연습을 하기로 했다. 이 실험으로 연의 상승력과 공중으로 올라갔을 때의 안정성을 확인할 계획이었다.

지난 며칠 동안 상황을 바꿀 만한 일은 아무것도 일어나지 않았다. 소년들은 몇 번이나 벼랑 꼭대기에 올라가 오랫동안 감시를 계속했다. 하지만 덫숲에서 프렌치 동굴에 이르는 북쪽에도, 질랜드 강 건너편의 남쪽에도, 슬루기 만이 있는 서쪽에도, 그리고 월스턴 일당이 섬을 떠나기 전에 탐험할지도 모르는 패밀리 호수에도 수상한 기척은 나타나지 않았다. 오클랜드 언덕 부근에서 총소리도 들려오지 않았고, 지평선에 한줄기 연기도 피어오르지 않았다.

그렇다면 악당들이 체어먼 섬을 떠났다고 생각해도 좋을까? 안심하고 과거의 생활로 놀아갈 수 있을까?

연을 띄워보면 그것을 확인할 수 있을 것이다.

그런데 끝으로 한 가지 문제가 남았다. 바구니에 탄 사람이 땅으로 내려오고 싶을 때 어떻게 아래로 신호를 보내느냐 하는 문제다.

도니편과 고든이 그 점을 묻자 브리앙은 이렇게 대답했다.

"불빛으로 신호를 보낼 수는 없어. 놈들한테 들킬지도 모르니까. 그래서 백스터와 나는 이런 방법을 생각했어. 연줄과 같은 길이의 끈에다 가운데에 구멍을 뚫은 납덩어리를 끼운 다음, 그 끈의 한쪽 끝을 바구니에 묶고 또 한쪽 끝은 땅 위에 있는 사람이 잡고 있는 거야. 연을 내리라고 신호할 때는 끈에 끼워진 그 납덩어리를 아래로 떨어뜨리면 돼."

"좋은 생각이야!" 도니펀이 감탄했다.

이렇게 모든 준비가 갖추어졌다. 이제 남은 것은 예행 연습뿐이었다. 달은 오전 2시가 되어야 떠오를 테고, 때마침 남서풍이 불고 있었다. 예행 연습을 하기에는 가장 적당한 조건이 갖추어진 것 같았다.

밤 9시, 주위는 칠흑 같은 어둠에 싸여 있었다. 짙은 구름이 별도 없는 밤하늘을 달리고 있었다. 연이 어느 정도까지 올라가면 프렌치 동굴 주변에서는 보이지 않게 될지도 모른다. 상급생도 하급생도 모두 실험에 입회했다. 이것은 말하자면 '무인 실험'이니까, 모두 즐겁고 느긋한 기분으로 연날리기의 모든 단계를 지켜볼 수 있을 것이다.

'슬루기' 호의 권양기를 운동장 한복판에 내놓고, 연이 잡아당기는 힘을 견딜 수 있도록 땅바닥에 단단히 고정시켰다. 긴 연줄은 술술 풀릴 수 있도록 잘 감아두었고, 신호를 보내기 위한 끈도 납덩어리를 꿰어서 준비했다. 브리앙은 바구니 안에 60킬로그램의 모래주머니를 넣기로 했다. 이것은 체중이 가장 많이 나가는 소년보다도 더 많은 무게였다.

도니펀과 백스터·윌콕스·웨브가 권양기에서 백 걸음쯤 떨어진 곳에 누워 있는 연으로 다가가 날릴 준비를 했다. 네 소년은 브리앙의 지시에 따라 가로대에 묶여 있는 밧줄을 잡아당겨 연을 조금씩 일으켜 세울 것이다. 그리고 연이 균형을 잡고 경사각이 결정되어 바람을 받을 수 있게 되면, 권양기를 맡고 있는 브리앙과 고든·서비스·크로스·가넷이 권양기를 돌려 연줄을 풀어주기로 했다.

"준비!" 브리앙이 소리쳤다.

"준비됐어!" 도니펀이 대답했다.

"시작!"

연은 조금씩 몸을 일으켜, 바람에 바르르 떨면서 바람이 부는 방향으로 몸을 기울였다.

"밧줄을 풀어! 밧줄을 풀어!" 윌콕스가 외쳤다.

연줄을 팽팽하게 잡아당기고 있던 권양기가 돌아가자 연과 바구니는 천천히 공중으로 떠올랐다.

'하늘의 거인'이 땅을 떠난 순간, 소년들은 저도 모르게 만세를 외쳤다. 하지만 연은 곧 어둠 속으로 모습을 감추어버렸다. 아이버슨과 젱킨스·돌·코스타는 몹시 실망했다. 어린 아이들은 연이 패밀리 호수 위에 떠 있는 동안 줄곧 지켜보고 싶어했다. 케이트가 실망한 아이들을 달래주었다.

"슬퍼하지 마, 파푸스. 위험이 사라지면, 다음에는 대낮에 연을 날릴 수 있을 거야. 착하게 굴면 연에 꼬리를 달아줄 수도 있어."

연은 보이지 않았지만, 일정한 속도로 연줄을 끌어당기고 있는 것은 느낄 수 있었다. 이것은 높은 상공에 안정된 바람이 불고 있다는 증거였다. 그리고 연줄을 끌어당기는 힘이 적당한 것은 연이 균형을 잘 유지하고 있다는 증거였다.

브리앙은 결정적인 증거를 잡으려고 연줄을 끝까지 풀어주었다. 그러고는 연이 연줄을 어떤 식으로 잡아당기고 있는가를 조사했지만, 아무 이상도 없었다. 권양기는 400미터의 연줄을 다 풀어냈으니까, 연은 200미터가 넘는 상공에 올라가 있을 것이다. 그 높이까지 올라가는 시간은 10분도 채 걸리지 않았다.

실험이 무사히 끝났기 때문에 소년들은 연줄을 되감기 위해 권양기 손잡이를 번갈아 돌렸다. 연을 올릴 때보다 내릴 때 훨씬 많은 시간이 걸렸다. 400미터의 연줄을 되감는 데 무려 한 시간이나 걸렸다.

기구를 내릴 때와 마찬가지로 충격을 주지 않고 연을 착륙시키는 것도 상당히 어려운 작업이다. 하지만 바람이 안정되어 있었기 때문에 이 작업도 무사히 끝났다. 얼마 후 팔각형 연이 모습을 드러내더니, 떠난 곳과 거의 같은 지점에 조용히 몸을 눕혔다.

소년들은 연이 떠올랐을 때와 마찬가지로 만세를 부르며 돌아온 연을 맞이했다.

이제 연이 바람에 날아가지 않도록 그 자리에 눕혀두기만 하면 된다. 백스터와 윌콕스는 자진해서 날이 밝을 때까지 연을 지키는 불침번 역할을 맡았다.

이튿날인 11월 8일, 오늘과 같은 시각에 드디어 계획이 실행될 것이다.

소년들은 동굴로 돌아가라는 브리앙의 명령만 기다리고 있었다. 그런데 브리앙은 아무 말도 하지 않고 깊은 상념에 잠겨 있었다. 도대체 무슨 생각을 하고 있을까? 이런 특수한 상황에서 연을 날리는 것은 위험하다고 생각하는 걸까? 바구니에 탄 소년이 위험에 빠졌을 경우 자신이 지게 될 책임을 생각하고 있는 것일까?

"그만 돌아가자." 고든이 말했다. "벌써 한밤중이야."

"잠깐만 기다려." 브리앙이 말했다. "고든도 도니펀도 기다려줘…… 한 가지 제안하고 싶은 게 있어."

"뭔데?" 도니펀이 물었다.

"우리는 지금 연을 실험했어. 이 실험이 성공한 것은 기상 상태가 좋았기 때문이야. 바람이 너무 약하지도 않고 너무 세지도 않고 안정되게 불어주었기 때문이지. 하지만 내일 날씨가 어떻게 될지는 아무도 몰라. 내일도 바람이 오늘처럼 호수 위에 연을 띄워줄지 어떨지 모르잖아? 그러니까 계획을 내일로 미루지 않는 게 좋을 것 같아."

사실 계획을 실행하기로 결정한 이상, 이것은 이치에 맞는 제안이었다.

하지만 아무도 이 제안에 대답하지 않았다. 이렇게 큰 위험을 무릅써야 할 경우에는 망설이는 것도 당연하다. 아무리 대담한 소년이라 해도…….

그런데 브리앙이 "바구니에 타고 싶은 사람?" 하고 물었을 때, "나!" 하고 맨 먼저 힘차게 대답한 것은 자크였다.

거의 동시에 도니펀과 백스터 · 윌콕스 · 크로스 · 서비스도 일제히 소리를 질렀다.

"나!"

그러고는 모두 입을 다물어버렸다. 브리앙은 그 침묵을 서둘러 깨려고 하지 않았다.

"나!" 하고 맨 먼저 힘차게 대답한 것은 자크였다

맨 먼저 입을 연 것은 자크였다.

"형, 이 일은 절대로 내가 맡아야 돼. 제발 나를 보내줘."

"나를 제쳐놓고 왜 네가 가려는 거야?" 도니펀이 물었다. "왜 다른 사람은 안 되고 네가 가야 하느냐고?"

"그래. 왜 그러지?" 백스터도 물었다.

"반드시 내가 가야 돼." 자크는 고집스럽게 대답했다.

"반드시?" 고든이 되물었다.

"그래!"

고든은 자크가 무슨 소리를 하는 거냐고 물으려는 듯이 브리앙의 손을 잡았다. 브리앙의 손은 바들바들 떨리고 있었다. 어둠이 이렇게 짙지 않았다면, 브리앙의 얼굴이 창백해지고 꽉 감은 눈에서 눈물이 넘쳐흐르고 있는 것도 보았을 것이다.

"형!" 자크는 단호한 어조로 대답을 재촉했다. 그 나이 또래의 아이답지 않은 말투였다.

"대답해줘, 브리앙." 도니펀이 말했다. "자크는 목숨을 내던질 권리가 있다고 말하고 있어. 하지만 우리한테는 그럴 권리가 없다는 거야? 도대체 자크가 뭘 했길래 그런 권리를 주장할 수 있지?"

"내가 뭘 했냐고?" 자크가 되물었다. "내가 뭘 했는지…… 말해줄게."

"자크!" 브리앙이 소리쳤다. 브리앙은 동생의 고백을 막으려고 했다.

"아니야!" 자크는 흥분하여 띄엄띄엄 말을 이었다. "말하게 해줘…… 괴로워서 더 이상 견딜 수가 없어. 우리가 지금 여기 있는 건…… 부모님 곁을 떠나서…… 이런 섬에 표착한 건…… 모두 내 탓이야. '슬루기' 호가 바다로 떠내려간 건…… 내가 조심성이 없어서…… 아니, 그게 아니야. 까불다가…… 장난을 치고 싶어서…… 오클랜드 선창에 배를 묶어둔 밧줄을 풀어버렸기 때문이야. 그래, 장난이었어! 그후 배가 떠내려가는 것을 보고는 너무 겁이 나서 머리가 이상해졌어. 아직 늦지 않았는데, 나는 사람을 부르지 않았어…… 그리고 한 시간이 지나니까 배는 캄캄한 어둠 속이었어…… 바다 한복판에 떠 있었어…… 아아! 용서해줘. 나를 용서해줘!"

가엾게도 자크는 흐느끼고 있었다. 케이트가 달래려고 했지만 소용이 없었다.

"이제 됐어, 자크." 브리앙이 말했다. "너는 잘못을 털어놓았어. 그리고 이제 목숨을 걸고 그 잘못을 속죄하려는 거지? 지은 죄를 조금이라도 갚으려는 거지?"

"죄는 벌써 갚았잖아!" 도니펀이 너그러운 마음이 되어 소리쳤다. "자크는 벌써 몇 번이나 위험을 무릅쓰고 우리를 위해 애썼어. 아아, 브리앙. 이제야 알겠어. 뭔가 위험한 일을 해야 할 때면 왜 네가 항상 동생한테 그 일을 시키려 했는지, 왜 자크가 항상 위험한 일을 도맡으려 했는지, 그 이유를 이제야 알겠어! 자크가 크로스와 나를 찾아 짙은 안개 속으로 목숨을 걸고 뛰어든 이유도 그 때문이었구나. 좋아, 자크! 우리는 진심으로 너를 용서하겠어. 그러니까 너는 이제 죄를 갚을 필요가 없어."

모두 자크를 에워싸고 그의 손을 잡았다. 자크는 계속 치밀어 오르는 울음으로 목이 메었다. 체어먼 학교에서 가장 쾌활하고 가장 개구쟁이였던 자크가 왜 그토록 우울했는지, 왜 친구들과 어울리지 않고 혼자 떨어져 있으려고 했는지, 소년들은 이제 비로소 이해했다. 그후 자크는 위험한 일이 있을 때마다 형의 명령으로, 그리고 자신의 의지로 기꺼이 목숨을 걸었다. 그런데도 자크는 그것으로 충분하다고 생각지 않고, 아직도 모두를 위해 목숨을 내던지려 하고 있었다. 겨우 말을 할 수 있게 되자 자크는 이렇게 말했다.

"이제 알겠지? 이 일도 역시 내가 해야 돼! 반드시 내가 가야 돼! 안 그래, 형?"

"알았어, 자크! 알았어!" 브리앙은 동생을 끌어안으면서 말했다.

자크의 고백을 듣고, 그리고 바구니에 탈 권리를 요구하는 자크의 수장을 듣고, 도니펀과 다른 소년들은 더 이상 끼어들 수가 없었다. 이제는 자크가 바람에 몸을 내맡기는 것을 그대로 두고 볼 수밖에 없다. 바람은 강해질 기미를 보이고 있었다.

자크는 소년들의 손을 잡았다. 그러고는 모래주머니를 들어낸 바구니에 들어가려고 브리앙을 돌아보았다. 브리앙은 권양기 뒤에 서서 꼼짝도 하지 않았다.

"형을 안고 싶어!" 자크가 말했다.

"그래. 안아줘." 브리앙은 벅찬 기분을 억누르면서 대답했다. "아니면…… 내가 널 안아줄까? 바구니에는 내가 탈 거니까!"

"형이?" 자크가 소리쳤다.

"네가?" 도니펀과 서비스도 외쳤다.

"그래. 내가 탈 거야. 자크의 죄는 자크가 갚든 형인 내가 갚든 아무래도 상관없잖아! 그리고 내가 이 계획을 생각해냈을 때 설마 남한테 이 일을 맡길 작정이었다고 생각하진 않겠지?"

"형, 제발……." 자크가 소리쳤다.

"안 돼, 자크!"

"그럼 내가 탈게." 도니펀이 말했다.

"안 돼, 도니펀!" 브리앙은 말대꾸를 허용하지 않겠다는 투로 단호하게 말했다. "내가 가겠어. 그러고 싶어."

"그럴 줄 알았어." 고든은 친구의 손을 잡으면서 말했다.

고든의 말을 들은 다음, 브리앙은 바구니 안에 들어가 몸을 안정시키고는 연을 세우라고 명령했다. 권양기 쪽에 진을 친 백스터와 윌콕스·크로스·서비스가 연줄을 풀었다. 신호용 끈을 쥐고 있던 가넷도 손가락 사이로 끈을 조금씩 내보냈다.

10초 뒤에 '하늘의 거인'은 어둠 속으로 사라졌다. 예행 연습 때는 만세 소리가 일었지만, 이번에는 깊은 침묵이 주위를 뒤덮었다.

이 작은 식민지의 용감하고 헌신적인 지도자 브리앙은 '하늘의 거인'과 함께 모습을 감추어버렸다.

연은 천천히 올라가고 있었다. 끊임없이 바람이 불었기 때문에 연은 안정된 상태를 유지하고 있었다. 약간 좌우로 흔들리기는 했지만 위험을 느낄 정도는 아니었다. 브리앙은 몸이 움직이지 않도록 바구니를 연에 연결하고 있는 밧줄을 꽉 움켜잡았다.

연은 천천히 올라가고 있었다

바구니는 그네처럼 흔들리고 있었다.

처음 하늘로 올라갔을 때는 아주 이상한 느낌이 들었다. 바람에 흔들리는 거대한 연에 매달려 있자, 가공의 맹금류한테 납치를 당했거나 거대한 검은 박쥐의 날개에 매달려 있는 듯한 기분이 들었다. 그래도 용감한 소년은 이 모험에 필요한 침착성을 잃지 않았다.

연은 운동장을 떠난 지 10분이 지나자 가볍게 옆으로 흔들려, 가장 높은 고도에 이른 것을 알려주었다. 연줄이 다 풀렸기 때문에 연은 한쪽으로 기우뚱했다가 다시 일어나 몸을 가누었다. 연은 200미터 내지 220미터 높이까지 올라온 게 분명했다.

침착한 브리앙은 우선 납덩어리가 꿰어져 있는 끈을 팽팽하게 잡아당긴 다음 주위를 둘러보기 시작했다. 한 손으로는 밧줄을 잡고, 또 한 손에는 망원경을 움켜잡고 있었다.

밑에는 칠흑 같은 어둠이 펼쳐져 있었다. 호수와 숲과 벼랑은 어렴풋한 검은 덩어리로 보일 뿐, 세부는 전혀 분간할 수 없었다.

섬의 윤곽은 주위를 둘러싼 바다와 뚜렷이 구별되었다. 이렇게 높이 올라오자 섬 전체가 한눈에 내려다보였다.

대낮에 이만한 높이까지 올라와서 햇빛을 받고 있는 수평선을 바라보았다면 다른 섬이나 대륙이 보이지 않았을까? 다른 섬이나 대륙이 체어면 섬에서 60킬로미터 내지 80킬로미터 거리에 있다면 틀림없이 눈에 들어왔을 것이다.

서쪽과 북쪽과 남쪽 하늘은 안개가 자욱해서 아무것도 보이지 않았지만, 동쪽 하늘에는 잠시 구름이 갈라져 별이 반짝이고 있었다.

바로 그 동쪽에서 낮게 소용돌이치는 안개에 반사된 강렬한 불빛이 브리앙의 눈길을 끌어당겼다.

"저건 불빛이야!" 브리앙은 혼자 중얼거렸다. "월스턴 일당이 저기서 야영을 하고 있을까? 아니야. 저 불빛은 훨씬 멀리 있어. 바다 건너에 있어. 그렇다면 화산이 분출하고 있을까? 동쪽 바다에 육지가 있을까?"

브리앙은 실망만을 처음 탐험했을 때 하얀 점 하나가 망원경에 나타난 것을 생각해냈다.

"그래. 분명히 저쪽이었어. 그렇다면 그 점은 빙산에 반사된 햇빛이었을까? 동쪽 바다에는 체어먼 섬에서 상당히 가까운 거리에 육지가 있는 게 분명해."

브리앙은 어둠 속에서 더욱 밝게 보이는 불빛을 망원경으로 바라보았다. 희미하게 보이는 빙산 근처에 분출하고 있는 화산이 있는 것은 의심할 여지가 없었다. 그 화산이 대륙에 있든 섬에 있든, 체어먼 섬과의 거리는 기껏해야 50킬로미터밖에 안 되었다.

그때 브리앙은 또 다른 불빛을 보았다. 그것은 훨씬 가까워서, 10킬로미터도 떨어져 있지 않았다. 그 불빛은 패밀리 호수 동쪽의 숲속에서 빛나고 있었다.

"저건 숲속이야." 브리앙이 중얼거렸다. "해변과 숲의 경계선이야!"

그 빛은 나타나자마자 사라져버린 것 같았다. 주의 깊게 지켜보고 있었는데도 다시는 그 불빛을 볼 수 없었기 때문이다.

브리앙은 가슴이 두근거렸다. 손이 부들부들 떨려서 망원경을 눈에 대고 있을 수가 없을 정도였다.

어쨌든 동강 어귀에서 그리 멀지 않은 곳에 불빛이 있었다. 브리앙은 그 불빛을 분명히 보았다. 그리고 그 불빛이 숲속에서 반짝이고 있는 것을 확인했다.

그렇다면 월스턴 일당은 곰바위 포구 근처에서 야영하고 있었다. '세번' 호의 살인자들은 체어먼 섬을 떠나지 않았다. 소년들은 아직도 악당들에게 공격당할 위험이 있고, 프렌치 동굴은 더 이상 안전을 바랄 수 없다!

브리앙은 얼마나 실망했는지 모른다. 월스턴 일당은 배를 수리하지 못했기 때문에, 바다를 건너 가까운 육지로 가는 것을 체념할 수밖에 없었을 것이다. 하지만 이 근처에는 육지가 있다! 그 점은 이제 의심할 여지가 없다.

브리앙은 정찰이 끝났으니 더 이상 공중 탐험을 계속할 필요가 없다고 생각했다. 그래서 땅으로 내려갈 준비를 했다. 바람이 강해지기 시작했다. 벌써 연의 흔들림이 아까보다 심해지고, 바구니에 그 흔들림이 전해지고 있었다. 이러다가는 땅으로 내려가기가 어려워질 것 같다.

브리앙은 신호용 끈이 팽팽하게 당겨져 있는 것을 확인한 뒤 납덩어리를 내려보냈다. 납덩어리는 몇 초만에 가넷의 손에 들어갔다.

당장 권양기가 연줄을 되감아 연을 끌어내리기 시작했다.

연이 내려가고 있을 때 브리앙은 아까 불빛을 보았던 동쪽을 다시 한번 바라보았다. 분출하는 화산의 불빛에 이어 가까운 해안선 위에 모닥불빛이 보였다.

말할 나위도 없는 일이지만, 고든과 다른 소년들은 연을 내려 달라는 신호를 초조하게 기다리고 있었다. 브리앙이 공중에서 보낸 20분이 그들에게는 얼마나 길게 느껴졌는지 모른다.

마침내 납덩어리가 내려오자 도니펀과 백스터 · 윌콕스 · 서비스 · 웨브는 힘껏 권양기를 돌렸다. 연줄이 심하게 흔들렸기 때문에 그들도 바람이 강하게 불기 시작한 것을 알아차리고 있었다. 그 바람을 온몸으로 받고 있을 브리앙을 생각하자, 땅바닥에 있는 소년들은 가슴을 찌르는 듯한 불안에 사로잡히지 않을 수 없었다.

소년들은 400미터나 풀려나간 연줄을 되감기 위해 권양기를 힘껏 돌렸다. 바람은 여전히 가라앉을 기미가 없었고, 브리앙이 신호를 보낸 지 45분 뒤에는 강풍으로 바뀌었다.

그때 연은 호수의 수면에서 30미터쯤 위에 떠 있었을 것이다. 갑자기 연이 격렬하게 옆으로 흔들렸다. 윌콕스와 도니펀 · 서비스 · 웨브 · 백스터는 온힘을 다해 매달려 있던 연줄이 갑자기 느슨해지는 바람에 중심을 잃고 하마터면 땅바닥에 나동그라질 뻔했다. 연줄이 툭 끊어져버린 것이다.

소년들은 비명을 지르면서 브리앙의 이름을 불렀다.

"브리앙! 브리앙!"

몇 분 뒤에 브리앙이 호숫가로 올라와 큰 소리로 소년들을 불렀다.

"형! 형!" 자크가 맨 먼저 달려가 브리앙을 끌어안았다.

"놈들은 아직 이 섬에 있어!"

소년들이 주위에 모두 모이자 브리앙이 말했다.

연줄이 끊어졌을 때 브리앙은 수직으로 추락하지 않고 비교적 느린 속도로 비스듬히 내려왔다. 머리 위의 연이 낙하산 구실을 해주었기 때문이다. 바구니가 수면에 닿기 전에 빠져나오는 것이 중요했다. 바구니가 물 속으로 가라앉으려는 순간 브리앙은 머리부터 물 속으로 뛰어들었다. 브리앙은 헤엄을 잘 쳤기 때문에, 기껏해야 150미터밖에 떨어져 있지 않은 호숫가까지 헤엄쳐 오는 것은 문제가 아니었다.

그 사이에 무거운 짐을 내던진 연은 하늘의 거대한 표류물처럼 바람에 날려 북동쪽으로 사라져버렸다.

브리앙은 머리부터 물 속으로 뛰어들었다

그날 밤에는 모코가 불침번을 섰다. 이튿날 소년들은 간밤의
흥분 때문에 피곤하여 늦잠을 잤다. 일어나자마자 고든과 도니
펀·브리앙·백스터는 저장실로 갔다. 거기에서는 벌써 케이트
가 여느 때처럼 일을 하고 있었다.

네 소년은 현재의 불안한 상황에 대해 이야기를 나누었다.

고든이 지적했듯이, 월스턴 일당이 섬에 온 지 벌써 보름이 지
났다. 따라서 아직도 배를 수리하지 못했다면 그것은 수리하는
데 필요한 도구가 없기 때문일 것이다.

"그게 틀림없어." 도니펀이 말했다. "그 작은 배는 별로 심하게
망가지지 않았으니까 말야. 우리 '슬루기' 호가 모래밭에 좌초했
을 때 그 정도만 망가졌다면, 얼마든지 수리해서 바다로 나갈 수
있었을 거야."

월스턴 일당이 떠나지 않았다 해도, 그들이 체어먼 섬에 정착할 생각은 아닐 것이다. 이 섬에 정착하고 싶었다면 벌써 섬을 탐험했을 테고, 프렌치 동굴도 찾아냈을 것이다.

브리앙은 하늘에서 본 불빛으로 미루어, 동쪽으로 상당히 가까운 거리에 육지가 있는 것 같다고 말했다.

"우리가 동강 어귀를 탐험하고 돌아와서 보고한 걸 잊어버리지는 않았겠지? 그때 나는 수평선보다 조금 위에서 하얀 점을 보았어. 그것을 어떻게 설명해야 할지는 몰랐지만."

"하지만 윌콕스와 나는 전혀 보지 못했어." 도니펀이 말했다. "우리도 그 하얀 점을 찾으려고 애썼는데."

"나만이 아니라 모코도 그 점을 분명히 보았어." 브리앙이 말했다.

"좋아! 정말로 보았겠지!" 도니펀이 말을 이었다. "그런데 왜 대륙이나 섬이 가까이 있다고 생각하지?"

"그건 말야, 어젯밤 동쪽 수평선을 바라보았을 때 불빛을 보았기 때문이야. 바다 건너에 또렷이 보였는데, 아무래도 분출하는 화산의 불빛이라고밖에 생각할 수 없어. 그래서 동쪽 바다에 육지가 있다는 결론을 내린 거야. '세번' 호 선원들도 그걸 모를 리가 없어. 놈들은 무슨 수를 써서라도 그 육지로 건너가려 할 거야."

"그야 당연하지." 백스터가 대꾸했다. "놈들이 여기 남아 있어 봤자 무슨 이익이 있겠어? 놈들이 아직 섬을 떠나지 않은 것은 배를 수리하지 못했기 때문이야."

브리앙의 보고는 아주 중요했다. 체어먼 섬이 태평양의 외딴

섬인 줄만 알았는데 그렇지 않다는 확신을 소년들에게 심어주었기 때문이다. 하지만 사태를 악화시킨 것은 모닥불빛이 보여주듯 월스턴 일당이 아직 동강 어귀에 머물러 있다는 사실이었다. 놈들은 세번 해안을 떠나, 프렌치 동굴에 20킬로미터나 가까이 다가온 셈이다. 앞으로 동강을 거슬러 올라오면 패밀리 호수가 보이는 곳에 다다를 것이고, 호수 남쪽을 돌면 당장 프렌치 동굴을 발견할 수 있을 것이다.

브리앙은 그런 사태에 대비하여 철저한 대책을 세워야 했다. 앞으로는 꼭 필요할 때만 밖에 나가고, 밖에 나갈 때도 질랜드 강의 오른쪽 기슭을 따라 늪숲까지만 가기로 했다. 백스터는 외양간과 거실과 저장실의 입구를 나뭇가지와 풀로 덮어서 가려놓았다. 호수와 오클랜드 언덕 사이를 돌아다니는 것도 금지되었다. 하지만 너무 엄격한 경계 태세를 취하면 견디기가 점점 괴로워져서 마지막에는 진저리가 나게 된다.

이 무렵 또 다른 걱정거리가 생겼다. 코스타가 열병에 걸린 것이다. 고든은 '슬루기' 호에서 가져온 약에 기댈 수밖에 없었지만, 엉뚱한 약을 먹여서 병이 오히려 심해지지나 않을까 걱정했다. 다행히 케이트가 여성의 본능 같은 애정을 가지고 어린 코스타를 밤낮으로 자상하게 돌봐주었다. 그 헌신적인 보살핌 덕분에 코스타는 점점 열이 내리면서 눈에 띄게 좋아졌다. 케이트가 없었다면 코스타가 죽었을 거라고 단언하기는 어렵지만, 기력을 잃고 완전히 쇠약해졌을 것은 분명하다.

그렇다! 케이트가 없었다면 코스타가 어떻게 되었을지는 아무도 모른다! 몇 번이고 되풀이해서 말하지만, 그 다부지고 부지런한 여인은 식민지의 어린 소년들에게 어머니 같은 애정을 아낌없이 쏟아부었다.

케이트가 가장 신경을 쓴 것은 소년들의 속옷이었다. 벌써 20개월이 넘도록 입은 속옷은 낡아서 누더기가 되어버렸다. 그것이 케이트의 걱정거리였다. 더 이상 입을 수 없게 되면, 그때는 어떻게 새 속옷을 마련하면 좋을까? 신발도 모두 조심해서 아껴 신었고, 날씨가 좋으면 맨발로 다니는 것도 마다하지 않았지만, 그래도 심하게 망가져 있었다. 세심한 가정부는 앞날의 일까지 생각하여 그런 것을 몹시 걱정하고 있었다.

11월 초부터 중순까지 보름 동안은 소나기가 자주 내렸다. 그러다가 11월 17일부터 기압이 올라가면서 날씨가 좋아질 조짐을 보이기 시작하더니 더운 날이 계속되었다. 모든 식물이 푸른 잎으로 뒤덮이고 꽃을 피우기 시삭했다. 남늪에는 늘 찾아오는 철새들이 많이 돌아왔다. 늪으로 사냥을 나갈 수 없는 도니펀이나 새덫을 칠 수 없는 윌콕스는 얼마나 아쉬워했던가! 월스턴 일당이 호수 남쪽 기슭까지 내려왔다면 놈들한테 들킬 염려가 있었기 때문에 그쪽으로는 아무도 갈 수 없었다.

하지만 그런 새들은 남늪에만 모여 있는 것이 아니라, 프렌치 동굴 주변에 쳐놓은 올무에도 걸려들었다.

하루는 윌콕스가 올무에 걸린 새들 중에서 겨울에 북쪽으로 떠났던 철새 한 마리를 발견했다. 그것은 제비였다. 제비는 아직도 목에 작은 헝겊 주머니를 매달고 있었다. 그 주머니 안에는 조난한 '슬루기' 호 소년들에게 보내진 편지가 들어 있을까? 아니, 유감스럽게도 편지는 없었다. 제비는 답장을 가져오지 않았다.

지루한 날들이 계속되었다. 소년들은 거실에서 많은 시간을 보냈다. 백스터는 날마다 일지를 쓰는 일을 맡고 있었지만, 이제 일지에 기록할 만한 일이 없었다. 앞으로 넉 달도 지나기 전에 체어먼 섬의 소년들은 세 번째 겨울을 맞게 될 터였다.

고든만은 언제나 자기가 관리하는 자질구레한 일에 몰두해 있었지만, 가장 팔팔한 아이들도 기력을 잃기 시작한 것을 보고 모두 걱정과 불안에 사로잡히지 않을 수 없었다. 브리앙조차 겉으로 드러내지 않으려고 애쓰기는 했지만 이따금 기분이 우울해졌다. 그래도 소년들을 격려하여 공부를 계속하게 하고, 토론회를 열고, 큰 소리로 책을 낭독하게 하면서 기운을 북돋워주려고 애썼다. 또한 고향과 가족을 생각하게 하고, 언젠가는 반드시 돌아갈 수 있다고 격려해주었다. 브리앙은 소년들의 사기를 높이려고 머리를 짜냈지만 뜻대로 되지 않았다. 브리앙은 자신이 절망에 빠져버리지나 않을까 걱정했지만, 그런 일은 일어나지 않았다. 게다가 곧이어 중대한 사건이 일어나, 소년들은 모두 목숨을 걸고 행동에 나서지 않을 수 없게 되었다.

11월 21일 오후 2시쯤, 도니펀은 패밀리 호수 부근에서 낚시질을 하고 있다가 갑자기 스무 마리 정도의 새떼가 귀에 거슬리는 울음소리를 내며 질랜드 강의 왼쪽 연안을 따라 미끄러지듯 날아가는 것을 보았다. 그 새들은 까마귀와 비슷한 울음소리를 내고 까마귀만큼 탐욕스럽지만 까마귀는 아니었다.

새들의 태도가 이상하지 않았다면 도니펀은 시끄럽게 울어대는 그 새들에 별로 관심을 두지 않았을 것이다. 그런데 그 새들은 하늘에 커다란 원을 그리며 차츰 아래로 내려왔다. 땅에 가까워질수록 원은 점점 작아졌다. 이윽고 새떼는 한 덩어리가 되어 곤두박질치듯 풀숲에 내려앉았다.

새들의 울음소리가 더욱 요란해졌다. 도니펀은 새들이 내려앉은 풀숲을 바라보았지만, 풀이 높이 자라 있어서 새들의 모습은 보이지 않았다.

도니펀은 거기에 동물의 시체라도 있는 게 아닐까 하고 생각했다. 호기심에 사로잡힌 도니펀은 프렌치 동굴로 돌아가, 보트로 질랜드 강을 건네달라고 모코에게 부탁했다.

두 소년은 보트에 올라타고, 10분 뒤 강 건너 풀밭으로 살며시 숨어들어갔다. 새들은 식사를 방해하러 온 침입자에게 항의하는 소리를 지르면서 날아올랐다.

거기에는 새끼 과나코 한 마리가 누워 있었다. 죽은 지 얼마 되지 않은 듯 아직도 몸이 따뜻했다.

도니펀과 모코는 새들이 먹다 남긴 찌꺼기를 식량으로 삼을 생각은 없었기 때문에 그대로 돌아가려고 했지만, 그때 문득 한 가지 의문이 떠올랐다. 이 과나코는 어떻게, 그리고 무엇 때문에 이런 습지대까지 와서 쓰러졌을까? 과나코는 동쪽 숲을 거의 떠나지 않는데 왜 이렇게 멀리까지 왔을까?

도니펀은 과나코를 조사해보았다. 옆구리에 아직 피가 흐르는 상처가 있었다. 그 상처는 재규어 같은 맹수의 이빨 자국이 아

두 소년은 풀밭으로 살며시 숨어들어갔다

니었다.

"이 과나코는 틀림없이 총에 맞았어!" 도니펀이 말했다.

"여기 그 증거가 있습니다." 모코는 칼로 상처를 후벼 총알 하나를 꺼냈다.

그 총알은 크기로 보아, 흔히 사냥에 사용하는 엽총이 아니라 배에서 사용하는 총으로 쏜 것이었다. 그렇다면 월스턴 일당이 쏜 게 분명하다.

도니펀과 모코는 과나코의 시체를 새들에 넘겨주고 프렌치 동굴로 돌아와서 친구들과 의논했다.

과나코가 '세번'호 선원들의 총에 맞은 것은 명백한 사실이었다. 도니펀도 다른 소년들도 한 달이 넘도록 총을 한 방도 쏘지 않았기 때문이다. 그런데 그 과나코는 언제 어디서 총에 맞았을까?

온갖 가설이 검토되었지만, 과나코가 총에 맞은 뒤 그곳에 와서 쓰러질 때까지 대여섯 시간 이상은 지나지 않았을 거라는 결론이 나왔다. 그것은 과나코가 구릉지대를 질러 강기슭까지 오는 데 필요한 시간이다. 거기에서 다시 이런 결론이 나왔다. 그날 오전에 월스턴 일당이 패밀리 호수 남쪽 끝 부근에서 사냥을 했고, 놈들은 동강을 거슬러 올라와 프렌치 동굴 쪽으로 차츰 다가오고 있다는 것이었다.

위험이 당장 코앞에 닥친 것은 아니지만 상황은 심각해졌다. 하지만 섬 남부에는 드넓은 평원이 펼쳐져 있다. 작은 개울이 흐르고 군데군데 늪이 있고 언덕이 솟아 있다. 거기서 잡을 수 있는 짐승으로는 끼니를 해결할 수 없다. 따라서 월스턴 일당은 구릉지대를 지나 이쪽으로 오려고 하지는 않았을 것이다. 그리고 놈들이 가까이 왔다면 총소리가 바람에 실려 운동장까지 들려왔을 텐데, 그런 수상한 총소리는 아무도 듣지 못했다. 따라서 놈들은 아직 프렌치 동굴을 발견하지 못했을 것이다.

그래도 역시 조심할 필요가 있었다. 밖에 나갔다가 놈들한테 기습을 당하면 놈들의 공격을 물리칠 가능성은 거의 없다.

사흘 뒤에 더욱 중대한 사실이 발견되어 소년들은 모두 심한 불안에 사로잡혔다. 이제는 식민지의 안전이 전보다 더욱 위태로워졌다는 것을 인정하지 않을 수 없었다.

11월 24일 오전 9시쯤, 브리앙과 고든은 질랜드 강을 건너갔다. 호수와 늪지대 사이로 뻗어 있는 오솔길 옆에 감시초소 같은 것을 만들 수 없는지 조사하기 위해서였다. 거기에 숨어서 망을 보다가 월스턴 일당이 다가오는 것을 미리 알려줄 수 있다면, 도니펀을 비롯해서 총을 잘 쏘는 소년들이 매복해 있다가 적을 물리칠 수 있을 것이다.

브리앙과 고든이 강을 건너 3백 걸음쯤 걸어갔을 때 브리앙이 무언가를 밟아 으깼다. 브리앙은 조가비겠거니 하고 별로 신경을 쓰지 않았다. 밀물이 남늪까지 거슬러 올라올 때 조개도 많이 밀려 올라오기 때문이다. 그런데 뒤따라오던 고든이 멈춰서면서 말했다.

"잠깐만, 브리앙. 잠깐 기다려!"

"왜 그래?"

고든은 허리를 굽혀, 브리앙이 발로 으깬 것을 집어들었다.

"이것 봐."

"조가비가 아니잖아." 브리앙이 대꾸했다.

"담배 파이프야!"

과연 고든이 손에 들고 있는 것은 거무스름한 담배 파이프 조각이었다. 손잡이와 대통과 이어진 목 부분이 부러져 있었다.

"우리는 아무도 담배를 피우지 않으니까 이 파이프를 잃어버린 것은⋯⋯."

"그놈들이야." 브리앙이 받았다. "우리보다 먼저 체어먼 섬에 살았던 프랑수아 보두앵의 것이 아니라면⋯⋯."

그럴 리가 없었다! 파이프는 얼마 전에 부러진 게 분명하니까, 20여 년 전에 죽은 보두앵의 것일 리가 없었다. 누군가가 최근에 이곳에 떨어뜨린 것이다. 파이프의 대통 밑바닥에 달라붙어 있는 담배 찌꺼기가 무엇보다 확실한 증거였다. 며칠 전, 아니 어쩌면 몇 시간 전에 월스턴 일당이 여기까지 온 것이다.

고든과 브리앙은 서둘러 동굴로 돌아갔다. 브리앙이 그 파이프 조각을 케이트에게 보여주자, 케이트는 월스턴이 그런 파이프를 갖고 있는 것을 본 적이 있다고 말했다.

악당들이 호수의 남쪽 끝을 돈 것은 분명했다. 놈들은 밤중에 질랜드 강기슭까지 왔을 것이다. 월스턴이 프렌치 동굴을 발견했다면, 그리고 이곳 주민이 모두 소년뿐이라는 것을 알았다면, 아마 이렇게 생각할 것이다.

저곳에는 우리한테 없거나 거의 떨어져가는 것, 예를 들면 도

"담배 파이프야!" 하고 고든이 말했다

구와 기구, 탄약과 식량 따위가 모두 갖추어져 있을 거야. 우리 쪽에는 건장한 사내가 일곱 명이나 있으니까, 어린애 열다섯쯤은 쉽게 해치울 수 있어. 게다가 방심한 틈에 기습하면 일은 더 쉬워지겠지……

어쨌든 악당들이 점점 가까이 다가오고 있는 것만은 의심할 여지가 없었다.

놈들이 언제 쳐들어올지 모르기 때문에, 브리앙은 친구들과 의논하여 경계 태세를 더욱 강화했다. 낮에는 반드시 누군가가 오클랜드 언덕에 올라가 망을 보기로 했다. 그러면 습지대나 덫숲이나 호수 쪽에서 수상한 사람이 다가오면 당장 알아차릴 수 있다. 밤에는 상급생 두 명이 거실과 저장실 입구에서 불침번을 서고, 밖에서 나는 기척을 살피기로 했다. 입구에는 버팀목을 대어서 보강했고, 여차하면 당장 입구에 바리케이드를 쌓을 수 있도록 커다란 돌멩이를 동굴 안쪽에 쌓아두었다. 암벽에 뚫어놓은 창에는 작은 대포 두 문을 설치했다. 하나는 질랜드 강 쪽, 또 하나는 패밀리 호수 쪽을 방어하게 되었다. 총과 권총은 당장이라도 쏠 수 있도록 모두 총알을 재놓았다.

케이트가 이런 조치에 찬성한 것은 말할 나위도 없다. 이 다부진 여인은 불안한 기색을 조금도 드러내 보이지 않았지만, 소년들이 '세번' 호 선원들과 맞서 싸워도 승산은 거의 없다고 생각했다. 케이트는 월스턴 일당이 어떤 놈들인지 잘 알고 있었다. 소년들이 아무리 엄중하게 경계해도, 악당들한테 무기가 충분치 않아도, 어떻게든 기습해오지 않을까? 이쪽은 모두 소년들뿐이고,

가장 나이가 많은 소년도 이제 겨우 열다섯 살이다. 이 싸움은 너무 불공평하다! 아아, 용감한 에번스가 여기에 있다면 얼마나 좋을까! 에번스는 왜 나를 따라 도망치지 않았을까? 에번스라면 프렌치 동굴의 방비를 더욱 강화할 수 있는 방법도 알고 있을 테고, 월스턴 일당의 공격에 저항할 방법도 알고 있을 텐데!

불행히도 에번스는 엄중한 감시를 받고 있는 게 분명했다. 아니, 어쩌면 월스턴 일당은 가까운 육지까지 항해하는 데에는 에번스가 필요없다고 판단하고, 위험한 증인인 에번스를 벌써 처치해버렸는지도 모른다.

그런 생각을 하면 케이트는 불안해졌다. 케이트가 걱정한 것은 자신이 아니라 아이들이었다. 모코도 케이트를 도와 그녀 못지않게 헌신적으로 아이들을 돌보고 있었다.

11월 27일이었다. 이틀 전부터 숨막히는 더위가 계속되고 있었다. 두꺼운 구름장이 느긋하게 섬 위를 지나가고, 멀리서 우르릉거리는 우렛소리가 폭풍이 다가오고 있음을 알려주었다. 폭풍우 예보기도 자연과의 싸움이 다가왔음을 알려주었다.

그날 밤 소년들은 여느 때보다 일찍 거실로 돌아왔다. 만약을 위해 얼마 전부터 보트를 동굴 안에 넣어두었다. 소년들은 단단히 문단속을 하고, 모두 함께 기도를 드리고, 멀리 바다 너머에 있는 가족에게 인사를 보냈다. 이제 남은 일은 잠잘 시간을 기다리는 것뿐이었다.

9시 반쯤 천둥 번개가 더욱 심해졌다. 두 개의 창으로 들어오는 번갯불이 거실을 환하게 비추었다. 우렛소리는 잠시도 쉬지 않고 울려 퍼졌다. 귀가 먹먹해지는 우렛소리가 암벽에 부딪쳐 오클랜드 언덕 전체가 뒤흔들리는 것 같았다. 비도 바람도 동반하지 않은 마른 번개가 때로는 더욱 무섭다. 구름이 움직이지 않기 때문에, 구름 속에 가득 찬 전기를 그 자리에서 모조리 방전하여 밤새도록 천둥 번개가 그치지 않을 때도 있다.

코스타와 돌과 아이버슨과 젱킨스는 침대 구석에 몸을 웅크리고 있다가, 헝겊을 찢는 듯한 우렛소리가 들릴 때마다 놀라서 펄쩍 뛰었다. 쾅쾅거리는 그 소리는 벼락이 가까이 떨어지고 있다는 것을 알려주었다. 하지만 단단한 암벽으로 둘러싸인 이 동굴에서는 아무것도 걱정할 필요가 없었다. 벼락이 벼랑 꼭대기에 수십 번, 수백 번 떨어져도 상관없다. 벼락은 프렌치 동굴의 두꺼운 암벽을 절대 뚫을 수 없다. 암벽은 돌풍을 막아주는 것과 마찬가지로 전류도 통과시키지 않기 때문이다. 이따금 브리앙이나 도니펀이나 백스터가 일어나 문을 살짝 열고 밖을 살피려 했지만, 번갯불에 눈이 부셔서 곧 돌아오곤 했다. 하늘은 불길에 휩싸여 있는 듯했다. 호수도 번갯불을 반사하여, 커다란 불덩어리가 수면 위를 굴러다니는 듯이 보였다.

10시부터 11시까지 천둥 번개가 숨쉴 틈도 없이 계속되었다. 자정이 되기 조금 전에야 겨우 천둥 번개가 뜸해지기 시작했다. 우렛소리의 간격이 점점 벌어지고 소리가 멀어지면서 기세도 많이 누그러졌다. 바람이 일어, 낮게 드리워져 있던 구름장을 쓸어낸 것이다. 곧이어 비가 억수같이 쏟아지기 시작했다.

어린 아이들은 그제야 마음을 놓았다. 벌써 잠잘 시간이 지났지만, 담요 밑으로 파고들었던 두세 개의 머리가 다시 담요 밖으로 나타났다. 브리앙과 상급생들은 여느 때처럼 문단속을 확인하고 잠자리에 들려고 했다. 바로 그때 판이 뭐라 설명할 수 없는 몸짓으로 무언가를 알렸다. 판은 벌떡 일어나 거실 입구로 달려가서 낮은 소리로 으르렁거렸다.

"판이 뭔가 냄새를 맡은 모양이야!" 도니펀이 개를 달래면서 말했다.

"판은 전에도 여러 번 그런 묘한 몸짓을 했지만, 이 영리한 녀석은 한 번도 실수한 적이 없었어." 백스터가 받았다.

"잠자기 전에 무슨 일인지 확인해둘 필요가 있겠어." 고든이 덧붙였다.

"좋아!" 브리앙이 말했다. "하지만 아무도 밖에 나가면 안 돼. 만약의 경우에 대비해서 방어 태세를 취하자!"

모두 총과 권총을 집어들었다. 도니펀은 거실 입구로, 모코는 저장실 입구로 갔다. 둘 다 문에 귀를 대보았지만, 바깥에서 나는 소리는 들을 수 없었다. 그래도 판은 여전히 불안한 기색을 보이고 있었다. 잠시 후 판이 맹렬하게 짖어대기 시작했다. 주인인 고든도 달랠 수 없을 정도였다. 이것은 곤란한 일이었다. 폭풍우가 잠시 가라앉은 사이에 모래밭을 걷는 사람의 발소리를 들을 수 있었다면, 밖에서도 판이 짖는 소리가 들릴 것이기 때문이다.

갑자기 우렛소리와는 전혀 다른 총성이 들렸다. 그것은 틀림없는 총소리였고, 게다가 프렌치 동굴에서 2백 걸음도 채 떨어지지 않은 곳에서 발사된 소리였다.

모두 바싹 긴장했다. 도니편과 백스터·윌콕스·크로스는 총을 들고 문간에 서서, 침입자가 있으면 서슴없이 발사할 태세를 취했다. 다른 소년들은 이럴 때에 대비하여 미리 준비해둔 돌을 입구에 쌓기 시작했다.

그때 느닷없이 밖에서 외치는 소리가 들렸다.

"도와줘! 도와줘!"

밖에 누군가가 있다. 죽음의 위험에 빠진 사람이 도움을 청하고 있다.

"도와줘!" 또다시 목소리가 들렸다. 이번에는 바로 문 앞이었다.

케이트가 문간으로 다가와 귀를 기울였다.

"그 사람이야!" 케이트가 소리쳤다.

"그 사람이라뇨?" 브리앙이 물었다.

"열어줘! 어서 문을 열어줘!" 케이트가 말했다.

문이 열렸다. 그러자 눌에 흠뻑 젖은 한 사내가 거실로 성큼 뛰어들었다.

그것은 '세번' 호의 갑판장 에번스였다.

물에 흠뻑 젖은 한 사내가 거실로 뛰어들었다

26

이처럼 생각지도 않게 에번스가 나타났기 때문에, 고든과 브리앙과 도니펀은 처음에는 너무 놀라서 멍하니 서 있었다. 그러다가 거의 충동적으로, 마치 구세주라도 만난 것처럼 에번스 곁으로 달려갔다.

나이는 서른 살쯤 되어 보였다. 어깨가 딱 바라지고 가슴도 두툼해서, 늠름한 체격을 갖고 있었다. 눈은 생기있게 반짝거리고, 이마가 넓었다. 호감이 가는 얼굴이다. 걸음걸이는 확실하고 태도가 당당했다. 얼굴의 일부는 텁수룩한 수염에 가려져 있었지만, 그것은 '세번' 호가 난파한 뒤 수염을 깎지 못했기 때문이다.

에번스는 거실에 들어오자마자 휙 돌아서서 문을 쾅 닫고는 그 문에 귀를 눌러댔다. 하지만 밖에서 아무 소리도 들리지 않자 거실 한복판으로 걸어갔다. 그러고는 천장에 매달린 등잔 불빛을 받은 이 작은 세계를 둘러보고 이렇게 중얼거렸다.

"역시…… 애들이로군! 모두 애들뿐이야!"

에번스가 갑자기 눈을 빛내며 두 팔을 활짝 벌렸다. 얼굴이 기쁨으로 확 밝아졌다.

케이트가 에번스에게 다가갔다.

"케이트! 살아 있었군요!" 에번스가 소리쳤다.

에번스는 케이트의 손을 움켜잡았다. 죽은 사람의 손이 아니라는 것을 확인하고 싶은 것처럼.

"그래요! 나도 당신처럼 살아남았어요, 에번스!" 케이트가 대답했다. "하느님이 당신을 구해주셨듯이 나도 구해주셨죠. 뿐만 아니라 하느님은 이 아이들을 구하기 위해 당신을 보내주셨어요."

에번스는 거실 탁자 주위에 모인 소년들을 눈으로 헤아리고 있었다.

"열다섯 명인가?" 에번스가 말했다. "하지만 싸울 수 있는 것은 기껏해야 대여섯 명뿐이군. 아니, 상관없어!"

"여기가 공격당할 위험이라도 있습니까?" 브리앙이 물었다.

"아니, 그렇지는 않아. 적어도 지금 당장은……." 에번스가 대답했다.

다들 에번스의 이야기를 듣고 싶어한 것은 말할 나위도 없다. 특히 소년들은 론치가 세번 해안에 좌초한 뒤에 일어난 사건을 알고 싶어했다. 상급생도 하급생도 자신들에게 아주 중요한 그 이야기를 듣기 전에는 잠을 이룰 수 없었다. 하지만 그전에 에번스는 흠뻑 젖은 옷을 벗고 빈속을 채워야 했다. 옷이 젖은 것은 질랜드 강을 헤엄쳐 건넜기 때문이다. 지치고 배가 고파서 기진 맥진한 것은 열두 시간 동안이나 아무것도 먹지 못한 데다 아침 부터 잠시도 쉬지 않고 달렸기 때문이다.

브리앙은 에번스를 당장 저장실로 데려갔다. 고든은 훌륭한 선원복을 에번스가 마음대로 고를 수 있게 해주었다. 이어서 모 코가 고기와 건빵, 따끈한 차와 맛있는 브랜디를 내놓았다.

15분 뒤에 에번스는 거실 탁자 앞에 앉아서 '세번' 호 선원들 이 섬에 좌초한 뒤에 일어난 일을 이야기해주었다.

"론치가 모래밭에 좌초하기 조금 전에 일당 다섯 명과 나는 마 지막 암초지대의 바위에 내던져졌어. 하지만 심하게 다친 사람 은 아무도 없었지. 바위에 부딪혀서 멍만 들었을 뿐 큰 상처는 입 지 않았어. 그래도 역시 캄캄한 어둠 속에서 파도를 피하는 건 정 말 힘들더군. 세찬 파도가 난바다에서 불어오는 바람을 거슬러 역류하고 있었으니까.

하지만 한참 동안 고생해서 간신히 파도가 닿지 않는 곳에 도 착했어. 월스턴, 브랜트, 로크, 쿡, 코프, 그리고 나까지 모두 여 섯 명이었지. 포브스와 파이크는 보이지 않았어. 배가 모래밭에 올라앉았을 때 파도에 휩쓸려갔는지, 아니면 용케 목숨을 건졌 는지는 알 수 없었지. 케이트는 파도에 휩쓸려간 줄 알았어. 이렇 게 다시 만날 수 있을 줄은 정말 꿈에도 몰랐어."

이렇게 말하면서 에번스는 '세번' 호에서 그와 함께 참혹한 학 살을 면한 이 용감한 여인을 다시 만난 감동과 기쁨을 감추려 하 지 않았다. 둘 다 그 악당들에게 붙잡혔지만, 이제 놈들의 손이 닿지 않는 곳에 있었다. 앞으로도 놈들에게 붙잡히지 않는다는 보장은 없었지만…….

에번스는 다시 말을 이었다.

"해변에 도착하자 우리는 배를 찾아다녔어. 배는 저녁 일곱 시쯤 해변에 표착했을 텐데, 우리가 모래밭 위에 옆으로 누워 있는 배를 찾아낸 것은 자정이 가까울 무렵이었어. 그건 우리가 처음에는 해안을 따라 반대쪽으로 저 아래까지 내려갔기 때문이지."

"그건 세번 해안이에요." 브리앙이 말했다. "그 이름은 우리 친구들이 붙였어요. 케이트 아줌마한테 조난 이야기를 듣기 전에 '세번' 호의 론치를 발견했기 때문에……."

"이야기를 듣기 전에?" 에번스는 놀란 듯이 되물었다.

"예." 도니펀이 말했다. "우리는 '세번' 호가 난파한 그날 밤 그 해안에 도착했어요. 그때는 아직 두 악당이 모래밭에 쓰러져 있었죠…… 하지만 날이 밝은 뒤에 그들을 묻어주러 가보니 아무도 없었어요."

"그렇군." 에번스가 말했다. "이제 이야기가 어떻게 연결되어 있는지 알겠어. 우리는 포브스와 파이크가 물에 빠져 죽은 줄만 알았지. 사실은 그 편이 훨씬 좋았을 거야. 그러면 악당 일곱 명 가운데 두 명이 줄어들 테니까. 놈들은 론치 바로 옆에 쓰러져 있었어. 월스턴 일당은 거기서 두 놈을 찾아내자 진을 퍼먹여서 되살려냈지.

놈들한테는 다행이고 나한테는 불행이었지만, 배 밑창은 모래밭에 좌초했을 때도 부서지지 않았고 물에 잠기지도 않았어. '세

214

번' 호에서 불이 났을 때 탄약과 무기, 총 다섯 자루, 남은 식량을 황급히 론치에 옮겨 실었는데, 그게 모두 고스란히 남아 있었지. 놈들은 론치에서 그걸 다 꺼냈어. 다음 밀물이 들어오면 배가 부서져버릴 염려가 있었으니까. 그 일이 끝나자 우리는 해안을 따라 동쪽으로 내려갔지.

그때 한 놈이—아마 로크였을 거야—케이트가 보이지 않는다고 하더군. 그러자 월스턴은 파도에 휩쓸린 게 분명하다고, 귀찮은 골칫거리가 없어져서 속이 시원하다고 대답했어. 그래서 나는 이렇게 생각했지. 놈들은 케이트가 필요없게 되었다고 해서 케이트가 죽은 걸 좋아하고 있으니까, 나도 쓸모가 없어지면 서슴없이 죽일 거라고…… 그런데 케이트, 당신은 어디 있었어요?"

"나도 배 옆에 있었어요. 바다 쪽에." 케이트가 대답했다. "배가 모래밭에 올라앉은 뒤, 거기에 내던져졌죠. 아무도 나를 보지 못했어요. 그래서 나는 거기서 꼼짝도 않고 월스턴 일당이 하는 말을 다 들었죠. 놈들이 가버린 뒤에 일어나서, 놈들한테 다시는 잡히지 않으려고 반대쪽으로 도망쳤어요. 이틀 동안 아무것도 못 먹고 배가 고파서 죽는 줄 알았는데, 이 착하고 용감한 애들이 나를 발견하고 프렌치 동굴로 데려왔답니다."

"프렌치 동굴?" 에번스가 되물었다.

"그건 우리가 이 동굴에 붙인 이름이에요." 고든이 설명했다. "우리보다 훨씬 전에 프랑스인 조난자가 여기 살았는데, 그 프랑스 사람을 기려서 그런 이름을 붙였어요."

"프렌치 동굴…… 세번 해안…… 너희는 이 섬의 여러 곳에 이름을 붙였구나. 잘한 일이야!"

"그래요. 모두 멋진 이름이죠." 서비스가 대꾸했다. "그것 말고
도 많아요. 패밀리 호수, 구릉지대, 남늪, 질랜드 강, 덫숲……."

"알았어! 이름은 나중에 모두 가르쳐줘. 내일이라도 당장……
지금은 내 이야기를 계속할게. 밖에서는 아무 소리도 안 들리
나?"

"아무 소리도 안 들립니다." 모코가 대답했다. 모코는 거실 문
간에서 밖을 감시하고 있었다.

"다행이군." 에번스가 말했다. "그럼 이야기를 계속할게. 배를
떠난 지 한 시간쯤 뒤에 우리는 울창한 숲에 도착해서, 숲 언저리
에서 야영을 했어. 그리고 며칠 동안 우리는 계속 배가 좌초한 곳
으로 돌아가서 배를 수리해보려고 애썼지. 그런데 연장이라고는
도끼 한 자루뿐이라서 구멍난 뱃전을 수리할 수는 없었어. 구멍
난 배로는 아무리 짧은 거리도 항해할 수 없었지. 게다가 그 해변
은 그런 일을 하기에는 아주 불편했어.

그래서 그곳을 떠나, 사냥을 해서 식량을 구할 수 있고 민물을
얻을 수 있는 강가에 캠프를 치기로 했지. 그때쯤에는 식량이 바
닥나버렸으니까. 해안을 따라 20킬로미터쯤 내려가자 작은 하천
이 나왔어……."

"동강이에요!" 서비스가 소리쳤다.

"그래! 동강이라고 해두자!" 에번스가 말했다. "그곳의 넓은
후미 안쪽에……."

"실망만이에요!" 이번에는 젱킨스가 끼어들었다.

"그럼 실망만이라고 해둘까?" 에번스가 웃으면서 말했다. "거기에 바위로 둘러싸인 포구가 있어서……."

"곰바위예요!" 이번에는 코스타가 나설 차례였다.

"곰바위라고? 좋아, 꼬마야!" 에번스가 대꾸했다. 그러고는 그 이름에 동의한다는 듯 고개를 끄덕였다. "그곳에 정착하는 건 아주 쉬운 일이었어. 첫 번째 폭풍에 망가져버린 론치를 그 포구로 운반할 수만 있다면 배를 수리할 수 있을 거야. 그래서 다들 배를 찾으러 돌아갔지. 그러고는 배를 되도록 가볍게 한 다음 다시 물에 띄웠어. 배는 뱃전까지 물에 잠겼지만, 우리는 해안을 따라 배를 끌고 가서 포구 안으로 끌어들일 수 있었지. 배는 이제 그 포구 안에 있으니까 안전해."

"론치가 곰바위 포구에 있다고요?" 브리앙이 물었다.

"그래. 필요한 연장만 있으면 충분히 수리할 수 있어!"

"연장은 우리가 갖고 있어요!" 도니펀이 소리쳤다.

"월스턴도 그렇게 생각했어. 놈은 우연히 이 섬에 사람이 살고 있고, 게다가 그 주민이 누구인지를 알았을 때, 맨 먼저 그걸 알아차렸지!"

"그걸 어떻게 알았죠?" 고든이 물었다.

"그건 이렇게 된 거야. 일주일쯤 전에 놈들과 나는 숲을 정찰하러 나갔어. 놈들은 나를 절대로 혼자 놓아두지 않고, 늘 함께 데리고 다녔지. 동강을 거슬러서 서너 시간쯤 걷자 넓은 호수가 나왔어. 동강은 그 호수에서 흘러나오고 있었지. 거기서 호숫가에 놓여 있는 이상한 물건을 발견했는데, 그때 우리가 얼마나

"우리는 배를 포구 안으로 끌어들일 수 있었지……"

놀랐을지 생각해봐. 그건 갈대로 엮은 뼈대에 범포를 씌운 것이
었어."

"우리 연이에요!" 도니펀이 소리쳤다.

"우리 연이 호수에 떨어졌어요." 브리앙이 덧붙였다. "그런데
바람을 타고 거기까지 밀려갔군요!"

"그게 연이었나?" 에번스가 말했다. "우리는 그게 연이라고는
생각지 않았어. 그게 뭔지 궁금해서 호기심이 동했지. 어쨌든 우
리는 이렇게 생각했어. 이런 물건이 저절로 생겨날 리는 없다. 이
물건은 이 섬에서 만들어진 것이다. 그건 의심할 여지가 없다. 따
라서 이 섬에는 사람이 살고 있다. 어떤 사람일까 하고…… 월스
턴은 반드시 그걸 알아내야 할 필요가 있었어. 나는 그날부터 도
망칠 결심을 굳혔지. 이 섬에 사는 사람이 어떤 인간이든, 설령
야만인이라도 '세번' 호의 살인자들보다 나쁠 리는 없으니까. 그
때부터 놈들은 밤낮으로 나를 감시했어."

"그런데 어떻게 프렌치 동굴을 찾아내셨죠?" 백스터가 물었다.

"그건 말이야…… 아니, 이야기를 계속하기 전에 그 거대한 연
을 무엇에 썼는지 궁금하구나. 무슨 신호였나?"

고든은 어떤 연을 만들었고, 어떤 목적으로 사용했는지, 브리
앙이 모두를 구하기 위해 어떻게 목숨을 걸었는지, 월스턴이 아
직 섬에 있다는 것을 브리앙이 어떻게 확인했는지를 모두 이야
기했다.

"너는 정말 용감한 아이구나!" 에번스는 브리앙의 손을 잡고
다정하게 흔들었다. 그러고는 다시 말을 이었다. "너희들도 알겠

지만, 그때 월스턴은 한 가지 생각밖에 없었어. 이 섬 주민이 어떤 인간인지를 알아내는 거였지. 그게 원주민이라면, 원주민과 사이좋게 지낼 수 있을까? 조난자라면 우리한테 없는 도구를 갖고 있을까? 조난자라면 배를 다시 바다에 띄울 수 있도록 기꺼이 도와줄 거라고 생각했지.

그래서 조사를 시작했어. 아주 조심스럽게…… 놈들은 호수 동쪽의 숲을 탐험하면서 조금씩 전진해서 호수 남쪽 끝에 이르렀지. 그런데 사람은 하나도 보이지 않았고 총소리도 들리지 않았어."

"그건 우리가 아무도 이 동굴에서 멀리 나가지 않았기 때문이에요." 브리앙이 말했다. "총을 쏘는 것도 금지했고."

"그래도 너희는 들켜버렸어. 물론 어쩔 수 없었겠지만…… 11월 23일에서 24일로 넘어가는 밤중이었어. 월스턴 일당 가운데 한 놈이 호수 남쪽을 지나 이 동굴이 보이는 곳까지 왔을 때, 불운하게도 벼랑에서 새어나오는 불빛을 보고 만 거야. 잠깐 열린 문으로 등잔 불빛이 새어나왔겠지. 이튿날 밤에 월스턴이 직접 가서 숨어 있었어. 강가 풀숲에……."

"알고 있었어요." 브리앙이 말했다.

"알고 있었다고?"

"그곳에서 고든과 내가 부러진 담배 파이프를 발견했거든요. 케이트는 그게 월스턴의 파이프라고 가르쳐주었어요."

"그래! 그날 월스턴은 강가까지 갔다가 파이프를 잃어버렸어. 돌아왔을 때는 그것 때문에 몹시 초조해했지. 하지만 여기에 작은 식민지가 있다는 것을 놈은 알아버렸어. 놈이 풀숲에 웅크리고 있을 때 너희들이 강 너머에서 왔다갔다하는 걸 보았으니까. 식민지에는 아이들밖에 없었어. 어른 일곱 명이 덤벼들면 간단히 해치울 수 있다고 윌스턴은 생각했지. 놈은 돌아와서 자기가 본 것을 일당에게 알려주었어. 나는 윌스턴과 브랜트가 나누는 얘기를 엿듣고, 놈들이 프렌치 동굴을 어떻게 할 계획인지 알아냈지."

"못된 놈들! 그놈들은 사람도 아니야!" 케이트가 소리쳤다. "이 아이들이 가엾지도 않나?"

"그래요, 케이트. 놈들은 '세번' 호 선장과 승객들을 가엾게 생각지 않은 것처럼 이 아이들도 전혀 가엾게 생각지 않아요. 당신 말마따나 정말 사람 같지도 않은 놈들이에요! 어쨌든 가장 잔인한 윌스턴이 놈들을 지휘하고 있으니까요. 그놈은 죄받을 거예요. 절대로 벌을 면하지 못할 거예요!"

"그런데 용케 도망칠 수 있었군요, 에번스. 고맙게도!" 케이트가 말했다.

"그래요, 케이트." 에번스는 다시 아이들을 향해 말을 이었다. "열두 시간쯤 전에 윌스턴이 없는 틈을 타서 도망쳤지. 포브스와 로크가 나를 감시하려고 남아 있었지만, 나는 도망칠 기회라고 생각했어. 두 놈의 눈을 속여, 어떻게든 놈들한테 따라잡히지 않도록 조금이라도 거리를 벌릴 수 있다면 성공할 수 있다는 생각이 들었지.

오전 열 시쯤에 나는 숲속으로 뛰어들어 정신없이 내달렸어. 두 악당은 내가 없어진 것을 곧 알아차리고 나를 쫓아오기 시작

"놈은 너희들이 왔다갔다하는 걸 보았지……"

했지. 놈들은 총을 갖고 있었지만, 나한테 있는 거라고는 선원용 칼과 잘 뛰는 두 다리밖에 없었지.

놈들은 온종일 나를 추적했어. 나는 숲을 비스듬히 가로질러 건너편 호숫가에 도착했지만, 거기서 다시 아래로 내려가 호수 남쪽 끝을 돌아야 했지. 나는 놈들의 이야기를 엿듣고, 너희가 서쪽으로 흐르는 강 기슭에 살고 있다는 걸 알고 있었으니까.

그렇게 열심히 먼 거리를 달린 건 난생 처음이야. 낮 동안 무려 25킬로미터를 달렸으니까. 정말 대단하잖아? 하지만 놈들도 나만큼 빨리 달렸어. 물론 놈들의 총알은 발보다 훨씬 빨리 날아왔지. 몇 번이나 총알이 피융피융 소리를 내면서 내 귀를 스치고 지나갔어. 생각해봐! 나는 놈들의 비밀을 다 알고 있어! 내가 도망치면 놈들이 저지른 못된 짓도 다 밝혀지게 돼! 그래서 놈들은 무슨 수를 써서라도 나를 다시 붙잡으려고 했던 거야!

놈들이 총만 갖고 있지 않았다면 나는 한 걸음도 물러서지 않고 놈들과 맞서 싸웠을 거야. 그러면 내가 놈들을 죽였거나 놈들 손에 죽었겠지. 그 악당 놈들의 야영지로 돌아갈 바에는 차라리 죽는 게 낫다고 생각했어.

그래도 밤이 되면 놈들의 추적도 끝날 줄 알았는데, 그게 아니었어. 나는 벌써 호수 남쪽 끝을 돌아서 서쪽 호숫가를 따라 올라오고 있었는데, 포브스와 로크는 여전히 끈질기게 따라오고 있었지. 몇 시간 전부터 폭풍이 닥쳐올 기미가 보이더니, 그때쯤 드디어 천둥이 치기 시작했어. 그래서 도망치기가 더욱 어려워졌지. 강가의 갈대 숲에 몸을 숨겨도 번갯불 때문에 놈들한테 들킬

지도 모르니까.

드디어 강에서 백 걸음쯤 떨어진 곳까지 왔어. 무사히 강을 건 널 수 있다면, 강물이 두 놈의 추적을 막아주기만 한다면 살아난 거나 마찬가지라고 생각했지. 놈들은 눈앞에 프렌치 동굴이 있 는 것을 알고 있으니까 강을 건너면서까지 쫓아오지는 않을 것 같았어.

그래서 나는 강으로 달렸지. 그런데 막 강가에 닿으려는 순간 또다시 번개가 치면서 주위가 환해졌어. 놈들은 당장 총을 쏘았 지……."

"그게 우리가 들은 총소리인가?" 도니편이 물었다.

"그래!" 에번스가 다시 말을 이었다. "총알 하나가 내 어깨를 스쳤어. 나는 강물 속으로 뛰어들었지. 팔로 몇 번 물을 휘젓자 이쪽 강가에 닿았기 때문에 풀숲에 숨어 있었어. 그러자 로크와 포브스가 건너편 강가로 다가와서 이렇게 말하더군. '놈이 총에 맞았을까?' '틀림없이 맞았어.' '그럼 지금은 강바닥에 처박혀 있겠군.' '틀림없어. 지금쯤은 완전히 뒈졌을 거야!' '아이쿠, 속 시원해!' 그런 말을 나누고는 돌아갔어.

그래. 나도 정말 속이 시원해. 나쁜 놈들! 내가 죽었는지 어떤 지 이제 곧 알려주마…… 나는 잠시 숨어 있다가 풀숲에서 빠져 나와 벼랑 모퉁이 쪽으로 걸어와서 큰 소리로 불러보았지. 그러 자 동굴 문이 열리더군." 에번스는 호수 쪽을 가리키면서 덧붙였 다. "자, 이제 우리 힘으로 저 악당 놈들의 숨통을 끊고 이 섬에 서 몰아내자!"

"나는 강물 속으로 뛰어들었어……"

에번스가 힘차게 말했기 때문에 소년들은 에번스를 따를 결심을 굳혔다.

다음에는 소년들이 20개월 전부터 일어난 사건을 에번스한테 말해줄 차례였다. 소년들은 '슬루기' 호가 뉴질랜드를 떠나게 된 상황, 태평양을 가로질러 이 섬에 닿을 때까지의 긴 항해, 프랑스인 조난자의 유골을 발견하고 프렌치 동굴에 작은 식민지를 세운 경위, 여름 동안 섬을 탐험한 결과와 겨울을 나기 위한 준비 작업, 월스턴 일당이 오기 전에 누렸던 안전하고 평온한 생활 따위를 이야기했다.

"지난 20개월 동안 난바다를 지나간 배가 한 척도 없었다고?" 에번스가 물었다.

"적어도 우리는 보지 못했어요." 브리앙이 대답했다.

"신호가 될 만한 것은 만들지 않았니?"

"물론 만들었죠. 벼랑 꼭대기에 돛대를 세워두었어요."

"그런데 그것도 소용이 없었단 말이지?"

"예." 이번에는 도니펀이 대답했다. "하지만 한 달 반 전에 돛대를 내렸어요. 월스턴 일당의 주의를 끌지 않으려고."

"그건 잘했어! 하지만 그놈은 이제 이쪽 사정을 알고 있어! 그러니까 밤낮으로 경계를 게을리하면 안 돼!"

"왜 우리는 훌륭하고 양심적인 사람들이 아니라 하필이면 그런 못된 놈들을 상대하게 됐을까?" 고든이 말했다. "좋은 사람들이라면 우리도 기꺼이 도와주러 달려갔을 텐데. 그러면 이 식민지도 한결 충실해졌을 텐데! 하지만 앞으로는 전쟁이 기다리고 있어. 이건 목숨을 지키기 위한 전쟁이야. 결과가 어떻게 될지는 아무도 몰라!"

"하느님은 지금까지 너희를 지켜주셨으니까, 앞으로도 너희를 버리지 않으실 거야." 케이트가 말했다. "하느님이 이 용감한 에번스를 너희에게 보내주셨으니까, 이 사람과 힘을 합치면……."

"에번스 만세!" 소년들은 일제히 환성을 질렀다.

"나를 믿어도 돼." 에번스가 대답했다. "나도 너희를 믿고 있으니까, 우리가 힘을 합치면 살아날 수 있어. 약속할게."

"하지만 이 싸움을 피할 수 있다면…… 월스턴이 순순히 섬을 떠나겠다고 약속하면……." 고든이 말했다.

"고든, 그게 무슨 소리야?" 브리앙이 물었다.

"월스턴 일당이 배를 고칠 수 있었다면 벌써 섬을 떠났을 거라는 뜻이야. 안 그렇습니까, 아저씨?"

"아마 그렇겠지."

"틀림없이 그럴 겁니다. 그러니까 놈들과 협상하면 어떨까요? 놈들이 필요로 하는 연장을 빌려주면 놈들도 배를 수리해서 떠나겠다고 약속하지 않을까요? 살인자들과 협상하려면 속이 메스껍겠지만, 놈들을 쫓아버리고 전쟁을 막을 수만 있다면…… 싸움이 벌어지면 피를 볼 게 뻔하고…… 아저씨는 어떻게 생각하세요?"

에번스는 고든의 의견에 귀를 기울이고 있었다. 고든의 제안은 흥분에 사로잡혀 경솔하게 굴지 않는 실제적인 정신과 어떤 상황에서도 냉정하게 대처하는 성격을 보여주고 있었다. 에번스는 소년들 가운데 고든이 가장 신중한 것 같다고 생각했다. 그 생각은 틀리지 않았다. 그리고 고든의 의견은 충분히 논의해볼 만한 가치가 있었다.

"사실 악당들한테서 벗어날 수만 있다면 어떤 수단도 허용될 거야. 그러니까 놈들이 배를 수리해서 섬을 떠나기로 동의만 한다면, 결과가 어떻게 될지 모르는 전쟁을 시작하기보다는 훨씬 나을지도 모르지. 하지만 월스턴을 믿을 수 있을까? 너희가 그놈한테 협상을 제의하면, 놈은 그것을 기화로 이곳을 공격해서 너희 물건을 몽땅 빼앗으려 들지 않을까? 난파선에서 너희가 돈을 갖고 나왔을 거라고 생각지 않을까?

그 악당들은 너희가 도와주어도 거기에 보답하기는커녕, 그것을 거꾸로 이용해서 나쁜 짓을 할 생각밖에 하지 않을 거야! 그놈들 마음에는 고마움이라는 감정은 티끌만큼도 없어. 놈들과 협상하는 건 놈들한테 몸을 내맡기는 거나 마찬가지……."

"안 돼! 안 돼!" 백스터와 도니편이 외쳤다. 다른 소년들도 모두 안 된다고 입을 모아 외쳐서 에번스를 기쁘게 해주었다.

"협상은 그만두자." 브리앙이 말했다. "월스턴 일당과는 관계를 가지면 안 돼."

"그리고……" 에번스가 말을 이었다. "놈들이 원하는 건 연장만이 아니야. 탄약도 필요해! 물론 프렌치 동굴을 공격할 만큼의 탄약은 아직 충분히 갖고 있어. 하지만 총을 들고 다른 곳을 분탕질하고 다니려면 지금 남아 있는 탄약으로는 턱없이 부족해. 놈들은 너희한테 탄약을 요구할 거야. 틀림없어. 그러면 놈들한테 탄약을 넘겨줄 거야?"

"절대 안 됩니다." 고든이 대답했다.

"그러면 놈들은 강제로 빼앗으려 할 거야. 놈들과 협상하는 건 전쟁을 조금 뒤로 미룰 뿐이야. 게다가 탄약을 빼앗기면 지금보다 훨씬 불리한 조건에서 싸워야 돼."

"맞습니다, 아저씨!" 고든이 말했다. "방비를 강화하고 적을 기다립시다!"

"그래. 그게 가장 좋은 대책이야. 적이 쳐들어올 때까지 기다리자. 그리고 기다리는 데에는 또 한 가지 이유가 있어. 나는 오히려 그 이유가 더 중요하다고 생각하지만……."

"그게 뭔데요?"

"너희도 알다시피 월스턴은 론치를 수리하지 않으면 섬을 떠날 수 없어."

"물론 그렇죠." 브리앙이 대답했다.

"그 배는 완전히 수리할 수 있어. 그건 장담해도 좋아. 월스턴이 수리를 체념하고 있는 건 연장이 없기 때문이야."

"연장만 있었다면 벌써 멀리 가버렸을 텐데!" 백스터가 말했다.

"그래. 그런데 너희가 배를 수리할 수 있도록 연장을 빌려주고, 월스턴이 프렌치 동굴을 약탈할 생각을 버린다 해도, 역시 놈은 너희들 걱정은 눈곱만큼도 하지 않고 서둘러 섬을 떠나버릴 거야."

"당장 섬을 떠나주면 좋잖아요!" 서비스가 소리쳤다.

"천만에!" 에번스가 놀란 듯이 말했다. "월스턴이 섬을 떠나버

리면 우리는 어떻게 이 섬을 탈출하지? 론치를 놈들이 타고 가버
리면 배가 없잖아."

"그럼······" 고든이 물었다. "아저씨는 그 배를 타고 섬을 떠나
실 작정인가요?"

"물론이지."

"론치가 태평양을 건너 뉴질랜드까지 갈 수 있단 말인가요?"
도니펀이 물었다.

"태평양이라고? 아니야. 멀지 않은 항구까지 론치를 타고 간
다음, 거기서 오클랜드로 돌아갈 기회를 기다리면 돼!"

"그게 정말입니까?" 브리앙이 몸을 내밀었다.

그와 동시에 두세 명의 소년도 에번스에게 질문을 퍼부으려
했다.

"그런 론치로 어떻게 수백 킬로미터를 항해할 수 있죠?" 백스
터가 물었다.

"수백 킬로미터라고? 천만에! 기껏해야 50킬로미터만 가면
돼!"

"그럼 이 섬은 망망대해에 떠 있는 외딴섬이 아닌가요?" 도니
펀이 물었다.

"서쪽은 망망대해지. 하지만 남쪽과 북쪽과 동쪽은 좁은 해협
일 뿐이니까, 넉넉잡고 60시간이면 너끈히 건너갈 수 있어."

"그럼 가까이에 육지가 있을 거라고 생각한 건 잘못이 아니었
군요?" 고든이 말했다.

"물론이지. 동쪽에는 아주 넓은 육지가 펼쳐져 있는걸."

"역시 동쪽이야!" 브리앙이 외쳤다. "나는 동쪽에서 하얀 점과 불빛 같은 걸 보았어요!"

"하얀 점이라고?" 에번스가 되물었다. "그건 빙하일 거야. 그리고 그 불빛은 분화하는 화산이 분명해. 그 화산의 위치는 틀림없이 지도에 실려 있을 거야. 도대체 너희는 여기가 어디라고 생각한 거냐?"

"태평양의 외딴섬인 줄 알았어요!" 고든이 대답했다.

"섬인 건 확실하지만, 외딴섬은 아니야. 이 섬은 남아메리카 연안에 있는 수많은 군도 가운데 하나지. 너희는 이 섬의 곶이나 만이나 강에 너희들 나름대로 이름을 붙인 모양인데, 이 섬에는 어떤 이름을 붙였지?"

"체어먼 섬이에요. 우리 기숙학교 이름을 땄어요." 도니펀이 대답했다.

"체어먼 섬? 그럼 이 섬은 이름을 두 개나 갖게 되겠군. 이 섬에는 벌써 하노버라는 이름이 붙어 있으니까 말이다."

소년들은 여느 때처럼 불침번을 세운 다음 잠자리에 들었다. 에번스의 잠자리는 거실에 마련되었다.

소년들은 그날 밤 이중으로 흥분하여 좀처럼 잠을 이루지 못했다. 하나는 끔찍한 전쟁에 대한 두려운 예감이었고, 또 하나는 집으로 돌아갈 수 있을지도 모른다는 기대감이었다.

에번스는 하노버 섬의 정확한 위치를 지도로 설명해주는 것을 이튿날로 미루었다. 모코와 고든이 불침번을 서는 가운데 프렌치 동굴의 밤은 조용히 지나갔다.

27

마젤란 해협—해협을 둘러싸고 있는 육지와 섬들—온갖 기항지—
장래 계획—무력이냐 계략이냐—가짜 조난자—친절한 대접—
밤 11시부터 12시까지—에번스의 총격—케이트의 중재

남아메리카 대륙 남쪽 끝에 있는 약 600킬로미터 길이의 해협
은 대서양 쪽의 비르헤네스 곶에서 태평양 쪽의 필라레스 곶까
지 동쪽에서 서쪽으로 크게 구부러진 곡선을 그리고 있다. 그 해
협은 들쭉날쭉한 해안 사이에 끼여 있어서, 해발 1000미터에 이
르는 산들이 해협을 굽어보고 있다. 수많은 후미에는 배가 피난
할 수 있는 항구가 많기 때문에 음료수를 쉽게 보급할 수 있는 급
수장도 많다. 연안의 울창한 숲에는 사냥감이 많이 살고, 수많은
후미에는 수많은 폭포가 요란한 소리를 내며 떨어진다. 동쪽이
나 서쪽에서 오는 배는 에스타도스 섬과 푸에고 섬 사이에 있는
레마이레 해협보다 이 해협을 지나는 것이 지름길이고, 혼 곶을
도는 것보다 폭풍을 만날 위험도 적다. 이 해협이 바로 저 유명한
포르투갈의 항해가 마젤란이 1520년에 발견한 마젤란 해협이다.

그후 반세기 동안 마젤란 해협 부근을 찾아온 것은 스페인 사람뿐이었다. 그들은 브런즈윅 반도에 파민 항이라는 거류지를 세웠다. 스페인 사람에 이어 드레이크와 캐번디시, 치들리, 호킨스 같은 영국인이 찾아왔다. 이어서 웨르트와 코르트, 노르트, 레마이레, 스호우텐 같은 네덜란드인이 왔고, 레마이레와 스호우텐은 1610년에 레마이레 해협을 발견했다. 그리고 1696년부터 1712년 사이에 드젠과 보슈네 구앵, 프르지에 같은 프랑스인이 모습을 나타냈고, 그 이후에는 18세기 말의 유명한 항해가들인 앤슨, 쿡, 바이런, 부갱빌 등이 여기까지 찾아왔다.

그 무렵부터 마젤란 해협은 대서양과 태평양 사이를 오가는 배가 자주 이용하는 수로가 되었다. 특히 맞바람도 역류하는 조류도 아랑곳하지 않는 기선이 불리한 항해 조건에서도 바다를 건널 수 있게 된 뒤로는 이 해협을 드나드는 배가 많아졌다.

이튿날인 11월 28일, 에번스는 슈틸러의 지도에서 그 마젤란 해협의 위치를 소년들에게 알려주었다.

마젤란 해협 북쪽에는 남아메리카 대륙 남쪽 끝에 있는 파타고니아 지방과 킹 윌리엄 섬과 브런즈윅 반도가 있고, 해협 남쪽에는 이른바 마젤란 군도가 흩어져 있다. 푸에고 섬, 데솔라시온 섬, 클래런스 섬, 오스테 섬, 고든 섬, 나바리노 섬, 월래스턴 섬, 스튜어트 섬, 그밖에 그리 중요하지 않은 섬들이 에르미테 제도까지 이어져 있는 것이다. 이 에르미테 제도에서 태평양과 대서양 사이로 삐죽 튀어나온 곳을 혼 곶이라고 부르는데, 혼 곶은 남아메리카 대륙의 최남단이자 안데스 산맥의 최남단이다.

마젤란 해협의 동쪽은 파타고니아 지방의 비르헤네스 곶과 푸에고 섬의 에스피리투 산토 곶 사이에서 한두 군데 수로가 좁아지는 부분도 있지만, 그대로 대서양으로 이어져 있다. 그런데 서쪽에는 크고 작은 섬들과 해협, 좁은 수로, 후미 따위가 수없이 뒤섞여 있다. 마젤란 해협은 필라레스 곶과 레이나 아들레이다 제도 남단 사이에 있는 수로를 통해 태평양과 이어져 있다. 그 북쪽의 칠레 서해안에는 넬슨 해협에서 시작하여 초노스 군도와 칠로에 섬에 이르기까지 이루 헤아릴 수 없이 많은 섬들이 모여 있다.

에번스는 말을 이었다.

"마젤란 해협보다 훨씬 위쪽에 섬 하나가 있는 게 보이지? 이 섬 남쪽에는 케임브리지 섬, 북쪽에는 마드레 데 디오스 섬과 채텀 섬이 있는데, 그 사이에는 좁은 수로가 있을 뿐이야. 남위 51도에 자리잡고 있는 이 섬이 하노버 섬, 너희가 체어먼이라고 이름짓고 스무 달이 넘도록 살고 있는 바로 이 섬이지."

브리앙과 고든과 도니펀은 지도 위로 몸을 숙이고 신기한 듯 그 섬을 바라보고 있었다. 어떤 육지에서도 멀리 떨어져 있는 줄 알았는데, 남아메리카 대륙과 이렇게 가까이 있다니!

"이게 뭐야! 우리와 칠레 사이에는 좁은 바다밖에 없잖아!" 고든이 말했다.

"그래." 에번스가 받았다. "하지만 하노버 섬과 남아메리카 대륙 사이에는 이 섬과 같은 무인도밖에 없어. 그리고 대륙에 도착했다 해도 칠레나 아르헨티나의 도시로 가려면 수백 킬로미터를

브리앙·고든·도니펀은 지도 위로 몸을 숙이고……

걸어야 했을 거야. 너희는 녹초가 되어버릴 테고, 게다가 위험해. 남아메리카 대초원을 돌아다니는 푸엘체족이라는 인디오는 외부인을 별로 환영하지 않으니까.

그러니까 너희들이 지금까지 이 섬을 떠나지 못한 게 오히려 다행일지도 몰라. 필요한 물자를 모두 확보해서, 하느님의 가호로 모두 함께 섬을 떠날 수 있을 것 같으니까 말이다."

하노버 섬을 둘러싸고 있는 바다의 너비는 25킬로미터 내지 30킬로미터밖에 안 되는 곳도 있었다. 모코라면 날씨가 좋은 날 론치를 타고도 쉽게 건널 수 있었을 것이다. 브리앙과 도니펀이 섬 북부와 동부를 탐험했을 때 주위의 섬을 발견하지 못한 것은 그런 섬들의 표고가 아주 낮았기 때문이다. 하얀 점은 내륙 빙하였고, 분출하고 있는 화산은 마젤란 지방에 있는 화산이었다.

그리고 이것은 브리앙이 지도를 유심히 살펴보다가 깨달은 것인데, 소년들이 탐험한 해안은 공교롭게도 부근의 섬에서 가장 멀리 떨어진 지점이었다. 도니펀이 세번 해안에 도착한 날은 폭풍 때문에 수평선이 안개로 뒤덮여 있어서 아주 가까운 거리밖에 보이지 않았지만, 그렇지 않았다면 거기서 채텀 섬의 남해안을 볼 수 있었을 것이다.

하노버 섬 동해안의 실망만도 내륙 쪽으로 깊이 들어와 있기 때문에, 동강 어귀에서도 곰바위 위에서도 동쪽에 있는 작은 섬이나 30킬로미터쯤 떨어져 있는 에스페란스 섬이 보이지 않는다. 따라서 가까운 섬을 보려면 북곶이나 남곶으로 가야 했을 것이다. 북곶에서는 콘셉시온 해협 너머로 채텀 섬과 마드레 데 디

오스 섬이 보이고, 남곶에서는 레이나 아들레이다 제도와 케임브리지 섬을 볼 수 있을 것이다. 또한 구릉지대 옆에 있는 해안까지 가면 오언 섬의 산봉우리나 남동쪽의 빙하가 보인다. 그런데 소년들은 지금까지 한번도 그렇게 멀리까지 가본 적이 없었다.

프랑수아 보두앵이 이런 섬이나 육지를 왜 지도에 그려넣지 않았는지는 에번스도 납득이 가지 않았다. 그 프랑스인 조난자는 하노버 섬의 해안선을 꽤 정확하게 그렸으니까 섬을 한 바퀴 돈 것은 확실하다. 그렇다면 안개가 끼어서 몇 킬로미터 범위밖에 볼 수 없었을까? 결국 그렇게밖에는 생각할 수 없었다.

그런데 론치를 손에 넣어 수리하면, 에번스는 어느 쪽으로 갈 작정일까?

고든은 그 점을 에번스에게 물어보았다.

에번스는 이렇게 대답했다.

"나는 북쪽으로도 동쪽으로도 가지 않을 거야. 그보다는 이 섬의 서해안에서 남쪽으로 내려가는 게 가장 좋을 것 같아. 물론 적당한 바람이 안정되게 불어준다면 칠레 북쪽 연안에 있는 어느 항구에 도착할 수 있을 테고, 사람들도 따뜻하게 맞아주겠지. 하지만 그쪽 해안은 바다가 아주 거칠어. 반면에 섬과 섬 사이의 수로는 언제나 쉽게 항해할 수 있지."

"그렇군요." 브리앙이 고개를 끄덕였다. "그런데 그쪽 바다에서 사람이 살고 있는 도시나 마을을 찾을 수 있을까요? 거기서 우리나라로 돌아갈 방법을 찾을 수 있을까요?"

"그건 문제없어." 에번스가 대답했다. "지도를 봐. 레이나 아들레이다 제도를 지나서 스미스 해협을 빠져나가면 어디로 가게 되지? 마젤란 해협이잖아? 마젤란 해협 입구에 데솔라시온 섬의 타마르 항이 있어. 거기에만 도착하면 귀국길에 오른 거나 마찬가지야."

"그 항구에서 배를 만나지 못하면, 배가 올 때까지 기다려야 하나요?" 브리앙이 물었다.

"아니야. 배를 만나지 못하면 마젤란 해협 안쪽으로 좀더 들어가면 돼. 여기에 커다란 브런즈윅 반도가 있지? 이곳의 포테스큐 만에 갈란트 항이 있는데, 거기에는 대형 기선이 자주 드나들지. 좀더 멀리까지 가야 한다면 반도 남쪽의 포워드 곶을 돌면 돼. 거기에는 세인트 니콜라스 만과 부갱빌 만이 있는데, 마젤란 해협을 지나는 배들이 대부분 정박하는 곳이야. 좀더 안쪽으로 들어가면 파민 항이 있고, 그 북쪽에는 푼타아레나스 항이 있어."

에번스의 말이 옳았다. 일단 마젤란 해협으로 들어가면 기항지는 얼마든지 있을 것이다. 그곳에서는 오스트레일리아나 뉴질랜드로 가는 배를 만날 수 있을 테니까, 집으로 돌아가는 문제는 걱정하지 않아도 된다. 타마르 항이나 갈란트 항, 파민 항에서는 필요한 물자를 구할 수 없다 해도, 푼타아레나스 항은 생활에 필요한 모든 것을 갖추고 있다. 1849년에 칠레 정부가 세운 이 항구는 해안을 따라 마을이 늘어서 있고, 브런즈윅 반도의 울창한 숲속에 아름다운 교회 첨탑이 솟아 있다. 이 항구는 지금 크게 번창하고 있지만, 16세기 말에 생긴 파민 항은 쇠락하여 오늘날에는 쓸쓸한 어촌에 불과하다.

좀더 남쪽으로 내려가면 학술조사단이 자주 찾아오는 거류지가 있다. 나바리노 섬의 리위아 항이나 푸에고 섬 남쪽의 비글 해협에 있는 우수아이아 항 같은 곳이다. 우수아이아 항은 영국인 선교사들의 노력 덕분에 이 일대를 조사하는 탐험대의 근거지가 되고 있다. 프랑스인도 이 지방에 많은 자취를 남겼다. 마젤란 해협의 섬에 붙어 있는 뒤마 섬, 클루에 섬, 파스퇴르 섬, 샹지 섬, 크레비 섬 같은 이름이 그 증거다.

따라서 마젤란 해협에만 도착하면 소년들은 확실히 구조될 수 있을 것이다. 하지만 거기에 가려면 먼저 론치를 수리해야 하고, 그 배를 수리하려면 먼저 손에 넣어야 한다. 그리고 배를 손에 넣으려면 월스턴 일당을 해치워야 한다.

그 배가 도니편이 처음 발견한 세번 해안에 남아 있다면, 배를 손에 넣을 계획을 세울 수도 있었을 것이다. 월스턴 일당은 지금 당분간 세번 해안에서 25킬로미터나 떨어진 실망만 안쪽에 캠프를 치고 있으니까 그런 계획을 전혀 눈치채지 못했을 것이다. 해안을 따라 배를 끌고 가는 일은 월스턴이 할 수 있었으니까 에번스도 할 수 있을 것이다. 월스턴은 배를 동강 어귀로 끌고 갔지만, 그것을 질랜드 강 어귀로 끌고 와서 거슬러 올라 프렌치 동굴 근처까지 옮길 수도 있었을 것이다. 그러면 에번스의 지휘 아래 훨씬 좋은 조건에서 배를 수리할 수 있었을 것이다. 그리고 출항 준비를 갖춘 배에 탄약과 식량, 그밖에 버리고 가기 아까운 물건을 싣고 악당들이 쳐들어오기 전에 섬을 떠나버리면 된다.

불행히도 이 계획은 이제 실행할 수 없었다. 섬을 떠나는 문제는 악당들을 공격하든 쳐들어오는 악당들을 맞아 싸우든 무력으로 해결할 수밖에 없다. '세번' 호 선원들을 해치우지 않으면 론치를 빼앗아 섬을 떠날 방법이 없었다.

하지만 에번스는 식민지 소년들에게 절대적인 신뢰를 받고 있었다. 케이트가 열띤 어조로 몇 번이나 에번스에 대해 말해주었기 때문이다. 더부룩하게 자란 머리와 수염을 말끔히 깎은 에번스의 자신만만하고 성실한 태도는 소년들을 안심시켰다. 에번스는 정력적이고 용감할 뿐만 아니라 상냥하고 의지가 강하고 남을 위해 헌신할 수 있는 성격이었다.

케이트 말마따나 에번스는 정말로 하느님이 프렌치 동굴에 보내준 천사였고, 아이들밖에 없는 곳에 드디어 나타난 '진짜 어른' 이었다.

에번스는 악당과 맞서 싸울 경우에 사용할 수 있는 무기를 확인하고 싶어했다.

거실과 저장실의 배치는 방어하기에 적당하다고 에번스는 판단했다. 하나는 질랜드 강과 강둑을 내려다보고 있었고, 또 하나는 운동장과 호숫가를 한눈에 바라볼 수 있는 위치에 있었다. 문옆에는 창이 뚫려 있으니까, 몸을 숨긴 채 밖을 향해 총을 쏠 수도 있다. 총은 여덟 자루니까, 쳐들어오는 적을 한 놈씩 겨냥해서 발을 묶어놓을 수 있을 것이다. 적이 프렌치 동굴까지 바싹 다가오면 두 문의 대포로 포탄을 퍼부어도 된다. 백병전이 벌어지면 권총과 도끼·단검 따위를 사용할 수 있다.

에번스는 놈들이 문을 부수지 못하도록 브리앙이 실내에 돌멩이를 쌓아둔 것을 칭찬했다. 프렌치 동굴 안에서 수비만 하면 소년들은 상당한 힘을 발휘하겠지만, 밖에 나가 싸우면 놈들을 당해내지 못할 게 뻔하다. 일곱 악당은 힘도 세고 무기도 잘 다루고 태연히 사람을 죽일 만큼 흉포한 놈들이지만, 이쪽에서 싸울 수 있는 것은 열세 살부터 열다섯 살까지의 소년 여섯 명뿐이라는 사실을 잊어서는 안 된다.

"아저씨는 놈들이 무서운 악당이라고 생각하세요?" 고든이 물었다.

"물론이지. 아주 흉악한 놈들이야."

"한 사람은 그렇게 흉악하지 않아요." 케이트가 끼어들었다. "완전한 악당은 되지 않은 것 같아요. 내 목숨을 구해준 포브스 말이에요."

"포브스요?" 에번스가 되물었다. "천만에요! 놈도 똑같은 악당이에요! 못된 꼬임에 넘어갔는지, 동료들이 무서워서 그랬는지는 모르지만, 놈도 '세번' 호의 학살에 가담했어요. 게다가 그놈은 로크와 함께 나를 끝까지 쫓아왔잖습니까? 들짐승을 사냥하듯 나를 총으로 쏘았다고요. 내가 강물에 빠져 죽은 줄 알고 좋아한 놈이에요! 포브스도 다른 놈들보다 나을 게 없어요. 놈이 당신 목숨을 구해주었다면, 그건 당신이 아직 쓸모가 있다고 생각했기 때문이에요. 이 동굴로 쳐들어오게 되면, 포브스도 뒤에 물러나 있을 놈이 아니에요!"

그래도 며칠이 무사히 지나갔다. 오클랜드 언덕에서 망을 보는 소년들도 전혀 이상한 낌새를 채지 못했다. 에번스는 그것을 뜻밖으로 생각했다.

에번스는 월스턴의 계획을 알고 있었다. 일을 서두르는 게 월스턴에게는 이익이라는 것도 알고 있었다. 그런데 11월 27일부터 30일까지 눈에 띄는 움직임이 전혀 없는 것은 어찌된 일일까 하고 에번스는 의아하게 생각했다.

그때 문득 생각난 것이 있었다. 어쩌면 월스턴은 힘이 아니라 계략으로 프렌치 동굴에 들어오려는 게 아닐까? 그래서 에번스는 브리앙과 고든·도니펀·백스터에게 생각을 털어놓았다.

"우리가 이 동굴에 틀어박혀 있는 한 월스턴은 어느 문으로도 쳐들어올 수 없어. 안에서 누군가가 문을 열어주지 않는다면 말야! 그래서 월스턴은 계략을 써서 여기에 들어오려고 하는지도 몰라."

"어떻게요?" 고든이 물었다.

"아마 이런 방법일 거야…… 너희들도 알다시피, 월스턴은 이 동굴을 공격하려는 악당 두목이야. 그런데 놈을 악당 두목으로 고발할 수 있는 것은 케이트와 나뿐이야. 하지만 놈은 우리가 둘 다 죽었다고 믿고 있어. 케이트는 배가 난파했을 때 파도에 휩쓸려 죽었고, 나는 로크와 포브스의 총에 맞고 강물에 빠져 죽은 줄 알고 있어. 놈들이 골칫거리가 없어져서 속이 시원하다고 좋아 했다는 건 너희들도 알고 있겠지. 그러니까 월스턴은 너희가 아직 아무것도 모른다고, '세번' 호 선원들이 이 섬에 있는 줄도 모른다고 생각할 게 분명해. 그래서 일당 가운데 한 놈이 프렌치 동굴에 나타나면, 너희는 그놈이 조난자인 줄 알고 기꺼이 맞아들일 거라고 생각할 거야. 그런데 그런 악당이 일단 여기에 들어오면 동료들을 끌어들이는 것은 식은 죽 먹기야. 그렇게 되면 우리는 도저히 당해낼 수 없어."

"알았습니다." 브리앙이 대답했다. "월스턴이나 그 일당이 조난자인 척하고 도움을 청해오면 총알을 대접해주지요, 뭐."

"모자를 벗고 정중히 맞아들이는 편이 낫지 않을까?" 고든이 말했다.

"그래! 그거 좋은 방법이야." 에번스가 말했다. "어쩌면 그게 나을지도 몰라. 계략에는 계략으로 맞서는 거야. 놈이 절대 성공하지 못하게 하자!"

그렇다. 되도록 신중하게 행동하는 편이 낫다. 실제로 일이 잘되어서 에번스가 '세번' 호의 론치를 되찾을 수 있다면 이 섬을 탈출할 날도 멀지 않았다. 하지만 아직도 많은 위험이 기다리고 있다. 소년들이 뉴질랜드로 떠날 때 모두 함께 갈 수 있을까?

이튿날 오전은 아무 일도 없이 지나갔다. 에번스는 도니펀과 백스터를 데리고 오클랜드 언덕 기슭에 우거져 있는 숲으로 들어가 덫숲 쪽으로 1킬로미터쯤 올라가면서 주변을 정찰했다. 하지만 이상한 것은 하나도 눈에 띄지 않았다. 그들을 따라간 판도 에번스에게 경계심을 불러일으킬 만한 기색은 전혀 보이지 않았다.

그런데 날이 저물기 조금 전에 경보가 울렸다. 벼랑 위에서 망을 보고 있던 웨브와 크로스가 허둥지둥 달려와, 두 사내가 호수 남쪽에서 질랜드 강 건너편 쪽으로 다가오고 있는 것을 보았다고 말했다.

케이트와 에번스는 상대에게 들키지 않도록 조심하면서 곧바로 저장실로 달려가, 작은 창으로 다가오는 두 사내를 관찰했다. 그들은 월스턴 일당인 로크와 포브스였다.

"역시 놈들은 계략을 쓸 작정이군." 에번스가 말했다. "조난에서 겨우 살아남은 선원인 체하고 여기 나타날 거야."

"어떡하죠?" 브리앙이 물었다.

"정중하게 맞아들이자." 에번스가 대답했다.

"저런 악당을 환영한다고요?" 브리앙은 화가 나서 소리를 질렀다. "난 도저히 못해요!"

"내가 맡지." 고든이 말했다.

"좋아, 고든." 에번스가 말했다. "케이트와 내가 여기 있다는 것을 놈들이 눈치채지 못하게 해. 우리는 결정적인 순간에 나타날 테니까."

에번스와 케이트는 복도의 고방 안으로 들어가 문을 닫았다. 곧이어 고든과 브리앙과 도니편과 백스터는 질랜드 강 쪽으로 달려갔다. 두 사내는 네 소년을 보고는 깜짝 놀란 체했다. 고든도 그에 못지않게 놀란 척했다.

로크와 포브스는 기진맥진한 태도로 다가왔다. 두 사내가 강가까지 오자, 강을 사이에 두고 이런 대화가 오갔다.

"누구세요?"

"조난자야. '세번' 호의 론치를 타고 있다가 섬 남쪽에서 조난을 당했어."

"영국인이세요?"

"아니, 미국인이야."

"그럼 동료들은요?"

"모두 죽었어. 우리 둘만 겨우 살아남았지. 하지만 완전히 지쳐버렸어. 그런데 너희들은 도대체 누구지?"

"이 섬에 정착한 이주민이에요."

"이주민이라면 우리를 불쌍히 여기고 도와줄 수 없을까? 우리는 아무것도 없는 빈털터리니까."

"조난자는 언제나 남의 도움을 받을 권리가 있지요." 고든이 말했다. "잘 오셨어요."

고든의 신호에 따라 모코가 강기슭에 묶어둔 보트에 타고 노를 저어가서 두 사내를 태우고 돌아왔다.

아마 월스턴은 두 사람을 고를 수밖에 없었겠지만, 로크의 얼굴은 아무리 보아도 남에게 신뢰감을 줄 수 있는 얼굴이 아니었다. 관상을 보는 데 익숙지 않은 아이들한테도 한눈에 경계심을 자아낼 만한 얼굴이다. 로크는 선량한 사람 같은 표정을 지으려고 열심히 노력하긴 했지만, 그 좁은 이마와 넓은 뒤통수와 튀어나온 주걱턱은 그야말로 전형적인 악당의 얼굴이었다.

포브스는 케이트 말마따나 인간다운 감정이 완전히 사라지는 않은 듯, 로크보다는 나은 인상을 갖고 있었다. 아마 그 때문에 월스턴이 포브스를 로크에게 딸려 보냈을 것이다.

가짜 조난자인 두 사내는 열심히 조난자 역할을 연기하고 있었다. 그래도 소년들이 자세한 점을 캐물으면 의심받을 거라고 생각했는지, 자기들은 너무 피곤해서 식욕도 나지 않으니까 우선 쉬고 싶다면서 하룻밤 재워달라고 부탁했다. 두 사내는 곧 프렌치 동굴로 안내되었다. 동굴 안으로 들어가자 두 사내는 역시 살피는 듯한 눈으로 둘러보았다. 고든은 그것을 놓치지 않았다. 두 사내는 소년들이 갖고 있는 온갖 무기와 창에 설치된 대포를 보고 상당히 놀란 눈치였다.

로크와 포브스가 조난에서 살아남은 모험담을 내일로 미루고 빨리 자고 싶다고 했기 때문에, 소년들도 조난자를 환영하는 이 주민의 역할을 계속할 필요가 없었다. 그런 연기를 하는 것이 싫어서 견딜 수 없었지만…….

"우리 잠자리는 건초 한 다발만 깔면 충분해." 로크가 말했다. "하지만 너희를 방해하고 싶지 않으니까, 다른 방이 있으면……."

"있어요." 고든이 대답했다. "부엌으로 쓰는 방이 있으니까, 내일까지 거기서 주무세요."

로크와 포브스는 저장실로 안내되었다. 그들은 저장실 문이 강을 내려다보고 있는 것을 확인한 뒤, 방 안을 재빨리 둘러보았다.

소년들은 가엾은 두 조난자를 더없이 친절하게 대해주었다. 두 악당은 여러 가지로 머리를 쓰지 않아도 저렇게 천진한 아이들을 해치우는 것쯤은 문제없다고 생각했을 것이다.

이리하여 로크와 포브스는 저장실 구석에 드러누웠다. 물론 이 방에는 모코도 잘 테니까 단둘이 있는 것은 아니었다. 하지만 모코한테는 신경도 쓰지 않았다. 모코가 잠든 척 자기들을 감시하면 눈 깜짝할 사이에 목을 졸라 죽여버릴 작정이었다. 약속된 시간에 로크와 포브스는 저장실 문을 열기로 되어 있었다. 그러면 네 명의 동료를 데리고 강둑에서 기다리고 있던 월스턴이 당장 프렌치 동굴로 쳐들어와 점령할 계획이었다.

9시쯤, 로크와 포브스가 잠들었다고 여겨질 무렵, 모코가 저장실로 들어와 바로 잠자리에 들었다. 언제라도 위급을 알릴 준비는 되어 있었다.

다른 소년들은 거실에 남아 있었다. 복도로 통하는 저장실 문이 닫히자 에번스와 케이트도 거실로 돌아왔다. 상황은 에번스가 예측한 대로 진행되고 있었다. 에번스는 월스턴이 침입할 기회를 엿보면서 프렌치 동굴 부근에 잠복해 있을 거라고 생각했다.

"경계를 게을리하지 마!" 에번스가 말했다.

그러는 동안 두 시간이 지났다. 모코는 로크와 포브스가 계획을 내일로 미룬 게 아닐까 생각했다. 바로 그때 저장실 안쪽에서 희미한 소리가 나는 것을 듣고 모코는 흠칫 놀랐다.

천장에 매달린 등잔이 방에 어슴푸레한 빛을 던지고 있었다. 그 불빛 속에서 로크와 포브스가 잠자리를 빠져나와 문 쪽으로 살금살금 기어가는 것이 보였다.

그 문은 안쪽에 커다란 돌멩이를 쌓아올려 튼튼하게 보강되어 있었다. 무너뜨리는 것이 불가능하지는 않지만 상당히 어려운 바리케이드였다.

그래서 두 악당은 돌멩이를 하나씩 들어올려 오른쪽 벽 앞에 늘어놓기 시작했다. 문 안쪽의 바리케이드는 몇 분 만에 완전히 치워졌다. 이제 빗장만 빼면 프렌치 동굴에는 누구나 마음대로 드나들 수 있다.

로크와 포브스가 문 쪽으로 기어가는 것이 보였다

하지만 로크가 빗장을 빼고 문을 열려는 순간 손 하나가 로크의 어깨를 움켜잡았다. 로크가 돌아보니 등불빛을 받은 에번스의 얼굴이 바로 눈앞에 있었다.

"에번스!" 로크가 소리쳤다. "네놈이 어떻게 여기……."

"모두 이리 와!" 에번스가 외쳤다.

소년들은 당장 저장실로 달려갔다. 우선 가장 힘이 센 백스터와 윌콕스·도니펀·브리앙이 포브스를 잡아눌러 움쭉달싹도 못하게 했다.

로크는 재빨리 에번스를 밀치고 칼을 휘둘렀다. 칼은 에번스의 왼팔을 가볍게 스쳤다. 로크는 열린 문으로 뛰쳐나갔다. 하지만 로크가 열 걸음도 채 달리기 전에 총성이 울렸다.

에번스가 총을 쏜 것이다. 하지만 총알은 도망치는 로크한테 빗맞은 모양이다. 비명 소리가 들리지 않았기 때문이다.

"제기랄! 놓쳐버렸어!" 에번스가 소리를 질렀다. "하지만 한 놈은…… 어쨌든 적을 한 놈은 줄일 수 있겠군!"

에번스는 단검을 든 손을 치켜들었다.

"제발 살려줘…… 목숨만 살려줘……."

소년들 손에 붙잡혀 바닥에 짓눌린 사내는 처량한 소리로 애원했다.

"그래요. 살려줍시다. 에번스!" 케이트도 에번스와 포브스 사이에 끼어들면서 말했다. "이 사람을 용서해줘요. 내 목숨을 구해주었으니까."

"좋아요!" 에번스가 대답했다. "당신 말대로 하죠. 적어도 당

에번스가 총을 쏜 것이다

분간은!"

포브스는 손발이 꽁꽁 묶인 채 복도의 고방에 갇혔다.

소년들은 저장실 문을 닫아걸고 다시 돌멩이로 바리케이드를 쌓은 다음, 날이 밝을 때까지 경계 태세를 늦추지 않았다.

28

포브스를 심문하다—상황—정찰 계획—양쪽의 전력 비교—
캠프의 흔적—사라진 브리앙—도니펀이 브리앙을 구하다—중상—
프렌치 동굴 쪽에서 들려온 비명 소리—모코의 포격

그날 밤에는 잠을 못 자서 모두 피곤했지만, 이튿날 쉬려고 하는 사람은 아무도 없었다.

월스턴은 계략이 실패했기 때문에 이제 힘으로 프렌치 동굴을 점령하려 할 것이다. 에번스의 총알을 용케 피한 로크는 벌써 동료들한테 돌아갔을 것이고, 계략이 들통난 이상 문을 부수고 프렌치 동굴로 쳐들어갈 수밖에 없다고 보고했을 것이다.

날이 밝자마자 에번스와 브리앙·도니펀·고든은 조심스럽게 거실에서 나왔다. 해가 뜨자 아침 안개는 이슬로 바뀌고 호수가 자태를 드러냈다. 동쪽에서 불어오는 산들바람이 수면에 잔물결을 일으키고 있었다. 프렌치 동굴 부근은 덫숲 쪽도 질랜드 강 쪽도 조용했다. 사육장에서는 여느 때처럼 가축들이 오락가락하고 있었다. 운동장을 뛰어다니고 있는 판도 별다른 기색을 보이지 않았다.

에번스는 우선 땅바닥에 사람 발자국이 남아 있는지 조사해보았다. 발자국은 많이 발견되었다. 특히 프렌치 동굴 근처에 발자국이 많았다. 발자국은 여러 방향으로 엇갈려 있어서, 어젯밤 월스턴 일당이 강가에까지 와서 저장실 문이 열리기를 초조하게 기다리며 서성거린 것을 분명히 보여주었다.

모래 위에는 핏자국이 하나도 보이지 않았다. 그것은 에번스가 쏜 총알이 로크에게 상처 하나 입히지 못했음을 말해주는 증거였다.

그런데 한 가지 의문이 생겼다. 월스턴은 로크와 포브스처럼 호수 남쪽을 돌아 프렌치 동굴로 왔을까, 아니면 호수 북쪽에서 내려왔을까. 북쪽에서 내려왔다면, 로크는 일당을 만나기 위해 덫숲 쪽으로 달아났을 것이다.

이 점을 확인할 필요가 있었기 때문에, 월스턴이 어느 쪽에서 오는지 알기 위해 포브스를 심문하기로 했다. 그런데 포브스가 순순히 말할까? 순순히 말한다 해도 과연 사실대로 털어놓을까? 케이트가 목숨을 구해준 것을 고맙게 여기고 마음속에서 조금이나마 인간다운 감정이 눈을 떴을까?

에번스는 포브스를 직접 심문하려고 거실로 돌아갔다. 그러고는 포브스를 가두어둔 고방 문을 열고 손발을 풀어준 뒤 거실로 데려왔다.

"이봐, 포브스." 에번스가 말을 꺼냈다. "로크와 네가 생각한 계략은 실패로 끝났어. 너는 월스턴의 계획이 어떤 것인지 알고 있겠지. 대답해봐."

포브스는 고개를 숙이고 있었다. 에번스와 케이트와 소년들 앞에 끌려와 눈도 들지 못한 채 침묵만 지키고 있었다.

케이트가 입을 열었다.

"포브스, 당신은 '세번' 호에서 살인이 벌어졌을 때 동료들을 설득해서 나를 살려주었어요. 조금은 동정심이 남아 있다는 것을 보여주었죠. 그렇다면 그 흉악한 살인자들한테서 이 아이들을 구해주고 싶은 마음은 없나요?"

포브스는 아무 대답도 하지 않았다.

"포브스." 케이트가 다시 말을 이었다. "당신은 어젯밤 죽어도 별수없었는데, 이 아이들은 당신을 살려주었어요. 당신 마음에서 인간성이 완전히 사라지지는 않았잖아요! 나쁜 짓은 지금까지 실컷 했으니까, 이제부터는 좋은 일을 하려고 생각해도 되잖아요! 지금까지 얼마나 무서운 죄를 지었는지 생각해봐요!"

숨막힌 듯한 한숨이 포브스의 입에서 새어나왔다.

"도대체 내가 뭘 할 수 있다는 거야?" 포브스가 우물거리는 목소리로 대답했다.

그러자 에번스가 말했다.

"어젯밤에 어떤 계획을 세웠는지, 앞으로는 어떻게 할 예정인지 가르쳐주면 돼. 월스턴을 기다리고 있었나? 놈들은 문이 열리면 당장 여기로 쳐들어올 작정이었겠지?"

"그래." 포브스가 대답했다.

"그리고 너를 따뜻하게 맞아준 이 아이들을 죽일 계획이었겠지?"

포브스는 고개를 더욱 깊이 숙였다. 대답할 기력도 없는 듯했다.

"월스턴 일당은 어느 길로 여기까지 왔지?" 에번스가 질문을 계속했다.

"호수 북쪽에서." 포브스가 대답했다.

"로크와 너는 남쪽으로 돌아서 왔지?"

"그래."

"놈들은 섬의 다른 곳을 조사했나? 서쪽은 어때?"

"아직."

"지금은 어디 있지?"

"몰라."

"또 알고 있는 건 없어?"

"없어, 에번스. 난 아무것도 몰라."

"월스턴이 또 올 거라고 생각해?"

"그래."

월스턴 일당은 에번스의 총격에 겁을 먹은 데다 계략이 들통 난 것을 알았기 때문에, 멀찌감치 물러가서 더 좋은 기회를 노리고 있을 것이다.

포브스한테서는 더 이상 정보를 끌어낼 수 있을 것 같지 않다. 그래서 에번스는 포브스를 다시 고방에 가두고 밖에서 문에 단단히 빗장을 질렀다.

상황은 여전히 심각했다. 지금 월스턴은 어디에 있을까? 덮숲에서 야영하고 있을까? 포브스는 월스턴이 지금 어디에 있는지 정말로 몰라서 말할 수 없었거나, 알면서도 말하고 싶어하지 않았다. 하지만 그 점을 확인해두는 것이 바람직했다. 위험을 수반하는 일임에는 틀림없지만, 그래도 에번스는 덫숲 주변을 정찰하기로 결심했다.

정오 무렵 모코가 포브스에게 먹을 것을 갖다주었다. 포브스는 고방에 드러누운 채 음식에는 거의 손도 대지 않았다. 그 악당의 마음속에서는 무슨 일이 일어나고 있을까? 후회가 눈을 뜨기 시작했을까? 그것은 알 수 없었다.

점심을 먹은 뒤 에번스는 덫숲까지 정찰하러 갈 계획을 소년들에게 털어놓았다. 무슨 수를 써서라도 월스턴 일당이 아직 프렌치 동굴 부근에 있는지 어떤지를 알 필요가 있다고 에번스는 생각했다. 소년들은 두말없이 이 제안을 받아들이고, 모든 사태에 대비하여 만반의 준비를 갖추었다.

포브스가 붙잡혔으니까 월스턴 일당은 이제 여섯 명으로 줄었다. 반면에 식민지에는 열다섯 명의 소년이 있고, 케이트와 에번스를 포함하면 모두 열입곱 명이다. 하지만 전투에 직접 참가할 수 없는 아이들은 셈에서 빼야 한다.

그래서 에번스가 정찰하러 나간 동안, 어린 아이버슨과 젱킨스 · 돌 · 코스타는 백스터의 감독을 받으며 케이트 · 모코 · 자크와 함께 거실에 남게 되었다.

상급생인 브리앙과 고든 · 도니펀 · 크로스 · 서비스 · 웨브 · 윌콕스 · 가넷은 에번스와 동행하기로 했다. 여덟 명의 소년이 건장하고 난폭한 여섯 사내와 맞서는 것은 공정한 승부라고 말할 수 없을 것이다. 하지만 소년들은 저마다 총과 권총을 한 자루씩 갖고 있는 반면, 월스턴 일당은 '세번' 호에서 가져온 총 다섯 자루를 갖고 있을 뿐이다. 따라서 이런 조건이라면 멀리 떨어져서 싸우는 편이 소년들에게 훨씬 유리할 것 같았다. 사격의 명수인 도니펀과 윌콕스와 크로스의 총솜씨는 미국인 선원보다 훨씬 뛰어났기 때문이다. 게다가 소년들은 탄약도 충분히 갖고 있었지만, 에번스의 말에 따르면 월스턴 일당의 탄약은 조금밖에 남지 않았다고 한다.

오후 2시에 에번스의 지휘 아래 정찰대가 편성되었다. 백스터·자크·모코·케이트와 어린 아이들은 프렌치 동굴에 틀어박혀 문을 모두 닫아걸었다. 다만 만약의 경우 정찰대가 급히 피난할 수 있도록 바리케이드는 쌓지 않았다.

프렌치 동굴의 남쪽과 서쪽은 걱정할 필요가 없었다. 월스턴 일당이 서쪽에서 오려면 우선 슬루기 만으로 나가서 질랜드 강을 거슬러 올라와야 한다. 그러려면 시간이 너무 많이 걸린다. 또한 포브스의 대답에 따르면 월스턴은 호수 북쪽에서 내려왔다니까, 섬의 서부 지역은 전혀 모를 것이다. 적이 북쪽에서 쳐들어올 수밖에 없다면 에번스가 배후에서 기습당할 염려는 없었다.

에번스와 소년들은 오클랜드 언덕 기슭을 따라 조심스럽게 걸음을 옮겼다. 덤불과 울창한 나무 덕분에 모습을 드러내지 않고 숲에 도착할 수 있었다.

에번스는 언제나 앞장서려는 도니펀의 성급한 열정을 억누르고 선두로 나섰다. 프랑스인 조난자의 유골이 묻혀 있는 작은 무덤을 지나자, 에번스는 숲을 비스듬히 가로질러 패밀리 호수 쪽으로 가까이 가는 편이 좋겠다고 판단했다.

고든은 판이 제멋대로 뛰쳐나가지 못하게 하려고 애썼지만 뜻대로 되지 않았다. 판은 귀를 쫑긋 세우고 코를 땅바닥에 대고 무언가를 찾고 있는 것 같았다. 이윽고 판이 발자국 같은 것을 발견했다.

"조심해!" 브리앙이 말했다.

"알았어." 고든이 대답했다. "이건 짐승 발자국이 아니야. 판의 태도를 봐!"

"풀숲으로 들어가자." 에번스가 말했다. "도니펀은 총을 잘 쏘니까, 악당이 적당한 거리에 나타나면 반드시 명중시켜! 총을 쏠 필요가 없을 때는 절대로 쏘지 마!"

잠시 후 정찰대는 덫숲 가장자리에 도착했다. 그곳에 반쯤 탄 삭정이와 아직 채 식지 않은 재가 남아 있었다. 누군가가 쉬다가 방금 떠난 흔적이었다.

"월스턴 일당은 여기서 하룻밤을 보낸 게 분명해." 고든이 말했다.

"몇 시간 전까지 여기 있었던 모양이군." 에번스가 말했다. "벼랑 쪽으로 돌아가는 게 좋겠다."

그 말이 채 끝나기도 전에 오른쪽에서 총성이 울렸다. 총알 하나가 브리앙의 머리를 스치고, 그가 기대서 있던 나무줄기에 박혔다.

거의 동시에 또 한 발의 총성이 울리더니, 곧이어 비명 소리가 들렸다. 쉰 걸음쯤 떨어진 나무 그늘에 검은 그림자 같은 것이 털썩 쓰러졌다.

첫 번째 사격으로 연기가 피어오른 곳을 향해 도니펀이 총을 쏜 것이다.

벌써 판이 그쪽으로 달려가기 시작했고, 도니펀도 강한 흥분에 사로잡혀 그 뒤를 따랐다.

"가자!" 에번스가 외쳤다. "도니펀 혼자 싸우게 내버려둘 수는 없어."

잠시 후 도니펀을 따라잡은 그들은 풀숲 속에 쓰러져 있는 사내를 둘러쌌다. 그 사내는 이미 살아 있는 기미를 보이지 않았다.

"파이크야." 에번스가 말했다. "죽었군. 오늘 악마가 사냥을 하러 나왔다면 이 악당을 데려가주겠지. 어쨌든 이걸로 적이 한 놈 줄었어."

"다른 놈들도 멀리 있지는 않을 겁니다." 고든이 말했다.

"물론이지. 그러니까 모습을 보이면 곤란해. 무릎을 꿇고 고개를 숙여!"

이번에는 위쪽에서 세 번째 총성이 울렸다. 서비스가 재빨리 고개를 숙이지 않았기 때문에 총알이 서비스의 이마를 스쳤다.

"다쳤니?" 고든이 소리치며 서비스에게 달려왔다.

"괜찮아. 아무것도 아니야." 서비스가 대답했다. "살짝 스쳤을 뿐이니까."

이렇게 되면 뿔뿔이 흩어지지 않는 것이 중요했다. 파이크가 죽었어도 월스턴 일당은 아직 다섯 명이나 남아 있고, 가까운 나무 뒤에 숨어 있는 게 분명했다. 그래서 에번스와 소년들은 풀숲에 몸을 웅크리고 밀집 대형을 갖추어, 어느 쪽에서 공격해와도 반격할 수 있는 태세를 갖추었다.

그때 갑자기 가넷이 소리를 질렀다.

"브리앙은 어디 있지?"

"아까부터 안 보여!" 윌콕스가 말했다.

과연 브리앙이 어디론가 사라져버렸다. 판이 더욱 격렬하게 짖어대는 것으로 보아 그 용감한 소년은 월스턴 일당과 백병전을 벌이고 있는지도 모른다.

"브리앙! 브리앙!" 도니펀이 불렀다.

소년들은 모두 충동적으로 판을 따라 달려갔다. 에번스도 소년들을 말릴 수 없었다. 그들은 이 나무에서 저 나무로 몸을 숨기면서 전진했다.

"조심하세요, 아저씨!" 갑자기 크로스가 외치고는 땅바닥에 몸을 던져 납작 엎드렸다.

에번스는 본능적으로 고개를 숙였다. 그 순간 총알이 머리 위를 아슬아슬하게 스치고 지나갔다.

에번스가 다시 고개를 들었을 때 악당 한 놈이 숲속으로 도망치는 게 보였다. 어젯밤에 놓친 로크였다.

"이번에는 네 차례다, 로크!" 에번스가 외쳤다.

그러고는 총을 쏘았지만, 로크는 발 밑의 땅이 갑자기 꺼져버린 것처럼 순식간에 모습을 감추어버렸다.

"또 놓쳤나?" 에번스는 소리를 질렀다. "빌어먹을! 정말 재수

크로스는 땅바닥에 몸을 던져 납작 엎드렸다

가 없군!"

이런 일은 모두 몇 초 사이에 일어났다. 가까운 곳에서 느닷없이 개 짖는 소리가 들렸다. 거의 동시에 도니펀의 목소리가 울려퍼졌다. 도니펀은 이렇게 외치고 있었다.

"힘내, 브리앙! 힘내!"

에번스와 다른 소년들은 도니펀의 목소리가 들려온 쪽으로 달려갔다. 스무 걸음쯤 떨어진 곳에서 브리앙이 코프와 격투를 벌이고 있었다.

그 악당은 브리앙을 땅바닥에 쓰러뜨리고 단검으로 찌르려고 했다. 위기일발의 순간, 도니펀이 코프에게 덤벼들었다. 권총을 빼들 겨를도 없었다.

단검이 도니펀의 가슴을 꿰뚫었다. 도니펀은 비명도 지르지 못하고 그 자리에 쓰러졌다.

코프는 에번스와 가넷과 웨브가 도망칠 길을 막으려 하는 것을 알아차리고는 북쪽으로 달아나기 시작했다. 그 악당을 향해 몇 발의 총알이 일제히 날아갔다. 하지만 코프는 모습을 감추어 버렸다. 판도 코프를 따라잡지 못하고 되돌아왔다.

브리앙은 땅에서 일어나자마자 도니펀에게 달려가 머리를 끌어안고 정신을 차리게 하려고 애썼다.

에번스와 다른 소년들도 서둘러 총에 총알을 장전하고 두 사람 곁으로 달려왔다.

사실 싸움은 처음부터 월스턴에게 불리하게 전개되고 있었다. 파이크는 죽었고, 코프와 로크는 부상을 입어 싸울 수 있는 상태가 아니었기 때문이다.

하지만 불행히도 도니펀이 가슴을 찔려버렸다. 어쩌면 치명상인지도 모른다. 눈은 감겨 있고, 얼굴은 밀랍처럼 새하얗다. 몸은 꼼짝도 하지 않았고, 브리앙이 부르는 소리도 들리지 않는 모양이었다.

에번스는 도니펀의 몸 위에 허리를 굽히고는 윗옷을 벌리고 피에 물든 셔츠를 찢었다. 왼쪽 가슴의 네 번째 갈비뼈에 작은 세모꼴의 상처가 나 있고, 거기에서 피가 흘러나오고 있었다. 칼끝이 심장에 닿았을까? 그럴 리는 없다. 도니펀은 아직 숨을 쉬고 있지 않은가? 하지만 허파를 다쳤을지도 모른다. 호흡이 몹시 약해져 있었기 때문이다.

"동굴로 옮기자!" 고든이 말했다. "거기에 가지 않으면 치료할 수가 없어."

"도니펀을 살려야 돼." 브리앙이 외치듯이 말했다. "아아, 도니펀! 나를 위해서 그런 위험을 무릅쓰다니!"

에번스도 도니펀을 프렌치 동굴로 데려가는 데 찬성했다. 게다가 싸움도 일단 끝난 것 같았다. 월스턴 일당은 형세가 불리하다고 판단하고 덫숲 안쪽으로 도망쳐 들어가, 다시 싸울 태세를 갖추기로 한 모양이다.

에번스가 가장 걱정한 것은 월스턴과 브랜트와 쿡이 보이지 않는 것이었다. 이들 셋은 일당 중에서도 가장 흉악한 놈들이었다.

도니펀의 상태가 심각했기 때문에, 몸이 흔들리지 않도록 조심스럽게 운반할 필요가 있었다. 그래서 가넷과 서비스가 서둘러 나뭇가지로 들것을 만들어 도니펀을 그 위에 눕혔지만, 도니 펀은 여전히 의식을 되찾지 못했다. 네 소년이 조용히 들것을 들어올렸고, 나머지 사람들은 총을 손에 들고 들것을 에워쌌다.

일행은 곧장 오클랜드 언덕 기슭까지 돌아왔다. 호숫가를 따라 내려가는 것보다 벼랑을 따라가는 편이 안전했다. 벼랑을 따라가면 왼쪽과 뒤쪽만 조심하면 된다. 그래도 이 힘든 행진을 방해하는 일은 아무것도 일어나지 않았다. 이따금 도니펀이 괴로운 듯 숨을 내쉬면 고든은 행렬을 멈추고 도니펀의 호흡을 확인한 다음 다시 걸음을 옮겼다.

이런 상태로 전체 거리의 4분의 3을 통과했다. 이제 프렌치 동굴까지는 천 걸음도 채 남지 않았다. 하지만 동굴의 입구는 불쑥 튀어나온 너설에 가려져 있어서 아직 보이지 않았다.

그때 갑자기 질랜드 강 쪽에서 외침 소리가 들려왔다. 판이 그쪽으로 달려갔다.

월스턴과 브랜트와 쿡이 프렌치 동굴로 쳐들어온 게 분명했다.

나중에 알았지만 그때의 상황은 이러했다.

로크와 코프와 파이크가 덩숲에 숨어서 에번스가 이끄는 정찰대를 유인하는 사이에 월스턴과 브랜트와 쿡은 징검다리 개울의 마른 냇바닥을 거슬러 올라가 오클랜드 언덕 위로 올라갔다. 그러고는 벼랑 위를 지나 질랜드 강둑으로 통하는 골짜기를 따라서 프렌치 동굴의 저장실 입구 근처로 내려갔다. 거기까지만 가면, 바리케이드가 없는 문을 부수고 쳐들어가는 것은 간단했다.

에번스와 소년들은 참사가 일어나기 전에 프렌치 동굴로 돌아갈 수 있을까.

에번스는 재빨리 결단을 내렸다. 크로스와 웨브와 가넷을 도니펀 곁에 남겨두고, 고든·브리앙·서비스·월콕스와 함께 지름길을 따라 동굴로 달려갔다. 몇 분 만에 그들은 운동장이 보이는 곳에 이르렀다. 거기서 그들의 눈에 들어온 광경은 모든 희망을 빼앗아버렸다.

월스턴이 거실에서 한 아이를 붙잡아 강 쪽으로 끌고 가는 참이었다.

그 아이는 자크였다. 케이트가 월스턴에게 덤벼들어 자크를 빼앗으려고 했지만 소용이 없었다.

잠시 후, 이번에는 브랜트가 어린 코스타를 안고 거실에서 나와 역시 강 쪽으로 데려가려고 했다. 그러자 백스터가 뛰쳐나와 브랜트에게 덤벼들었지만, 브랜트의 발길에 채어 땅바닥에 고꾸라졌다.

돌과 젱킨스와 아이버슨은 보이지 않았다. 모코도 보이지 않았다. 동굴 안에서 이미 죽었는지도 모른다.

그러는 동안에도 월스턴과 브랜트는 강 쪽으로 성큼성큼 다가가고 있었다. 헤엄을 치지 않고 강을 건널 방법이 있는 것일까? 그렇다. 방법이 있었다. 보트 옆에서 쿡이 기다리고 있었기 때문이다. 쿡이 프렌치 동굴 안에 넣어둔 보트를 끌어낸 것이다.

악당들이 강을 건너버리면 도저히 따라잡을 수 없게 된다. 소년들이 퇴로를 막기 전에 놈들은 볼모로 잡힌 자크와 코스타를 데리고 곰바위의 야영지로 돌아가버릴 것이다.

그래서 에번스와 브리앙·고든·크로스·윌콕스는 미친 듯이 달렸다. 악당들이 강을 건너 안전지대로 달아나기 전에 운동장에 도착해야 한다. 지금 있는 곳에서 악당들에게 총을 쏘면 자크나 코스타도 총에 맞을 위험이 있었다.

하지만 판이 이미 악당들을 따라잡았다. 판은 브랜트에게 덤벼들어 목을 물고 늘어졌다. 브랜트는 개를 떨쳐내려고 할 수 없이 코스타를 놓아주었다. 그러는 동안에도 월스턴은 자크를 보트 쪽으로 질질 끌고 갔다.

그때 갑자기 한 사내가 거실에서 뛰쳐나왔다.

포브스였다.

포브스는 고방 문을 억지로 열고 나와서, 동료들에게 돌아가려는 것일까? 월스턴은 그렇게 생각했다.

"이쪽이야, 포브스! 빨리 와! 빨리!" 월스턴이 소리쳤다.

에번스는 걸음을 멈추고 총을 조준했다. 그때 포브스가 월스턴에게 덤벼드는 것이 보였다.

월스턴은 뜻하지 않은 공격에 허를 찔려, 저도 모르게 자크의 손을 놓아버렸다. 하지만 돌아서면서 단검을 휘둘러 포브스를 찔렀다. 포브스는 월스턴의 발치에 쓰러졌다.

순식간에 일어난 일이었다. 에번스와 브리앙·고든·서비스·윌콕스는 그때 운동장에서 백 걸음 떨어진 곳에 있었다.

월스턴은 다시 자크를 붙잡아 보트로 끌고 가려고 했다. 그곳에서는 쿡이 간신히 판을 떨쳐버린 브랜트와 함께 월스턴을 기다리고 있었다.

그러나 윌스턴은 자크를 붙잡을 수 없었다. 권총을 몰래 지니고 있던 자크가 윌스턴의 가슴팍에다 총을 쏘았기 때문이다. 윌스턴은 중상을 입고 동료들 쪽으로 기어갔다. 두 부하는 두목을 부축하여 보트에 태우고 힘껏 배를 밀어냈다.

그 순간 무시무시한 소리가 울려 퍼지더니 산탄이 비오듯 쏟아져 강물을 때렸다.

모코가 저장실 창에서 대포를 쏜 것이다.

이리하여 덫숲 속으로 사라진 두 악당을 제외하면 체어먼 섬은 '세번' 호의 살인자 일당한테서 해방되었다. 보트는 질랜드 강을 따라 바다 쪽으로 떠내려갔다.

자크는 월스턴의 가슴팍에다 총을 쏘았다

29

전투가 끝나고—전투의 영웅들—불행한 사내의 최후—덤불숲 수색—
도니편의 회복—배 수리—2월 5일의 출발—질랜드 강을
내려가다—슬루기 만을 떠나다—체어먼 섬의 마지막 곶

체어먼 섬의 소년들에게 새로운 시대가 시작되었다.

지금까지는 위험한 상황에서 생활을 안정시키기 위해 싸웠지만, 이제는 섬을 떠날 준비를 하면서 가족과 고향으로 돌아가기 위해 마지막 노력을 기울이게 되었다.

악당들과 싸우는 동안 온갖 사건이 잇따라 일어나 격렬한 흥분에 사로잡힌 뒤였기 때문에, 소년들이 허탈감에 빠진 것은 자연스러운 반응이었다. 모두가 이 믿기 어려운 승리에 짓눌린 듯했다. 위험이 사라지자, 그것은 생각했던 것보다 훨씬 큰 위험이었던 듯이 여겨졌다.

실제로 위험은 상당히 컸다. 물론 덤불숲 언저리에서 첫 번째 전투가 벌어진 뒤 형세가 어느 정도 유리해진 것은 사실이다. 하지만 뜻밖에도 포브스가 가세하지 않았다면 월스턴과 쿡과 브랜트는 유유히 달아날 수 있었을 것이다. 악당들이 자크와 코스타를 계속 붙잡고 있었다면, 악당들만이 아니라 두 소년도 포탄에 맞아 죽을 테니까, 모코도 감히 대포를 쏠 수 없었을 것이다. 두 소년이 볼모로 잡혀갔다면 그후 무슨 일이 일어났을까? 자크와 코스타를 구하기 위해 악당들의 어떤 요구에도 응할 수밖에 없었을 것이다.

그때의 상황을 냉정하게 돌이켜보면 소년들은 생각만 해도 몸이 오싹해졌다. 하지만 그 두려움도 오래 계속되지는 않았다. 로크와 코프가 그후 어떻게 되었는지는 알 수 없지만, 체어먼 섬의 대부분은 다시 안전한 곳이 되었다.

전투의 영웅들은 당연한 칭찬을 받았다. 모코는 때를 잘 맞춰서 대포를 쏘았다. 자크는 침착하게 권총으로 월스턴을 쏘았다. "나한테도 권총이 있었다면 자크처럼 쏠 수 있었을 텐데" 하고 말한 코스타도 칭찬을 받았다. 하지만 유감스럽게도 코스타는 권총을 갖고 있지 않았다.

판까지도 칭찬을 듬뿍 받았다. 모두 판의 머리를 쓰다듬어주었고, 모코는 골수가 들어 있는 큼지막한 뼈다귀를 상으로 주었다.

모코가 대포를 쏜 뒤, 브리앙은 들것을 지키고 있는 소년들에게 서둘러 돌아갔다. 잠시 후 도니펀은 의식을 되찾지 못한 채 프렌치 동굴로 돌아왔다. 에번스는 포브스를 저장실의 간이침대에 눕혔다. 케이트와 고든·브리앙·윌콕스와 에번스가 밤새도록 두 부상자 곁에 붙어앉아 보살폈다.

도니펀이 중상을 입은 것은 한눈에 알 수 있었다. 그래도 상당히 규칙적으로 숨을 쉬는 것으로 보아, 코프의 단검이 폐에 구멍을 내지는 않은 모양이었다. 케이트는 상처를 치료하기 위해 미국 서부에서 자주 쓰이는 나뭇잎을 이용했다. 그것은 질랜드 강기슭에 자라는 오리나무 잎이었다. 그 잎을 으깨서 상처에 붙이면 곪는 것을 막는 효과가 있었다. 무엇보다 곪는 것이 가장 위험했다. 하지만 월스턴의 칼에 배를 찔린 포브스에게는 이 고약도 효과가 없었다. 포브스는 자신이 치명상을 입은 것을 알아차리고 있었다. 의식을 되찾았을 때 포브스는 옆에서 자기를 치료해주고 있는 케이트에게 중얼거렸다.

"고맙습니다, 친절한 케이트! 정말 고마워요…… 하지만 치료해도 소용없습니다. 나는 이제 틀렸어요."

그의 눈에서 눈물이 흘러내렸다.

이 불행한 사내도 마지막에는 뉘우침에 사로잡혀, 마음속에 남아 있던 선량함이 움직였을까? 그렇다! '세번' 호의 살육에 가담했을 때는 악마의 속삭임에 마음을 빼앗겼지만, 소년들을 덮친 무서운 운명을 목격하고는 분노를 폭발시켜 소년들을 위해 목숨을 내던진 것이다.

"희망을 가지게, 포브스." 에번스가 포브스를 격려해주었다. "자네는 이미 죄값을 치렀어. 틀림없이 살 수 있을 거야."

하지만 그렇게 되지 않았다. 이 불운한 사내는 죽어가고 있었다. 정성껏 간호했지만 그의 상태는 눈에 띄게 나빠졌다. 통증이 잠깐 가라앉으면 포브스는 케이트와 에번스를 불안한 눈으로 바라보았다. 그는 과거의 생활을 속죄하듯 피를 흘리고 있었다.

새벽 4시쯤 포브스는 완전히 쇠진해졌다. 그는 죄를 회개하고, 많은 사람과 신에게 용서를 빌면서 죽어갔다. 하느님은 그에게 긴 고통을 면하게 해주었다. 그는 거의 아무런 고통도 없이 숨을 거두었다.

이튿날 에번스와 소년들은 프랑스인 조난자가 잠들어 있는 무덤 옆에 구덩이를 파고 포브스를 묻었다. 이제는 두 십자가가 두 무덤이 있는 곳을 나타내고 있었다.

그러나 로크와 코프가 아직 살아 있다면 위험은 여전히 남아 있었다. 두 악당이 소년들을 해칠 염려가 사라지지 않는 한 완전히 안전하다고 말할 수 없다.

그래서 에번스는 곰바위로 떠나기 전에 로크와 코프를 처치하기로 결심했다.

고든·브리앙·백스터·윌콕스와 에번스는 총을 들고 덫숲을 수색하러 갔다. 판도 데려갔다. 발자국을 찾을 때는 개의 후각에 의존하는 것이 상책이다.

이 수색은 어렵지도 않았고, 오래 걸리지도 않았다. 게다가 위험하지도 않았다. 두 악당에 대해서는 이제 조금도 걱정할 필요가 없었다. 덫숲 덤불에 묻은 핏자국은 코프가 지나간 길을 알려주었다. 코프는 총에 맞은 곳에서 수백 걸음 떨어진 곳에 시체가 되어 누워 있었다. 전투가 시작되자마자 죽은 파이크의 시체도 그 자리에 남아 있었다.

로크는 마치 땅이 꺼진 것처럼 갑자기 사라졌는데, 에번스는 이제야 그 이유를 알 수 있었다. 그 악당은 치명상을 입은 뒤, 윌콕스가 전에 파놓은 함정 속으로 굴러떨어진 것이다.

에번스와 소년들은 세 악당의 주검을 그 함정에 묻고, 무덤도 만들어주었다. 이어서 그들은 이제 아무것도 걱정할 필요가 없다는 좋은 소식을 가지고 동굴로 돌아왔다.

도니펀만 중상을 입지 않았다면 소년들은 완전한 기쁨을 맛보았을 것이다. 소년들의 마음은 희망을 향해 활짝 열렸을 것이다.

이튿날 에번스와 고든·브리앙·백스터는 당장 실행에 옮겨야 할 계획을 의논했다. 무엇보다 중요한 일은 '세번' 호의 론치를 되찾는 것이다. 그러려면 곰바위에 가서 한동안 머물 필요가 있었다. 그곳에서 배를 수리해야 하기 때문이다.

그래서 에번스와 브리앙과 백스터가 호수를 건너 동강을 따라 곰바위까지 가기로 했다. 이 길이 가장 안전하고 빠른 지름길이었다.

월스턴 일당이 탄 보트는 질랜드 강의 강물이 소용돌이치고 있는 곳에서 발견되었는데, 산탄은 보트 위를 스쳐 지나갔을 뿐이어서 배는 전혀 손상되지 않았다. 그래서 '세번' 호의 론치를 수리하는 데 필요한 연장과 식량·탄약·총을 이 보트에 실었다.

12월 6일 아침, 보트는 비스듬히 뒤쪽에서 불어오는 산들바람을 받으며 에번스의 지휘 아래 호숫가를 떠났다. 보트는 상당히 빠른 속도로 호수를 건넜다. 돛을 조종하는 밧줄을 늦추거나 잡아당길 필요가 없을 만큼 바람이 안정되게 불었다. 11시 반도 되기 전에 브리앙은 에번스에게 작은 강어귀를 가리켰다. 호수의 물은 그 어귀를 지나 동강으로 흘러들고 있었다. 배는 썰물의 도움을 받아 동강을 내려갔다.

론치는 동강이 바다와 만나는 개어귀에서 그리 멀지 않은 곰바위 옆 모래톱에 누워 있었다. 에번스는 수리해야 할 곳을 자세히 조사한 뒤 이렇게 말했다.

"부족한 것은 목재뿐이야. 그런데 프렌치 동굴에는 마침 '슬루기' 호 선체에서 떼어낸 목재가 있으니까, 이 배를 질랜드 강으로 끌고 갈 수 있다면……."

"저도 그렇게 생각했어요." 브리앙이 대답했다. "그런데 질랜드 강으로 끌고 가기는 어려운가요?"

"문제없어." 에번스가 말을 이었다. "월스턴은 이 배를 세번 해안에서 곰바위까지 끌고 왔으니까, 이곳에서 질랜드 강까지 끌고 갈 수도 있을 거야. 거기서는 훨씬 편하게 일할 수 있어. 수리가 끝나면 프렌치 동굴을 떠나 슬루기 만으로 나가서 바다를 건너는 거야."

이 계획을 실현할 수만 있다면, 확실히 그보다 좋은 계획은 생각할 수 없다. 그래서 세 사람은 이튿날 밀물이 들 때 보트로 론치를 끌고 동강을 거슬러 올라가기로 했다.

에번스는 우선 프렌치 동굴에서 가져온 뱃밥*으로 론치의 구멍을 막아 물이 새지 않게 했다. 이 일은 날이 저물기 전에 끝났다.

그날 밤은 동굴 속에서 조용히 보냈다. 도니펀과 세 소년이 처음 실망만을 탐험할 때 잠자리로 삼은 동굴이었다.

---

* 뱃밥: 방수를 위해 목조선의 널빤지 이음매를 메우는 밧줄 부스러기.

이튿날 새벽, 에번스와 브리앙과 백스터는 론치를 보트 뒤에 묶고 밀물을 탔다. 밀물이 계속되는 동안에는 노를 이용하여 강을 거슬러 올라갈 수 있었다. 하지만 썰물이 시작되자, 물이 스며들어 무거워진 배를 끌고 가기가 힘들었다. 오후 5시쯤에야 겨우 배는 패밀리 호수에 도착했다.

이런 상태로 밤중에 호수를 건너는 것은 무모하다고 에번스는 판단했다.

게다가 저녁이 되자 바람도 약해졌다. 하지만 여름에는 흔히 그렇듯이, 해가 뜨면 바람이 불기 시작할 것이다.

세 사람은 그곳에서 야영을 하기로 했다. 배불리 저녁을 먹은 다음, 너도밤나무 줄기에 머리를 기대고 곤히 잠들었다. 발치의 모닥불은 탁탁 소리를 내면서 아침까지 계속 타올랐다.

아침해가 호수를 비추기 시작하자마자 에번스가 소리쳤다.

"어서 배에 타!"

예상대로 해가 뜨자마자 북동풍이 불기 시작했다. 프렌치 동굴로 돌아가기에는 더 바랄 나위 없이 좋은 바람이었다.

돛이 펼쳐졌다. 보트는 뱃전까지 물에 잠긴 론치를 끌고 뱃머리를 서쪽으로 돌렸다.

호수를 가로지르는 동안 아무 일도 일어나지 않았다. 에번스는 론치가 가라앉을 경우 보트와 론치를 연결한 밧줄을 언제라도 자를 준비를 하고 있었다. 보트가 론치를 끌고 들어갈 염려가 있었기 때문이다. 사실 이것은 큰 걱정거리였다. 론치가 침몰해 버리면 언제 섬을 떠날 수 있을지 기약이 없다. 아마 체어먼 섬에서 다시 오랜 세월을 보내야 할 것이다.

오후 3시쯤, 드디어 오클랜드 언덕이 서쪽에 나타났다. 5시쯤 보트와 론치는 질랜드 강으로 들어가 낮은 강기슭에 닻을 내렸다. 만세 소리가 에번스 일행을 맞이했다. 프렌치 동굴에서는 에번스 일행이 며칠 뒤에나 돌아올 줄 알고 있었다.

그들이 없는 동안 도니펀의 상태가 다소 좋아져 있었다. 이 용감한 소년은 브리앙의 손을 맞잡아 반응을 보일 수도 있게 되었다. 폐는 전혀 다치지 않았기 때문에 숨을 쉬기도 한결 편해졌다. 음식은 엄격히 제한되어 있었지만, 체력이 회복되기 시작했다. 케이트가 두 시간마다 고약을 갈아준 덕에 상처도 아물어가고 있었다. 물론 완전히 회복되려면 오랜 시간이 걸릴 것이다. 그래도 도니펀은 강한 생명력을 가지고 있으니까 완전히 낫는 것은 시간 문제였다.

이튿날부터 당장 론치를 수리하는 작업이 시작되었다. 우선 배를 뭍으로 끌어올리기 위해 모두 팔을 걷어붙였다. 론치는 길이가 10미터, 가장 넓은 부분의 너비가 2미터니까, 케이트와 에번스를 포함한 열일곱 사람이 충분히 탈 수 있을 것이다.

이 작업이 끝나자 수리 작업은 순조롭게 진행되었다. 에번스는 훌륭한 선원일 뿐만 아니라 훌륭한 목수이기도 했기 때문에, 배를 수리하는 일에도 훤했다. 에번스는 백스터의 솜씨를 칭찬했다. 자재와 도구는 충분했다. '슬루기' 호 선체에서 떼어낸 목재를 이용하여 론치의 손상된 부분을 다시 만들 수 있었다. 마지막으로 송진을 입힌 뱃밥으로 선체의 이음매를 틀어막아 물이

보트와 론치는 낮은 강기슭에 닻을 내렸다

한 방울도 새지 않게 했다.

뱃머리 쪽에만 있던 갑판을 선체의 3분의 2쯤 되는 곳까지 연장하여, 날씨가 나쁠 때는 모두 갑판 밑으로 들어가 비바람을 피할 수 있게 했다. 물론 여름에는 날씨를 걱정할 필요가 없을 것이다. 배에 탄 사람들은 갑판 위든 아래든 마음대로 자리를 잡으면된다. '슬루기' 호의 돛대가 론치의 주돛대로 이용되었다. 케이트는 에번스의 지시에 따라 '슬루기' 호의 예비돛을 잘라서 뱃머리의 돛과 삼각돛, 고물에 달 보조돛을 만들었다. 이런 돛이 갖추어져 있으면 배는 더욱 안정을 유지할 수 있고, 바람이 어느 쪽에서불어도 그 바람을 이용하여 원하는 방향으로 나아갈 수 있을 것이다.

이런 작업은 한 달 남짓 지난 1월 8일에야 겨우 마무리되었다. 이제는 자질구레한 뒷마무리가 남아 있을 뿐이었다.

에번스는 배를 정비하는 일에 세심한 주의를 기울였다. 배는마젤라 해협 부근의 섬들 사이를 통과할 수 있어야 할 뿐 아니라, 수백 킬로미터를 항해할 수 있도록 해두는 게 좋다. 경우에 따라서는 브런즈윅 반도 동해안에 있는 푼타아레나스 항구까지 가야할지도 모르기 때문이다.

한 가지 말해두어야 할 것은, 배를 수리하는 작업이 한창일 때크리스마스와 1862년 새해 첫날을 축하하는 파티가 성대하게 열렸다는 사실이다. 소년들은 그것이 체어먼 섬에서 맞는 마지막새해가 되기를 간절히 바라고 있었다.

이 무렵 도니펀은 아직 쇠약하긴 했지만 많이 회복되어, 거실

작업은 한 달 남짓 지나서야 마무리되었다

에서 나올 수도 있게 되었다. 맑은 공기와 영양이 풍부한 음식 덕분에 도니펀은 눈에 띄게 체력을 회복했다. 이제 상처가 덧날 염려는 없었지만, 그래도 친구들은 도니펀이 몇 주의 항해를 견딜수 있을 만큼 건강해질 때까지 출발을 미룰 생각이었다.

그동안 프렌치 동굴에는 일상 생활의 리듬이 되돌아와 있었다. 그래도 공부나 토론회에는 다소 소홀해질 수밖에 없었다. 젱킨스와 아이버슨·돌·코스타 같은 하급생들은 여름방학을 맞은 기분이 들지 않았을까?

윌콕스와 크로스와 웨브는 늪늪과 덫숲에서 다시 사냥을 시작했다. 고든은 여전히 탄약을 아끼라고 잔소리를 했지만, 이제 사냥꾼들은 덫이나 올무를 쓰지 않았다. 그래서 여기저기서 총소리가 들리고, 모코의 식료품 창고에는 신선한 고기가 잔뜩 쌓였다. 덕분에 항해용 통조림을 축내지 않고 비축해둘 수 있었다.

도니펀이 식민지 수렵대장 자리에 복귀했다면, 탄약을 아끼는 것은 염두에도 두지 않고 정신없이 사냥감을 쫓아다녔을 것이다. 사냥에 가담하지 못하는 것이 얼마나 원통했을까. 하지만 지금은 체념할 수밖에 없었다. 경솔한 행동은 삼가야 한다.

1월의 마지막 열흘 동안, 에번스는 배에 짐을 실었다. 물론 소년들은 '슬루기' 호에서 가져온 물건을 모두 가져가고 싶어했지만, 그것을 다 실을 공간이 없었기 때문에 일부만 골라서 실을 수밖에 없었다.

우선 고든은 '슬루기' 호에서 모아둔 돈을 가져가기로 했다. 고국으로 돌아가려면 돈이 필요할 것이다. 모코는 17명의 식량을 준비했다. 항해는 3주쯤 걸릴 예정이지만, 푼타아레나스나 갈란트나 타마르 같은 항구에 도착하기 전에 무슨 사고가 일어나 섬에 상륙해야 할지도 모른다. 그럴 경우에 대비하여 식량을 넉넉히 실었다.

그리고 남은 탄약과 총기류를 밑창에 실었다. 도니편은 '슬루기' 호의 대포를 버리고 가지 말라고 부탁했다. 뱃짐이 너무 무거우면 도중에 버려도 좋으니까 일단 가져가보자는 것이었다.

브리앙은 갈아입을 옷 한 벌, 책꽂이에 있는 대부분의 책, 취사 도구(특히 저장실에 있었던 난로), 그리고 항해에 필요한 기구(선박용 시계, 망원경, 나침반, 속도측정기, 신호등, 고무보트 등)를 가져가기로 했다. 윌콕스는 그물과 낚싯대 중에서 항해하는 동안 낚시도구로 쓸 만한 것을 골랐다.

고든은 질랜드 강에서 길어온 민물을 여남은 개의 작은 통에 담았다. 이 물통은 배 밑바닥의 용골을 따라 가지런히 늘어놓았다. 남은 브랜디와 진, 그리고 알가로브 열매로 담근 술도 잊지 않고 실었다.

2월 3일, 드디어 짐을 싣는 작업도 끝났다. 이제는 출발 날짜를 정하는 일만 남았다. 도니편이 항해를 견딜 수 있다고 스스로 생각한다면…….

이 용감한 소년은 문제없다고 장담했다. 상처는 완전히 아물었고, 식욕도 왕성해서 과식하지 않도록 조심해야 할 정도였다. 이제는 브리앙이나 케이트의 팔에 매달려 날마다 몇 시간씩 운동장을 산책하고 있었다.

"출발하자…… 어서 출발해……." 도니펀이 말했다. "나는 하루라도 빨리 떠나고 싶어서 견딜 수가 없어. 바다로 나가면 완전히 건강해질 거야!"

출발일은 2월 5일로 결정되었다.

떠나기 전날, 고든은 기르던 가축들을 모두 풀어주었다. 과나코와 비쿠냐, 그리고 능에를 비롯한 새들은 지금까지 돌봐주어서 고맙다는 인사도 없이 앞다투어 달아나버렸다. 어떤 녀석은 쏜살같이 달려나갔고, 어떤 녀석은 날개를 파닥거리며 곧장 날아올랐다. 그만큼 자유에 대한 본능은 억누를 수 없는 것이다.

"배은망덕한 놈들!" 가넷이 소리쳤다. "그렇게 정성껏 돌봐주었는데!"

"세상이란 그런 거야." 서비스가 깨달음을 얻은 철학자라도 되는 양 익살맞은 투로 대답했기 때문에 모두 웃음을 터뜨렸다.

이튿날 소년들은 배에 올라탔다. 프렌치 동굴에서 쓰던 보트는 론치 꽁무니에 매달아 끌고 가기로 했다. 에번스는 그 보트를 거룻배로 이용할 작정이었다.

론치를 강가에 묶어둔 밧줄을 풀기 전에 브리앙과 소년들은 프랑수아 보두앵과 포브스의 무덤을 마지막으로 참배하여, 그 불행한 사람들을 위해 마지막 기도와 함께 작별 인사를 했다.

도니펀은 고물에서 키를 잡을 에번스 옆에 앉았다. 뱃머리에서는 브리앙과 모코가 돛의 방향을 바꾸는 밧줄을 잡고 있었다. 물론 질랜드 강을 내려갈 때는 바람보다 강물의 흐름을 타는 편이 좋았다. 오클랜드 언덕이 가로막혀 있어서 바람의 방향이 변덕스러웠기 때문이다.

나머지 사람들과 판은 마음대로 갑판 앞쪽에 자리를 잡았다.

밧줄이 풀리고 노가 물을 때렸다.

모두 만세 삼창을 외쳤다. 그들을 따뜻하게 맞아준 거처, 오랫동안 그들에게 안전한 피난처를 제공해준 프렌치 동굴을 향해 만세를 불렀다. 오클랜드 언덕이 강변에 우거진 나무들 뒤로 사라지는 것을 보았을 때 소년들은 가슴이 뭉클해졌다. 고든은 섬을 떠나는 게 몹시 섭섭했다.

배는 질랜드 강을 따라 내려갔다. 물살은 별로 빠르지 않았지만, 배는 강물의 흐름보다 빠른 속도를 낼 수가 없었다. 정오 무렵 늪숲 언저리까지 왔을 때 에번스는 결국 닻을 내릴 수밖에 없었다.

강의 이 언저리는 수심이 별로 깊지 않았다. 그래서 짐을 많이 실은 배는 여울에 좌초할 염려가 있었다. 밀물이 들기를 기다렸다가 썰물을 타고 내려가는 편이 좋다.

휴식은 여섯 시간 동안 계속되었다. 이 시간을 이용하여 배를 든든히 채웠다. 식사가 끝난 뒤, 윌콕스와 크로스는 남늪 쪽에서 도요새를 몇 마리 잡아왔다.

도니펀도 배 안에서 오른쪽 연안을 날아가는 메추라기 두 마리를 보기 좋게 떨어뜨렸다. 총 쏘는 솜씨는 완전히 회복된 것이다.

보트가 개어귀에 도착했을 때는 밤이 이슥해져 있었다. 어둠 속에서 암초지대를 지나는 것은 위험했기 때문에, 신중하고 노련한 선원인 에번스는 내일 동이 트기를 기다려 바다로 나가기로 했다.

조용한 밤이었다. 바람은 저물녘부터 잔잔해져 있었다. 해변에 사는 바다제비와 바다오리 같은 물새들이 둥지로 돌아가버리자 슬루기 만은 깊은 적막에 휩싸였다.

내일 육지에서 바다 쪽으로 바람이 불면 남늪 옆에 불쑥 튀어나온 곳까지 잔잔할 것이다. 그 바람을 이용하여 난바다로 30킬로미터쯤 나가야 한다. 난바다 쪽에서 바람이 불면 파도가 높아져서 항해하기가 어려울 것이다.

날이 밝자마자 에번스는 앞돛과 보조돛과 삼각돛까지 모두 펴게 했다. 배는 믿음직한 갑판장의 지휘 아래 질랜드 강에서 바다로 나갔다.

그 순간, 소년들은 모두 오클랜드 언덕으로 눈길을 돌렸다. 그리고 슬루기 만의 마지막 암초를 바라보았다. '미국 곶'을 돌아넘자 그 암초도 보이지 않게 되었다.

배 뒤쪽 활대에 영국 국기가 게양되고 포성이 울렸다. 만세 삼창이 그 뒤를 이었다.

여덟 시간 뒤, 배는 케임브리지 섬의 해변을 따라 체어먼 섬의 남곶을 돌아서 레이나 아들레이다 군도 사이로 들어갔다.

체어먼 섬 남쪽 끝에 있는 남곶이 드디어 북쪽 수평선 너머로 사라졌다.

30

수로 사이를 지나다 ― 마젤란 해협 ― 기선 '그래프턴' 호 ―
오클랜드로 돌아오다 ― 뉴질랜드 수도에서 받은 환영 ―
에번스와 케이트 ― 결말

마젤란 해협 부근의 섬들 사이에 그물처럼 얽혀 있는 수로를
지나는 이 항해를 자세히 설명할 필요는 없을 것이다. 이렇다
할 사건은 하나도 일어나지 않았다. 날씨는 아주 좋았고, 너비
가 10킬로미터 남짓한 이 수로에서는 돌풍이 불어도 큰 파도가
일지 않는다.

어느 수로에도 인적은 없었지만, 이 부근에서는 원주민과 만
나지 않는 편이 오히려 좋았다. 그 원주민들이 언제나 외지인을
환영하지는 않기 때문이다. 몇몇 섬에서 밤중에 한두 번 불빛이
보이기도 했지만, 원주민이 해변에 모습을 나타낸 적은 없었다.

2월 11일, 보트는 여전히 순풍을 받으며 레이나 아들레이다
섬의 서해안과 킹 윌리엄 섬 사이를 지나는 스미스 수로를 빠져
나가 마젤란 해협으로 들어갔다. 오른쪽에는 산타이네스 산의

날씨는 아주 좋았다

뾰족한 봉우리가 솟아 있고, 왼쪽의 보포르 만 안쪽에는 멋진 빙하가 층층이 쌓여 있었다. 브리앙이 하노버 섬—소년들은 여전히 체어먼 섬이라고 불렀다—동쪽에서 언뜻 본 것은 이 빙하의 꼭대기층이었다.

배 안에서는 만사가 순조롭게 돌아가고 있었다. 도니펀의 건강에는 바다 냄새를 머금은 공기가 무엇보다 좋았던 모양이다. 도니펀은 잘 먹고 잘 잤다. 친구들과 다시 로빈슨 크루소 같은 생활을 할 기회가 오면 다시 배에서 내려도 좋다고 장담할 만큼 건강해졌다.

2월 12일, 보트는 킹 윌리엄 섬 앞에 있는 타마르 항이 보이는 곳에 이르렀다. 타마르 항은 항구라기보다 후미라고 부르는 편이 좋겠지만, 그곳에는 사람이 있는 기미가 전혀 없었다. 그래서 에번스는 거기에 들르지 않고 타마르 곶을 돌아 마젤란 해협을 남동쪽으로 내려갔다.

오른쪽에는 길게 뻗은 데솔라시온 섬의 평탄하고 황폐한 해안이 이어지고 있었다. 체어먼 섬을 뒤덮고 있는 울창한 나무가 이곳에서는 한 그루도 찾아볼 수 없었다. 왼쪽에는 크루커 반도의 변덕스럽고 톱니처럼 들쭉날쭉한 해안선이 눈에 띄었다. 에번스는 그곳을 지나 남쪽의 포워드 곶을 돈 다음, 브런즈윅 반도 동해안을 따라 올라가 푼타아레나스 항까지 갈 작정이었다.

하지만 그렇게 멀리까지 갈 필요가 없었다.

2월 13일 아침, 뱃머리에 서 있던 서비스가 소리쳤다.

"오른쪽에 연기가 보여!"

"어부들이 때고 있는 모닥불 연기가 아닐까?" 고든이 물었다.

"아니야! 저건 기선의 연기야!" 에번스가 대답했다.

실제로 그쪽에 있는 육지는 너무 멀어서 모닥불 연기가 보일 리가 없었다.

브리앙은 앞돛대로 달려가 꼭대기로 올라갔다. 그러고는 외쳤다.

"배다! 기선이야!"

곧 기선이 보이기 시작했다. 그것은 900톤급 기선이었고, 시속 20킬로미터 정도의 속도로 달리고 있었다.

배에서 만세 소리가 일어났다. 동시에 신호용 총성도 울려 퍼졌다.

기선 쪽에서도 론치를 발견했다. 10분 뒤, 론치는 기선 '그래프턴' 호 옆에 닿았다. 그 기선은 오스트레일리아로 가는 길이었다.

'그래프턴' 호의 톰 롱 선장은 '슬루기' 호의 모험담을 듣게 되었다. 그런데 '슬루기' 호가 행방불명된 사건은 영국과 미국에서도 큰 화젯거리가 되어 있었다. 톰 롱 선장은 론치에 탄 사람들을 서둘러 자기 배에 태웠다. 게다가 오클랜드로 곧장 소년들을 데려다주겠다고 말했다. 그렇게 해도 항로에서 크게 벗어나는 것은 아니었다. '그래프턴' 호는 오스트레일리아 남부에 있는 멜버른으로 가고 있었기 때문이다.

기선은 역시 빨랐다. '그래프턴' 호는 2월 25일 오클랜드 항에 닻을 내렸다.

체어먼 기숙학교의 학생 15명이 뉴질랜드에서 7200킬로미터나 떨어진 곳까지 표류한 지 2년째 되는 날을 며칠 앞둔 날이었다.

살아 돌아온 아이들을 본 가족들의 기쁨은 말로는 도저히 표현할 수 없다. 가족들은 아이들이 태평양의 거친 파도에 휩쓸려 물귀신이 되어버렸다고 믿고 있었다. 하지만 폭풍에 밀려 남아메리카 해역까지 떠내려간 소년들은 한 명도 빠짐없이 모두 무사히 돌아왔다.

'그래프턴' 호가 조난한 소년들을 데려왔다는 소식은 순식간에 오클랜드 전역으로 퍼져갔다. 소년들이 부모의 품에 안겼을 때, 오클랜드 시민들은 모두 항구로 달려나와 환성을 지르고 박수를 보냈다.

모두가 체어먼 섬에서 일어난 사건을 얼마나 알고 싶어했던가!

이 호기심은 곧 채워졌다. 우선 도니펀이 몇 번이나 강연을 했다. 이 강연회가 대성공을 거두었기 때문에 도니펀은 우쭐한 기색을 감추지 못했다. 다음에는 백스터가 프렌치 동굴에서 꼼꼼히 기록한 일지가 출판되었는데, 뉴질랜드에서만 수천 부나 찍어내야 했다. 곧이어 전세계의 신문들이 이 일지를 번역하여 연재했다. '슬루기' 호 조난사건에 흥미를 갖지 않는 사람은 아무도 없었기 때문이다. 고든의 신중함, 브리앙의 헌신적인 행동, 도니펀의 대담무쌍함, 모든 소년들의 인내와 용기는 전세계 사람들의 칭찬을 받았다.

케이트와 에번스가 얼마나 열렬한 환영을 받았는지는 새삼 강조할 필요도 없다. 두 사람은 소년들을 구하기 위해 목숨을 걸었다. 그래서 일반인들이 모금 운동을 벌여 에번스에게 '체어먼' 호라는 상선을 선물했다. 에번스는 오클랜드를 모항으로 삼는다는 조건으로 이 배의 선주 겸 선장이 되었다. 항해를 마치고 뉴질랜드로 돌아올 때마다 에번스는 '그가 사랑하는 소년들'의 가족한테 진심 어린 환영을 받았다.

마음씨 좋은 케이트는 브리앙과 가넷과 윌콕스네 집, 그밖에도 많은 집에서 와달라는 부탁을 받았지만, 결국 도니펀네 집으로 가게 되었다. 케이트의 정성어린 보살핌 덕에 도니펀이 목숨을 구했기 때문이다.

이 이야기에는 '2년 동안의 방학'이라는 제목이 어울릴 듯싶은데, 어쨌든 이 이야기에서는 다음과 같은 교훈을 끌어낼 수 있을 것이다.

앞으로 어느 학교 학생들이 또다시 여기에 묘사된 것과 같은 방학을 보낼 염려는 없겠지만, 질서와 열성과 용기가 있으면 어떤 위험한 상황도 헤쳐나갈 수 있다는 점을 모든 독자들이 명심해주기 바란다. 특히 조난한 '슬루기' 호의 소년들이 온갖 시련과 고난을 겪으면서 단련되었기 때문에, 고국으로 돌아왔을 때 하급생은 상급생처럼, 상급생은 어른처럼 성숙해져 있었다는 점도 잊지 말기 바란다.

"쥘 베른은 과거의 낭만주의와
미래의 사실주의가 만나는
문학의 교차로에 서 있었다."
빅터 코헨, 〈컨템퍼러리 리뷰〉(1966년)에서

1. 쥘 베른과 그의 시대

쥘 베른(Jules Verne)은 과학의 시대가 시작될까 말까 한 1828년에 태어나 20세기가 막 시작된 1905년에 세상을 떠났다. 그러니 그는 19세기 사람이었다. 게다가 그는 기술자도 아니고 과학자도 아니었다. 그런데도 그는 20세기에 이룩된 놀라운 과학기술의 진보에 실질적으로 참여했다. 그는 영감을 받은 몽상가, 앞으로 인류에게 일어날 일을 오래전에 미리 '보고' 글로 쓴 예언자였기 때문이다.

베른의 주요 업적은 분명 동시대인들의 과학적·낭만적 열망을 표출한 것이었다. 그는 언뜻 보기에 불가능해 보일 수도 있는 것에다 기존 지식과 그럴듯한 추론을 적용하여, 독자 대중이 미래를 미리 맛볼 수 있게 해주었다. 하지만 그는 거기에서 그치지 않았다. 베른은 진보와 과학과 산업주의에 대한 믿음을 자극하는 한편, 산업

시대와 불가피하게 결부될 것으로 여겨진 비인간성과 비참한 사회 현실에서 벗어날 수 있는 탈출구를 제공했다.

하지만 무엇보다도 그는 뛰어난 몽상가였다. 그는 내면의 눈으로 본 장면들을 놀랄 만큼 정확하고 생생하게 묘사했기 때문에, 수많은 독자들도 저자만큼 또렷하게 그 장면들을 볼 수 있을 정도였다. '경이의 여행'(Voyages extraordinaires) 시리즈를 이루고 있는 60여 편(중편과 작가 사후에 발표된 작품을 포함하면 80편에 이른다)의 책을 보면, 지상이나 지하나 하늘에 그가 묘사하지 않은 곳이 한 군데도 없고, 실제 과학에서 이루어진 발전들 가운데 그가 풍부한 상상력으로 미래의 상황을 정확하게 예측하고 과감하게 이용하지 않은 것이 하나도 없었다.

간단히 말해서 쥘 베른은 이 세상에 'SF'(Science Fiction)를 가져다주었다. 물론 신기한 이야기는 오래전부터 존재해왔다. 베른이 한 일은 당시의 과학적 성취를 넘어서지만 인간의 꿈을 이루는 아이디어를 진지하게 다루고 체계적으로 개발한 것이었다. 그는 정보와 이야기를 결합했고, 이 새로운 공식을 근대 테크놀로지의 테두리 안에 도입함으로써 모험과 판타지를 과학소설로 변화시켰다.

하지만 베른이 문학에 이바지한 것이 과학소설뿐이라고 생각하는 것은 잘못이다. 좀더 자세히 살펴보면, 모험소설 작가들도 모두 베른에게 큰 빚을 지고 있다는 것을 알 수 있기 때문이다. 베른의 소설을 읽다 보면 작가는 동시대의 과학자나 탐험가들을 실명 그대로 등장시켜, 그들의 현재진행형 업적을 끊임없이 독자들에게 일깨운다. 그럼으로써 베른이 만들어낸 허구의 과학자들과 그들의 장래 계획도 독자들이 믿지 않을 수 없게 한다. 현재의 과학을 언급함으로써 미래의 과학을 '실재'시킨다고나 할까. 베른 연구의 권위자인 I.O. 에번스는 이런 기법의 소설을 일컬어 '테크니컬 픽션'이라고 불렀다.

이렇게 놀라운 상상력과 천재적인 통찰력을 가진 작가 쥘 베른은 어떤 사람이었는가? 그는 어떤 인생을 살았을까? 사실은 놀랄 만큼 평범하다.

쥘 베른은 1828년 2월 8일에 프랑스 북서부의 항구도시 낭트의 페이도 섬에서 태어났다. 낭트는 1598년에 앙리 4세가 '낭트 칙령'을 발표하여 36년간에 걸친 종교전쟁에 마침표를 찍은 곳으로 유명하지만, 대서양으로 흘러드는 루아르 강 연안에 위치한 지리적 여건 때문에 예로부터 해외무역 기지로 발달한 도시. 특히 18세기 초에는 프랑스의 잡화와 아프리카의 노예와 아메리카 대륙의 산물을 교환하는 이른바 '삼각무역'으로 프랑스 제1의 무역항이 되어 번영을 누렸다.

쥘 베른의 외가는 15세기에 귀족의 지위를 얻은 지방 명문 집안이지만, 일찍부터 낭트로 나와 해운업과 무역업에 종사하고 있었다. 쥘의 어머니 소피 드 라 퓌의 친할아버지는 유복한 선주였고 외할아버지는 항해사였다고 한다. 한편 베른 집안은 대대로 법관을 배출한 법률가 가문인데, 원래 낭트에 연고가 있었던 것은 아니지만 1825년에 쥘의 아버지 피에르가 낭트에 법률사무소를 차리고 이곳으로 이주했다. 이렇게 낭트에서 두 집안이 인연을 맺어, 이윽고 쥘이 태어나게 된 것이다.

그 무렵 낭트는 혁명기의 내란과 동인도회사 폐지 등의 영향으로 100년 전의 활기는 잃어버렸지만, 이국정서가 풍부한 항구도시로서 번영의 흔적을 간직하고 있었다. 그런 환경 속에서 태어나 자란 덕에 쥘 소년의 마음에도 일찍부터 바다와 이국에 대한 동경이 싹튼 모양이다.

그의 생애를 이야기할 때면 반드시 인용되는 에피소드가 하나 있다. 열한 살 때인 1839년, 동갑내기 사촌누이에게 연정을 품고 있던 쥘은 산호목걸이를 구해다 선물하려고 인도로 가는 원양선에 몰래 탔다가 배가 프랑스 해안을 벗어나기 직전에 루아르 강어귀에서 아버지에게 붙잡혀 호된 꾸지람을 들었다. 그때 소년은 "앞으로는 상상 속에서만 여행하겠다"고 맹세했다고 한다. 이 유명한 '전설'이 사실인지 아닌지는 알 수 없지만, 낭만적인 꿈을 좇아 미지의 나라로 여행을 떠나려는 소년의 모습은 과연 쥘 베른답다는 생각이 든다.

현실의 여행을 금지당한 쥘은 집안의 전통과 아버지의 뜻에 따라 법조계에 진출하려고 파리로 나와 법률 공부를 시작한다. 베른 집안처럼 법조계와 관계가 깊은 가문이 아니더라도 19세기 부르주아 집안의 자제들은 법률가가 되는 것이 일반적인 진로의 하나였다. 유명한 작가들 중에도 발자크, 메리메, 플로베르, 모파상 등이 젊은 시절에 법률을 공부했다.

파리로 나온 베른은 샤토브리앙(프랑스 낭만주의의 선구적 작가)의 누나와 결혼한 삼촌의 소개로 문학 살롱에 드나들게 되었고, 거기서 알렉상드르 뒤마(아버지)와 사귀게 되었다. 뒤마는 《삼총사》

와 《몬테크리스토 백작》의 작가로 유명하지만, 무엇보다도 연극계의 거물이었다. 소년 시절부터 문학(특히 극작)에 관심을 가지고 있었던 베른은 1849년에 법학사 학위를 받았지만, 낭트로 돌아가지 않고 문학의 길을 걷기로 결심한다. 20대 초반부터 30대 초반까지 그는 희극이나 중편소설, 특히 오페레타의 대본을 쓰고, 셰익스피어와 에드거 앨런 포의 작품, 여행기, 과학서 등 많은 책을 읽었다. 베른에게는 화려한 비약을 앞둔 수련기였다.

1857년에 베른은 두 아이가 딸린 젊은 과부 오노린과 결혼했다. 이 결혼에는 수수께끼 같은 부분이 많고, 그후의 생활에 대해서도 베른 자신은 거의 언급하지 않았다. 이윽고 아들도 태어나고, 겉보기에는 죽을 때까지 평온한 가정생활이 계속되지만, 여러 가지 점으로 보아 그에게는 여성과 결혼을 혐오하는 경향이 있었던 것 같다. 작품의 등장인물을 보아도 독신 남자가 압도적으로 많고, 여성 등장인물은 거의 판에 박힌 조역에 머물러 있다.

어쨌든 이 결혼으로 베른의 생활은 가정 밖에서도 크게 달라지게 되었다. '생계를 위해' 처남의 소개로 증권거래소에 취직한 것이다. 베른과 주식은 전혀 어울리지 않는 듯 보이지만, 19세기 후반부터 20세기 초까지 주식시장의 발전과 함께 투자는 대중적으로 널리 보급되어 있었고, 당시 문인들 중에도 주식에 관여한 사람이 많았다. 베른도 주식거래를 통해 과학기술과 산업의 발전 및 사회생활의 변화를 실감하고, 전 세계의 정보를 간접적으로 얻고 있었다. 그런 관점에서 생각하면 당시 문인과 주식의 관계는 재미있는 연구 과제가 될지도 모른다.

증권거래소에 드나들면서도 베른의 문학 활동은 계속되었다. 작품은 역시 가벼운 희곡이 중심이었지만, 〈가정박물관〉이라는 잡지가 그의 주된 활동 무대였다. 이 월간지는 가족용 교양오락잡지로서, 문학 이외에 과학이나 지리적 발견을 삽화와 함께 게재하고 있었다. 베른은 나중에 소설의 원형이나 소재가 될 만한 이야기를 이 잡지에 많이 발표했다.

1862년, 베른은 기구를 타고 아프리카를 탐험하는 이야기를 썼다. 기구는 당시 사람들의 관심을 모으고 있었고, 특히 유명한 사진작가이자 소설가 · 저널리스트 · 평론가 · 만화가로도 활약한 나다르(Nadar, 1820~1910)가 1863년에 기구 '거인호'로 실험 비행을 한 것은 엄청난 센세이션을 불러일으켰다. 베른과 나다르는 기구에 대한 열정을 계기로 의기투합하여 평생 친구가 되었지만, 나다르의 비행 계획은 유럽 전역에서 큰 반향을 얻은 반면 베른의 소설은 출판할 전망조차 보이지 않았다. 그는 원고를 들고 여기저기 출판사를 찾아다니는 형편이었다. 그 무렵, 베른의 생애에서 가장 중요한 만남이 이루어진다. 피에르 쥘 에첼(Pierre-Jules Hetzel, 1814~86)과의 만남이었다.

에첼은 단순한 출판업자가 아니었다. 직접 펜을 들고 많은 작품을 쓴 작가였고, 철저한 공화주의자로서 2월혁명 이후 수립된 임시정부에서는 각료급 요직을 맡기도 했다. 출판에서는 빅토르 위고나 조르주 상드 같은 위대한 낭만주의 작가들의 보급판 책을 펴내고 있었지만, 나폴레옹 3세의 제2제정이 시작되자 벨기에로 잠시 망명했다가 파리로 돌아온 뒤에는 아동도서 출판에 힘을 쏟게 된다. 당시 프랑스에서는 교회가 아동 교육을 지배하고 있었다. 프랑스의 미래는 교육에 달려 있다고 생각한 에첼은 젊은 두뇌가 시대에 뒤떨어진 교육에 묶여 있는 현실을 개탄하고, '재미있고 유익한 책', 특히 당시의 교회 교육에서는 무시되고 있던 유용한 과학 지식을 알기 쉽게 가르치는 서적을 출판하여 새 시대에 어울리는 아이들을 키우려고 한 것이다.

1862년 당시, 에첼은 청소년용 잡지인 〈교육과 오락〉을 창간할 계획을 세우고 집필자를 찾고 있었다. 따라서 두 사람의 만남은 양쪽에 결정적인 사건이 되었다. 에첼은 아직 다듬어지지 않은 베른의 원고를 읽고 그 재능을 간파하여 장기 계약을 제의했다. 베른은 물론 크게 기뻐하며 승낙하고, 이리하여 소설가 베른이 탄생하게 된 것이다.

베른의 원고는 에첼의 조언에 따라 수정된 뒤, 1863년에《기구를 타고 5주간》이라는 제목으로 출판되어 대성공을 거두었다. 그후 풍부한 결실을 맺은 2인3각의 활동이 시작된다. 베른은 쌓여 있던 것을 토해내듯 차례로 작품을 써냈고, 그의 작품은 대부분 〈교육과 오락〉을 비롯한 잡지나 신문에 연재된 뒤 에첼의 출판사에서 단행본으로 간행되고, 다시 삽화를 넣은 선물용 호화장정본으로 재출간된다. 수많은 판화로 장식된 호화장정본은 당시 선물용으로 인기를 끌었을 뿐 아니라 지금도 애호가들이 군침을 흘리는 대상이고, 파리에는 '쥘 베른'이라는 전문 고서점까지 있을 정도다.

이리하여 '경이의 여행' 시리즈로 지금도 전 세계 독자들에게 사랑받고 있는 걸작들이 1년에 두세 권이라는 놀랄 만한 속도로 잇따

라 태어났다. '알려져 있는 세계와 알려지지 않은 세계' 라는 부제로
도 알 수 있듯이 '경이의 여행' 은 인간이 아직 발을 들여놓지 않은
미개지, 망망대해에 떠 있는 무인도로의 여행으로 끝나는 것은 아
니다. 지구의 중심으로 들어가거나, 극지방으로 가거나, 공중으로
떠오르거나, 바다 밑바닥으로 내려가거나, 지구의 대기권을 뚫고
우주로 날아가는 등 웅장한 규모를 갖는 모험 여행이다. '경이의 여
행' 에는 지리학 · 천문학 · 동물학 · 식물학 · 고생물학 등 많은 정보
와 지식이 들어 있기 때문에 '백과사전 여행' 으로도 볼 수 있다. 또
한 인간 형성의 통과의례가 아니라 유럽인의 근저에 숨어 있는 신
화나 종교에 도달하기 위한 '통과의례 여행' 이기도 하다.

　'경이의 여행' 은 요즘 말하는 SF의 선구이기도 했다. 실제로 잠
수함, 포탄에 의한 우주여행, 비행기계, 입체 영상 장치, 움직이는
해상 도시 등 현실보다 앞선 작품 속에서 '발명' 되거나 실용화된
기계와 장치도 많다. 그런 것이 등장하지 않는 경우에도 베른의 작
품은 언제나 학문적인 지식이나 기술적인 정보를 많이 담고 있어
서, 계몽적 과학소설의 면모를 갖추고 있다.

　이런 작품들이 태어난 배경에는 물론 당시의 과학기술이나 산업
의 발달, 그에 수반되는 세계의 확대, 정보량의 증가 등의 현상이 있
다. 19세기 후반에는 전기를 중심으로 하는 온갖 발명과 발견이 잇
따랐을 뿐 아니라, 철도와 기선이 눈부시게 발달했고 전신망이 전
세계로 뻗어갔으며, 증권거래소는 활기에 넘쳤고, 신문 발행 부수
는 크게 늘어났다. 런던과 파리에서는 세계박람회가 열려, 최신 과
학기술과 전 세계의 문물을 전시하여 사람들의 꿈을 자극했다. 인

류는 지식을 통해 커다란 힘을 얻고 끝없이 진보할 거라고 당시 사람들은 믿었다. 베른은 그런 낙관적인 미래를 작품 속에 끌어들여 소년의 꿈과 결부시킨다. 그의 작품에 자주 등장하는 만물박사는 그런 세계에서의 이상적인 인물상이라고 할 수 있다.

물론 현대의 관점에서 보면 과학기술의 진보가 좋은 결과만 가져온 것은 아니다. 산업의 발달은 한편으로는 빈부격차와 생활환경 악화를 낳았고, 과학의 발달은 전쟁 기술의 진보를 가져왔다. 유럽인의 세계 진출은 인종차별과 결부된 식민지 지배가 되어, 이윽고 20세기에 일어난 두 차례의 세계대전으로 이어진다.

베른이 평화사상과 인도주의의 입장에 선 작가였다는 것은 작품에 묘사된 이상사회의 모습과 전쟁 비판, 노예제 폐지, 민족해방 등의 메시지를 보아도 분명하지만, 한편으로는 졸라나 디킨스와는 달리 현실의 사회적 모순에는 별로 눈을 돌리지 않았음도 인정해야 한다. 또한 그의 작품에 되풀이 묘사되는 탐험이나 건설의 꿈이 당시 제국주의적인 식민지 확대 경쟁과 보조를 맞춘 것도 부인할 수 없다. 휴머니즘을 호소하면서 식민지 지배를 긍정하는 것은 모순된 태도지만, 당시 사람들에게는 그런 의식이 거의 없었다. 베른도 미개지에 문명을 가져다주는 한 식민지 지배도 나쁘지 않다고 생각한 것 같다. 문학에 과학기술을 도입하고 소년 독자층을 개척했다는 면만이 아니라 그런 면에서도 베른은 시류를 탄 작가, 또는 시류보다 한 걸음 앞서 나아간 작가였다고 말할 수 있다.

1869년에 《해저 2만리》를 발표한 뒤, 1872년에는 전쟁(1870년의 프랑스–프로이센 전쟁)과 혁명(1871년의 파리코뮌)으로 불안정해진 파리를 떠나 아내의 고향인 아미앵으로 이주한다. 이 무렵부터 그는 국민적, 아니 세계적인 명성을 얻게 되었다. 《80일간의 세계일주》 연재가 유럽과 미국의 독자들까지 들끓게 한 것을 비롯하여 《신비의 섬》과 《황제의 밀사》 등이 차례로 베스트셀러가 되었고, 연극으로 각색되어 대성공을 거두었다. 레지옹도뇌르 훈장, 아카데미 프랑세즈 문학상 등의 영예도 얻었고, 사교계에서도 인기를 얻게 된다.

하지만 만년에 가까워질수록 베른의 사상은 차츰 염세적인 색채를 띠기 시작한다. 진보에 대한 의문, 미래에 대한 회의, 나아가서는 인간에 대한 불신이 작품 속에 감돌게 된다. 물론 《해저 2만리》의 네모 선장의 모습에서 볼 수 있듯이, 그의 작품에는 원래 수수께끼 같은 어두운 정념이 숨어 있었다. 하지만 《카르파티아 성》과 《깃발을 바라보며》 등 후기로 갈수록 회의적인 분위기가 짙어지는 것도 분명하다.

이런 작풍 변화에 대해서는 베른의 사생활에 일어난 불행이 영향을 미쳤다는 설도 있다. 1886년 3월, 정신장애를 가진 조카의 총에 맞아 상처를 입었고, 그로부터 일주일 뒤에는 그의 문학적 아버지라고 해야 할 에첼이 여행지인 몬테카를로에서 죽는다. 그의 시신은 파리로 운구되어 장례식이 치러지지만 베른은 참석하지 않았다. 에첼의 죽음은 베른에게 깊은 슬픔을 안겨주었을 뿐 아니라, 그의 몽상의 어두운 면을 억제하는 역할을 맡아온 인물이 없어진 것을 의미하기도 했다. 다시 이듬해에는 어머니가 세상을 떠난다. 부와 명예가 늘어나면서 세 번이나 바꾼 호화 요트도 처분하고, 그후로는 여행도 떠나지 않게 되었다.

1888년에 그는 아미앵 시의회 의원에 당선되었다. 하지만 사생활에서는 인간혐오증이 더욱 심해져, 사교를 좋아하는 아내가 아무리 부탁해도 좀처럼 사람을 만나려 하지 않은 모양이다. 그런 가운데서도 창작에 대한 정열만은 결코 잃지 않았다. 백내장으로 말미암은 시력 저하와 싸우면서도 규칙적인 집필 생활을 계속하여 해마다 꾸준히 작품을 발표했다.

1905년, 전부터 앓고 있던 당뇨병이 악화했다. 증상이 시시각각 전 세계에 보도되는 가운데, 3월 24일 베른은 가족에게 둘러싸여 숨을 거둔다. 향년 77세. 장례식에는 수많은 사람들이 모여들었고, 전 세계에서 조사(弔詞)가 밀려들었다고 한다.

최근 유네스코(UNESCO)가 조사한 바에 따르면, 쥘 베른은 외국어로 가장 많이 번역된 작가 순위에서 다섯 손가락 안에 꼽히는 것으로 밝혀졌다.* 이처럼 그는 상당히 널리 알려져 있는 작가지만, 좀더 들여다보면 상당히 잘못 알려져 있는 작가이기도 하다. 많은 사람들이 베른을 아동용 판타지 작가로만 알고 있는데, 이렇게 된 데에는 물론 그만한 이유가 있다. 그가 성공을 거둔 것은 아동도서 출판업자와 손잡은 결과였고, 베른의 작품 중에는 아동도서 시장을 겨냥한 것도 여럿 있었다. 또한 그의 작품에 나오는 발명품들은 그

* 유네스코에서 펴내는 《번역서 연감》(Index Translationum)에는 해마다 전 세계에서 새로 출간된 번역서의 총수가 실려 있다. 이 통계 조사가 실시되기 시작한 1948년 이래 쥘 베른은 'Top 10'의 자리를 벗어난 적이 없는데, 21세기에 들어선 이후에는 순위가 더욱 높아져 줄곧 3~5위를 차지하고 있다. 2006년 6월에 발표된 자료에 따르면 베른을 앞선 저자는 월트 디즈니사와 애거사 크리스티뿐이다.

것을 난생처음 접하는 19세기 독자들에게는 경탄할 만한 것이었지만, 과학 발전의 현실은 곧 그것을 능가해버렸기 때문에 그후의 세대에게는 시시하고 평범해 보였을 것이다.

하지만 이제 그는 더 이상 아동문학가로 여겨지지 않는다. 오히려 과학기술 전문 잡지가 그의 작품을 연구 분석하는 일이 점점 늘어나고 있다. 사실 베른만큼 독특하고 다양한 작품을 창작했거나 교양과 오락을 겸비한 소설을 쓴 작가는 거의 없었다.

이 고독하고 부지런하고 창의적인 작가가 불멸의 존재가 된 이유를 프랑스의 평론가인 장 셰노는 이렇게 설명하고 있다.

"쥘 베른과 '경이의 여행'이 아직도 살아 있다면, 그것은 그 작품들이 20세기가 피하지 못했고, 앞으로도 피하지 못할 문제들을 일찌감치 제기하고 있었기 때문이다."

2. 작품 해설

《15소년 표류기》는 쥘 베른이 아미앵 시의원에 당선된 1888년에 〈교육과 오락〉 잡지에 연재된 뒤 에첼 출판사에서 단행본으로 출간되었다.

여덟 살부터 열네 살까지의 소년 15명이 탄 배가 뜻하지 않은 사고로 폭풍에 휩쓸려 남태평양을 표류하다가 무인도에 도착한다. 도와줄 어른도 하나 없이 소년들은 자신들만의 힘으로 살아나가야 한다.

너무나 유명한 이 작품은 벌써 몇 세대에 걸쳐, 특히 작중의 소년들과 같은 또래인 독자들에게 널리 읽히며 열광을 자아냈다. 아니, 과거만이 아니라 앞으로도 시대를 초월하여 계속 읽힐 것이다. 무인도에 표착한 아이들 집단이라는 특이한 소재는 언제나 사람들의 호기심을 부추기는 테마이기 때문이다.

영국의 소설가 다니엘 디포가 1719년에 《로빈슨 크루소》를 발표하여 대성공을 거두자, 무인도에서 살아남기 위해 필사적으로 노력한다는 이야기는 사람들의 마음을 강하게 끌어당긴 듯, 그후 여러 나라의 작가들이 이 소설을 하나의 원천으로 삼아 제각기 독특한 취향을 가진 '표류기'를 써냈다. 로버트 루이스 스티븐슨의 《보물섬》과 제임스 배리의 《피터 팬과 웬디》도 같은 유형의 소설로 볼 수 있다.

20세기에도 영국의 작가 윌리엄 골딩의 《파리 대왕》(1983년에 노벨 문학상을 받았다), 프랑스 작가 미셸 투르니에의 《방드르디, 또는 태평양의 끝》 같은 작품이 《로빈슨 크루소》의 혈통을 잇고 있다.

이른바 '무인도 이야기'에 도전한 작가들 중에서도 쥘 베른은 가장 중요한 위치를 차지하고 있는 듯하다. 그는 《15소년 표류기》를 쓰기 전에도 《모피의 나라》와 《신비의 섬》《로빈슨의 학교》를 발표하여 다양한 '로빈슨의 모습'을 만들어내려고 시도했기 때문이다.

《모피의 나라》는 북극권에 기지를 세우려는 캐나다 원정대가 점점 녹아드는 얼음 덩어리를 타고 무려 3000킬로미터나 표류하는 이야기다. 《신비의 섬》은 네 명의 어른과 한 명의 소년과 개 한 마리가 기구를 타고 가다가 폭풍우에 휘말린 끝에 외딴 무인도에 불시착한 이야기를 다루고 있다. 《로빈슨의 학교》는 모험을 좋아하는 젊은이가 바다에서 조난한 뒤 무인도에 표착하여 파란만장한 생활을 하지만, 사실 그것은 젊은이가 로빈슨 크루소의 삶을 체험하도록 삼촌이 꾸민 계획이라는 내용의 해학적인 이야기다.

어쨌거나 베른이 이처럼 여러 각도에서 다양한 로빈슨의 모습을 묘사하려 한 것은 그 자신이 로빈슨 크루소라는 인물에 대해 강한 애착을 갖고 있었기 때문이다. 따라서 베른이 평생 동안 남긴 80여 편의 '경이의 여행' 시리즈는 '로빈슨'의 이미지를 걸치고 미지의 세계로 떠나는 놀라운 '모험 여행 이야기'라 해도 과언이 아닐 것이다.

《15소년 표류기》도 '무인도 소설'의 계보에 속하지만, 소년들만 등장했다는 점이 당시로서는 실로 이채롭고 신선했을 것이다. 쥘 베른이라면 '아동문학가'로 인식되어 있지만, 그의 소설이 발표되었을 당시 프랑스에서는(그리고 프랑스와 거의 동시에 번역 출간된 영국·미국·독일에서도) 어른들이 앞다투어 읽었고, 지금도 광범위한 독자가 베른을 애독하고 있다. 그의 대다수 작품에서 주역을 맡고 있는 것은 어른이다. 그 점에서 이 작품은 예외적이다. 소년들을 주인공으로 삼은 것은 독자층을 청소년과 아동으로 상정했기 때문으로 짐작되지만, 그런 영업 전략의 수준에 머물지 않고, 모험소설의 새로운 지평을 연다는 의식이 중요한 전제조건으로 되어 있는 것도 사실이다. 어른도 살아남기 힘든 무인도의 가혹한 환경에서 어린 소년들이 어떻게 살아가느냐가 흥미를 불러일으키는 것이다.

열다섯 소년들의 활약상은 실로 감탄을 자아낸다. 배에서 가져온 물자를 점검하는 일에서부터, 물고기를 잡고 사냥을 하고 동굴을 거처로 꾸미고 짐승을 잡아다 가축까지 기른다. 선거로 지도자를 뽑고, 어른 사회의 축소판 같은 공동체를 이룩해낸다. 리더십을 둘러싸고 파벌이 생기는 것까지 문명 사회의 복사판이다. 베른의 소설 주인공들은 체제를 싫어하는 아웃사이더나 사회에 무관심한 괴짜가 많지만, 이 책의 소년들은 반대로 체제에서 멀리 떨어진 곳에 있으면서도 고향에 있는 같은 또래의 소년들보다 절실하게 사회와 직면해야 한다. 제목의 '휴가'라는 말이 자아내는 감미로움과는 거리가 먼 어른으로의 '통과의례'다. 흥미진진한 모험의 연속이라는 겉모양 밑에는 그런 아이러니가 숨어 있다.

이 작품에도 '질서에 대한 집착'이라는 쥘 베른의 성격이 드러나 있는지도 모른다. 프랑스 현대문학의 거장인 미셸 뷔토르는 쥘 베른의 작품이 흙·공기·물·불(불은 전기라는 형태로 더욱 순수화된다)이라는 4대 원소를 주제로 한 '우주의 암호 해독'이라고 강조했을 정도다. 질서를 지향하는 베른의 성격은 등장인물(그리고 이야기의 전개 방식)에도 반영되어 있다. 《지구 속 여행》이나 《신비의 섬》에서는 주인공들이 일사불란한 팀워크로 어려움을 헤쳐나간다. 이 책에서도 서로 반목하던 브리앙과 도니편이 공통된 적이 출현하자 서로 화해하고 협력하여 소년들을 이끌어 나간다.

호방하고 다정한 성격으로 아이들을 통솔하는 브리앙은 프랑스인, 영리하고 자존심이 강한 도니편은 영국인, 현실적이고 판단력이 뛰어난 고든은 미국인이다. 이렇게 소년들의 국적이 다양한 것도 이 작품의 특징이고, 무인도 소설의 새로운 면임에는 틀림없다. (견습

선원이자 손재주가 좋은 흑인 소년 모코를 등장시켜 크게 활약하게 하면서도 그에게만 투표권을 주지 않은 것은 당시의 상황에 따른 한계일 것이다.) '경이의 여행' 시리즈의 첫 작품인 《기구를 타고 5주간》의 퍼거슨 박사는 영국인, 두 번째 작품인 《지구 속 여행》의 리덴브로크 교수는 독일인, 세 번째 작품인 《지구에서 달까지》의 주인공들은 미국인으로, 베른의 작품에는 프랑스인이 아닌 인물을 주인공으로 삼은 작품이 많다. 무역항 낭트에서 자란 영향 때문인지, 아니면 작품에 이국적인 색채를 주기 위한 계산인지, 세계주의자를 자처하고 의도한 일인지는 모르겠지만, 어쨌든 흥미롭다.

소년들, 게다가 여러 국적의 소년들을 주인공으로 삼는 등, 새로운 요소를 많이 집어넣어 기복이 풍부한 이야기를 전개한 이 책은 무인도 소설의 한 도달점이라고 말할 수도 있을 것이다. 앞에서 언급한 윌리엄 골딩은 《파리 대왕》에서 쥘 베른의 질서 지향에 대한 안티테제를 제시하고 있다. 이 작품에서도 10여 명의 소년이 남해의 외딴 섬에서 살게 되는데, 처음에는 문명 생활을 유지하려고 애쓰지만 점점 미신과 야만성에 사로잡히게 된다. 《15소년 표류기》에서 소년들은 섬을 지배하고 자신을 성장시키는 반면, 《파리 대왕》의 소년들은 오히려 섬의 지배를 받으며 퇴행해버린다. 바다에 떠 있는 외딴 섬을 무의식의 상징으로 생각하여 두 작품을 비교해보면 재미있게 읽을 수 있을 것이다.

본문 속의 삽화는 레옹 브네트(Léon Benett, 1839~1916)가 판화로 제작한 것이다. 그는 '경이의 여행' 시리즈를 위해 쥘 에첼이 동원한 삽화가의 한 사람으로, 《80일간의 세계일주》《카르파티아 성》《인도 왕비의 유산》 등의 삽화를 맡아 제작했다. 쥘 베른의 작품에 실린 그의 삽화만 해도 무려 1500점이 넘는다.

끝으로 이 책의 제목과 관련하여 몇 마디 덧붙이고 싶다.

이 책의 원제목은 《2년 동안의 휴가》(Deux ans de vacances)이다. 그것을 《15소년 표류기》로 바꾸면서 망설임이 많았다. 이 제목은 원래 일본에서 1896년에 모리타 시켄(森田思軒)이 영역본을 가지고 일본어로 발췌 번역하면서 바꾼 것이다. 그 뒤로 이 제목이 널리 통용되었고, 그동안 우리나라에서 출간된 책들은 모두 일본에서 나온 아동용 축약본을 토대로 번역한 것이기 때문에 제목도 하나같이 《15소년 표류기》였다.

그러나 '쥘 베른 컬렉션'은 프랑스어 원서로 새롭게 제대로 번역한다는 취지로 기획된 만큼, 거기에 걸맞게 그동안 잘못 쓰여온 제목도 바로잡고 싶었다. 그런데 막판에 와서 고민이 생겼다. 이 책을 주로 읽을 독자층은 청소년이나 아동들이고, 그들은 이 작품의 제목을 《15소년 표류기》로 알고 있을 텐데, 그렇게 친숙한 제목을 이제 와서 바꾸면 그들에게 (다른 작품인 것처럼) 혼란을 줄 우려가 있지 않겠는가. 게다가 통용되고 있는 제목이 내용과 걸맞다면 그대로 따르는 것도 나쁠 게 없지 않은가(하기야 그런 경우도 드물지 않다).

토론과 검토 끝에, 제목을 《15소년 표류기》로 정했다. 그 속사정을 이렇게 밝히니 독자들의 양해가 있기를 바란다.

15소년 표류기 2

초판 1쇄 발행 2003년 3월 13일
 2판 1쇄 발행 2006년 12월 18일
 3판 1쇄 인쇄 2022년 6월 14일
 3판 1쇄 발행 2022년 6월 30일

지은이 쥘 베른
옮긴이 김석희
펴낸이 정중모
펴낸곳 도서출판 열림원

출판등록 1980년 5월 19일(제406-2000-000204호)
주소 경기도 파주시 회동길 152
전화 031-955-0700
팩스 031-955-0661   페이스북 /yolimwon
홈페이지 www.yolimwon.com   트위터 @yolimwon
이메일 editor@yolimwon.com   인스타그램 @yolimwon

주간 김현정   마케팅 홍보 김선규 최가인
편집 조혜영 황우정 최연서   온라인사업 서명희
디자인 강희철   제작 관리 윤준수 이원희 고은정 원보람

ⓒ 김석희, 2022

ISBN 979-11-7040-103-2 04860
      979-11-7040-098-1 (세트)